大江戸あにまる

山本幸久

JN049311

集英社文庫

目次

大江戸あにまる

其《そ》之《の》壱《いち》

駱《らく》駝《だ》

賑《にぎ》やかなお囃子《はやし》が見世物小屋の隅々まで響き渡っていた。三味線にチャルメラ、そして銅鑼《どら》と騒々しいくらいだ。

小屋はぎゅうぎゅう詰めだった。こうでもしないかぎり、客を捌《さば》き切れないのだろう。なにせ三十二文《もん》もの高値の札銭にもかかわらず、噂《うわさ》によれば一日五千人を上回る客が押し寄せているらしい。

背伸びをすると土間が見えた。あれが舞台だ。板が敷かれ、一段高くなった客席はみんな立ち見だ。土間の一角の簾《すだれ》がかかった棚からお囃子は流れており、その脇には仰々しい裃《かみしも》姿の男が立っている。奥に目をむけると、二匹の鯛《たい》がむかいあわせで描かれた切れ幕が下がっていた。

「幸之進《こうのしん》っ。もっと前へいけぬものかな」

無理を言わないでくれ、とは言えなかった。十二歳の喜平丸《きへいまる》は石樽《いしたる》藩十一代目当主、綾部智成《あやべともなり》の次男なのだ。木暮《こぐれ》幸之進は喜平丸が五歳のときから、お伽役《とぎやく》を仰せつかっている。ふだんはおとなしいのだがときどき癇癪《かんしやく》を起こし、一度ヘソを曲げると扱いにくく、細かいことにこだわりを持ち、気弱な癖に強情《ごうじよ》っぱり、面倒このうえない性分だった。幾人かいたお伽役はつぎつぎとやめさせられていき、残ったのは幸之進ただひとりである。喜平丸にどこが気に入られたのかはわからない。ただ主従の間柄ではあるものの、喜平丸は四歳年上の幸之進をじつの兄よりも兄のごとく慕っていた。

「見世物の途中、薩摩芋《さつまいも》を四文で買って、手ずから食べさせることができるらしいのだ。そのためにはいちばん前にいかねばならぬ」

喜平丸が鼻息を荒くして言う。

だれに食べさせるのかと言えば駱駝である。

小屋に入る前、喜平丸に買い与えた錦絵によれば、三年前の六月、阿蘭陀人《おらんだじん》によって持ち込まれた駱駝は二頭、牡牝《おすめす》のつがいで、長崎の出島《でじま》にしばらくいたが、やがて商人に買い取られ、九州を皮切りに、大坂、京都、南紀《なんき》で興行、木曽路《きそじ》を経て、ようやく今年、文政《ぶんせい》七年（一八二四）の夏に江戸に到着し、両国広小路《ひろこうじ》で興行がはじまった。連日、客は増すばかり、興行は日延べを繰り返し、中秋の名月を過ぎ、吹く風も次第に冷たくなりだしたいまもなおこの盛況ぶりだ。江戸中が駱駝の話題で持ち切りと言っていい。

駱駝の絵が描かれた双六《すごろく》に凧《たこ》、扇子、煙草《たばこ》入れ、形を模した土細工や櫛《くし》など、子どもばかりか大人むけのものまで売られていた。いまいる小屋の壁には〈毛は疱瘡《ほうそう》のまじないとなり、ならびに魔除《まよ》けとなる〉と紙札が貼ってあった。

石樽藩も駱駝のおかげで稼いでいた。

子どもの玩具で泥面子《どろめんこ》というのがある。形は丸く、大きさはだいたい一寸（約三センチ）前後、厚みは三分（一センチ弱）程度、素材は粘土の面子だ。石樽藩の下屋敷でこれをつくって、蔵前《くらまえ》の玩具問屋に卸している。図柄は家紋や将棋の駒、火消しの纏《まとい》まであったが、人気は歌舞伎役者や力士の顔だった。獣も評判がいい。年の瀬から年始にかけては十二支が主になるが、一年近く前から売りだした駱駝の図柄がいまも一番人気だった。

これだけ評判が高い駱駝を、喜平丸が見たいのもよくわかる。聞くところによればひと月ほど前、紀州《きしゅう》の殿様が江戸上屋敷に駱駝を呼び寄せたらしい。残念ながら石樽藩にはそんな財力はなかった。かくして今日、回向院《えこういん》様へのお参りという名目で、隅田川《すみだがわ》の大橋を渡り、両国まで訪れた。

「ではいちばん前まで参りましょう」

幸之進は繋《つな》いでいた喜平丸の右手をぎゅっと握り、人混みをかきわけていく。やがてお囃子が止《や》み、裃姿の男が「さぁさ、これよりご覧頂く駱駝」とやたら勿体《もったい》ぶった口ぶりで口上をはじめた。なんでも駱駝は天竺《てんじく》に多く、背中の瘤《こぶ》がふたつのとひとつのの二種がおり、いまからあらわれるのはアラビアなる国の生まれで、瘤がひとつだけだという。

以前、幸之進が読んだ瓦版には駱駝の生まれ故郷はハルシヤとあった。アラビアにせよハルシヤにせよ、どこにあってどんな国なのか、まるで見当がつかない。この見世物小屋に押し寄せている人々もみなおなじだろう。

どうにか客席のいちばん前に辿《たど》り着くと、ちょうど口上もおわった。するとまたお囃子が流れ、切れ幕から鉄砲袖を身にまとった男達が飛びでてきた。髪や髭《ひげ》を油で固め、顔を白粉《おしろい》や頬紅で無造作に塗りたくっている。唐人のようだが本物のはずがない。香具師《やし》に雇われた者が扮《ふん》しているのだ。

「いよいよでてきますよっ」

幸之進は興奮で声が上擦ってしまう。じつは自分も見たくて、喜平丸のわがままに乗じたのだ。そして二頭の駱駝がつづけざまに切り幕をくぐってあらわれた。玩具その他で駱駝がどんな姿恰好《かっこう》なのかはじゅうぶん承知していた。小屋の入り口にだって、色つきの看板が掲げてある。だがこうして本物を目の当たりにすると、客のだれしもがどよめいていた。喜平丸はもちろん、幸之進もだ。

なにより驚かされたのは、その大きさである。瓦版に高さ九尺（約二・七メートル）長さ二間《けん》（約三・六メートル）と書いてあったのは嘘《うそ》ではなかった。土間よりも一段高い客席に立っていても、首が痛くなるほど見上げなければならなかった。

唐人風の男のひとりが手綱を下へ引くと、牡だか牝だかどちらかの一頭が、とくに抗《あらが》うこともなく、おとなしくその場にしゃがんだ。

「瓦版に書いてあったとおりだ。脚が三つに折れているぞ、幸之進っ」

喜平丸が目を輝かせてうれしそうに言った。その笑顔を見ると両国まで足を延ばしてよかったと幸之進は思う。

べつの唐人風の男が、しゃがんだ駱駝の脇に踏み台を運んでくると、背中を包んでいた更紗《さらさ》染めを外す。中からでてきたのは大きな瘤だ。あって然《しか》るべきものがあっただけなのに、客は一斉に歓声をあげた。

唐人風の男が瘤の上に乗っかって胡座《あぐら》をかくと、命令されずとも、駱駝はゆっくりと立ちあがる。さらにその男が横笛を吹きはじめると、駱駝は土間を歩きだした。もう一頭もあとをついていく。たったそれだけのことで、客から拍手が沸き起こった。

そんな中、幸之進は駱駝の目が気になりだしていた。二頭とも物哀《ものがな》しげで、すべてを諦め切っているようなのだ。そしてこう訴えているように見えた。

私はどうしてここにいるのだろう。

アラビアだかハルシヤだか、遠く離れた国から運ばれ、二頭っきり、他に仲間がいない、見知らぬ土地をあちこち転々としているのである。獣であっても嫌気がさすにちがいない。そう考えると駱駝が哀れに思われてきた。だからといって幸之進にはなにもできやしない。国に帰そうにも一万余里も離れているのだ。

などと考えていたら、繋いでいたはずの喜平丸の手が消えていた。少し離れたところで、駱駝に薩摩芋をあげていたのだ。

いつの間に。

「よしよし。うまいか。そいつはよかった」

そばに寄っていくと、喜平丸は十二歳ではなくなった。

喜平丸には将来を嘱望されていた兄がいた。ところが落馬の際に負った怪我《けが》が原因で、十八歳の若さで帰らぬひととなった。明くる年には、父である十一代目当主、綾部智成が病に倒れて急逝、喜平丸は十六歳にして家督を継ぎ、名は智親《ともちか》と改まった。

駱駝に薩摩芋をあげているのはそのときの喜平丸だった。

「我が藩は何代も前からつねに火の車だ。返すあてなどこの先ずっとないのに、借金に頼らざるを得ない」

薩摩芋を食べさせているうちに、駱駝に語りかける喜平丸はさらに歳《とし》が加わり、二十一歳の彼になっていた。参勤交代の折には目黒にある上屋敷で御目見《おめみえ》はしても、言葉を交わすことはほとんどない。遠目で見る喜平丸は幼い時分の面影を残しつつ、すっかり凜々《りり》しくなっていた。ただし顔色はいつもよくない。気づけば幸之進もまた、九歳年を取り、いまの自分になっている。

「私はどうすればいいのかのぉ」

できれば答えてあげたい。幸之進も力添えできぬものかと思いあぐねていた。だが日々の生活に追われ、これといった妙案には辿り着かないままだ。

「おまえも薩摩芋をやったらどうだ」

二十一歳の喜平丸に促され、二十五歳の幸之進も唐人風の男から薩摩芋を四文で買い求めた。差しだすと早速、駱駝は長い首を垂れてきた。だがその口は手の平の薩摩芋ではなく、幸之進に齧《かじ》りついてきた。

「あ痛っ。痛たたたったたたぁ」

二十五歳の幸之進は自分の悲鳴で目覚めた。すると鼻の先からなにかが股のあいだへ落ちた。身の丈が三寸（約十センチ）もない鼠《ねずみ》だ。袴《はかま》の凹《へこ》みで腹を上にしてもがいている。

「どうなさいました、木暮殿っ」

背後から乾《いぬい》福助《ふくすけ》の声がした。幸之進とおなじ石樽藩の藩士だが、この春、元服の儀を済ませた直後に江戸にきたばかりだった。

「いや、あの、ね、鼠がここに」

「捕まえてくださいっ。お願いします」

なぜなのかと訊《たず》ねる余裕はない。幸之進は鼠を両手で掬《すく》い、逃げださないように閉じた。

「捕まえたがどうすればいいのだ」

振りむきざまに言うと、福助が籠を片手に駆け寄ってくるのが見えた。この顔を見る度に幸之進はみみずくを思いだす。それも本物ではなく、疱瘡除けの赤いみみずくに似ているのだ。

「こちらへお入れください」

差しだす籠に幸之進が鼠を入れると、福助は出入り口を閉じた。さらには座敷のほうにむかって、「みなさまご安心くださいれぇぇ、捕えましたぁ、いま持って参りまぁす」と大きな声を張りあげた。

「なんだ、その鼠は」

「鼠ではありません。ヒミズです。日を見ないから日不見《ひみず》、まあ、地鼠とも呼ばれていますが」

「土竜《もぐら》か」

「ちがいます」福助はきっぱりと言う。「せいぜい落ち葉の下の地面をほじくる程度で、穴まで掘って潜ることはありません」

「なるほど」としか言いようがない。自分の鼻を噛《か》んだ獣が鼠だろうと土竜だろうと日不見だろうと知ったことではない。少なくともこの先、生きていくのに役立つとは思えない。

ところが世の中には奇特なひと達がいて、各々の僅かな違いを見つけ、なにがどうちがうか質疑を交わしたことを書き記す者もいれば、本物そっくりに写生をする者までいた。福助はそのうちのひとりで、今日はその集いなのだ。物産会合と称し、獣のみならず鳥に草花、虫などを持ち寄り、いい歳をした大人が膝を突き合わせて、延々と話しあうのだからどうかしている。

十五歳の福助がいちばん年若で、もっとも身分が低かった。出席者の大半は旗本だが、今日の会主は富山藩の先々代当主の次男、前田利保《まえだとしやす》である。ここは彼の自邸、つまりは富山藩の中屋敷《なかやしき》で、ところは上野池之端《いけのはた》、東隣に不忍池《しのばずのいけ》があった。

前田利保は幼少の頃から草花を好み、それが高じて本草学《ほんぞうがく》を学びだしたらしい。石樽藩の先代藩主、つまりは喜平丸の父、綾部智成もまた生前、本草学に熱をあげ、名の知れた本草学者と書面でのやりとりだけでは飽き足らず、目黒の上屋敷に招くようにもなった。その学者を介して、前田利保とも知りあい、親交を深めていくうちに仲間も増え、物産会合を開くまでになったのだ。

父の智成に連れられ、喜平丸も十四歳から出席していた。ただし智成が亡くなり、当主になると藩政に忙しく、参勤交代で江戸にいたとしても、会合に出席するのはごく稀《まれ》だった。

　そんな自分の代わりにと送りこんできたのが、福助なのだ。町医の三男坊で、幼い時分から父に連れられ、薬草を採取するために領地の山々や森林などあちこちを歩いていたことから、草花や木々のみならず獣や虫、魚といった生き物の知識を自然と身に付けていた。さらに、十二歳で石樽藩の藩校に通いだすと、人一倍勉学に取り組み、めきめきと頭角をあらわしたらしい。

　これが今年の初頭、喜平丸の耳に入り、福助を三十俵三人扶持《ぶち》に給し、中小姓《ちゅうごしょう》として召しだしたうえに、江戸へでて学識を広めるよう命じ、前田利保への紹介状まで持たせ、物産会合に出席できるように取り計らった。そして江戸にきてひと月も経《た》たぬうちに、今日こうしてその会に出席している。

　僅か十五歳の福助が受け入れられるか、幸之進は心配だったので、付き添って末席に加わった。なにしろ前田利保でさえ三十代なかば、他の者も福助の父親、あるいは祖父でもおかしくない大人ばかりだったからだ。でもそれは杞憂《きゆう》に過ぎなかった。歳の差も身分のちがいも気にせず、大人達は福助を大いに歓迎し、福助の意見にもきちんと耳を傾けた。彼の真摯な態度に応えてあげようとしているのが、間近にいて伝わってくるほどだった。

　こうなると幸之進の役目はないが、先に帰るわけにはいかなかった。江戸に住みはじめて間もない福助が迷わずにひとりで歩けるのは、目黒の上屋敷と渋谷の下屋敷のあいだだけなので、いっしょに帰ってやらねばならない。しかし幸之進にすれば物産会合は退屈極まりなく、居場所もない。そこで座敷をでて、間近にあった濡縁《ぬれえん》に腰を下ろし、目の前に広がる庭園をぼんやり眺めていた。七月も半ば過ぎ、夏の盛りは疾《と》うに越えたものの、まだまだ強い陽射《ひざ》しに草花が照らされ、眩《まぶ》しいくらいだった。その中には幸之進が生まれてこのかた、見たことがないものも数多くあった。前田利保が国内外から取り寄せ、育てているものにちがいない。やがて瞼《まぶた》が重くなり、船を漕《こ》いでいたところ、日不見に鼻の頭を齧られたのだ。

それにしてもえらく生々しい夢だったな。

九年前、十二歳の喜平丸と駱駝を見にいったときと寸分違《たが》わなかった。ただし二十一歳の喜平丸から愚痴を聞かされたり、相談を持ちかけられたりといったことは一度もない。

「木暮殿」福助が幸之進の顔を覗《のぞ》きこんできた。「鼻の頭に血が滲《にじ》んでおりますが」

「日不見に嚙まれたのだ」

「どうして嚙まれたのですか」

「私に訊《き》いてもわかるはずがないだろ。日不見に訊け」

「でも日不見はしゃべれません」

福助はふざけていない。真顔だ。真面目だが、言うことが時折、世間とずれていることがある。こういうところも、ひとに好かれる理由かもしれぬ。

「ウトウトしていたら、知らぬうちに嚙まれたのだ」

「座敷へ参りましょう」

「気にするな。唾でもつけておけば治る」

怪我の手当をしてくれるのかと思ったのだが、そうではなかった。

「その傷痕を見れば、日不見の歯型がわかります。まさに怪我の功名。みなさん、喜んでくださいますよ」


やれやれ。

福助の言うとおりだった。座敷に戻って、日不見に嚙まれたことを話すなり、会合の参加者達に取り囲まれ、座るよう命じられた。そして彼らは虫眼鏡を順繰りに回し、かわりばんこに、幸之進の鼻の頭を見ていった。とんだ晒し者《さらもの》だ。座敷の端には形も大きさもちがう籠が数個並んでおり、日不見もいれば小鳥もいて、小さめの籠からは虫の音が聞こえる。いまの私はあいつらと変わらんわけだと思うと、日不見が逃げだした気持ちがわかった。

それとはべつに幸之進は出席者の身なりが気になってならなかった。だれしもが一目で高家の者だとわかる上等な装いなのだ。よその藩を訪れるというので幸之進も羽織袴だが、四代前からのもので、裾や襟には綻びが目立ち、肘と膝の部分は生地が薄くなっていた。本人達にその気がないにせよ、幸之進にすれば格の違いを見せつけられているように思えてならない。しかもこの差は生涯、縮められないものなのだ。

「もしやその方《ほう》、喜平丸殿のお伽役だった者かの」虫眼鏡を覗いたままで、前田利保が訊ねてきた。藩主を継いだあとに出席したのが数える程度だったせいか、物産会合のひと達のあいだでは幼名の喜平丸がいまだに定着していた。

「左様でございます」父君に連れられ、喜平丸がここを訪れるときは、幸之進もお供していたのだ。

「名はなんと申したかな」

「木暮幸之進でございます」

「両国まで駱駝を見にいったときのことを、喜平丸殿とふたりして啼《な》き真似《まね》入りで話してくれたのも」

「私です」

両国広小路で駱駝を見たあと、ふたりしてよく真似たものだった。物産会合で披露したのは、それから三、四年は経っていただろう。父の智成が病に臥《ふ》せ、喜平丸ひとりが会合に出席したときだった。それから半年もしないうちに智成は亡くなり、喜平丸は家督を継いだ。

「そう言えば今年の春にも、両国に駱駝がきておりましたな」旗本のひとりが言った。

「聞くところによれば、牝が尾張《おわり》で亡くなり、牡の一頭だけだったそうだが」

そうなのだ。駱駝が江戸に戻ってきたのである。じつに九年振りだ。幸之進は見にいこうかと心動かされたが、気づけば興行はおわっていた。一頭だけだからか、昔ほど当たらなかったのだ。石樽藩の下屋敷でも玩具問屋に勧められ、駱駝の泥面子を大量につくったものの、思ったよりも売行きは伸びなかった。

「駱駝かぁ」独り言にしては大きな声で福助が言う。みんなの視線が集まっても気づかず、さらにこうつづけた。「見たかったなぁ」


江戸留守居役手添仮取次御徒士頭見習《てぞえかりとりつぎおかちがしらみならい》。

木暮家代々の役職である。家禄《かろく》は十五人扶持だ。幸之進は十三代目に当たるのだが、なぜいまだに『仮』で『見習』なのか、『頭』ではあっても家来がいないのかはわからない。

江戸留守居役が国許《くにもと》からの上申書を江戸城へ持っていく際、過去に似た案件がないものか、上屋敷の書庫で捜しだすのが主な仕事である。文書が見つかれば江戸留守居役に渡し、上申書に添えて提出してもらう。前例があれば国許の願いが通りやすくなるからだ。前例がなければ他家に問いあわせ、どうすれば許諾を得られるか、頭を捻って考えるのも、江戸留守居役手添仮取次御徒士頭見習の役目だった。

江戸留守居役が公儀勤めや寄合の場で、どう振る舞えばよいかも相談に乗る。二百年にも渡って、あらゆる江戸留守居役に仕えてきたので、その処世術にも精通しているからだ。

ちなみに幸之進の父、幸徳《こうとく》は健在だ。息子が二十歳になると、四十代なかばなのにさっさと家督を譲り、目黒の上屋敷から下北沢村に夫婦で移り住んだ。いまは下手な俳句をひねるだけの隠居暮らしをしている。幸之進が思うに、どれだけ力を尽くしたところで、『仮』や『見習』は取れず、ましてや禄高もあがるはずがない、そんな自分の境遇に父は嫌気がさしたのではなかろうか。ときどき父に会うと、晴れ晴れとした顔で、隠居前よりも若返って見えるのだから、そうも疑いたくなる。

父のことはさておき、江戸留守居役手添仮取次御徒士頭見習の幸之進が、どうして福助の面倒を見ているかといえば、喜平丸に頼まれたからである。

福助が国許を離れる直前、喜平丸こと十二代当主、綾部智親に御目見した際、前田利保宛のだけでなく、江戸に住む学者や本草学仲間への紹介状を受け取った。その中に幸之進宛の書状もあり、福助の面倒を見てほしいとしたためてあったのだ。細かいことにこだわりを持つ喜平丸の性分があらわれた、几帳面《きちようめん》な筆運びの文字を見て、幸之進はお伽役を務めていた日々のことを思いだし、目頭が熱くなった。福助がいなければ涙をこぼしていたにちがいない。

「木暮殿、あれはなんですか」

そう訊ねる福助は、だいぶ上のほうを見上げていた。上野寛永寺《かんえいじ》の鐘が七つ（午後四時）を告げたのを機に、物産会合はお開きとなった。富山藩の中屋敷をでて、すでに一刻《いっとき》（二時間）は経つ。幸之進と福助がいま、歩いているのは青山百人町《あおやまひやくにんちょう》、武家屋敷の塀に囲まれた大山道《おおやまどう》だ。陽が落ちると、昼間の暑さもぐっと和らぎ、秋の気配を感じさせた。虫の音がなおのこと、そう思わせる。

夜空には盆燈籠《ぼんどうろう》が頭上高く、いくつも浮かんで見えた。もちろん浮かんでいるのではない。与力や同心の家々で盆燈籠を竹棹《たけざお》の先につけて飾っているのだ。風情があると言うよりも、どこか不気味でもあった。

「星燈籠だ」

台徳院《たいとくいん》様（二代将軍・秀忠《ひでただ》）の菩提《ぼだい》を弔うためで、青山百人町では六月晦日《みそか》から七月晦日のひと月、おこなわれる風習だといったことを幸之進は福助に話してあげた。

「これだけ長い竹棹を使うのは、星に見立てているからですね」

「ちがう」幸之進は首を横に振る。「それぞれの家で高さを競っているうちに、どんどんどんどん長くなっていったそうだ。その結果、星に喩《たと》えられるようになった」

「どんな意味があって、高さを競いあったのですか」

福助に訊かれ、幸之進は答えに窮した。そんなものに意味があるとは思えないからだ。

それでも少し考えてからこう答えた。

「江戸ではなんでも一番がいいんだ」

「江戸というのは妙なところですね」

おまえには言われたくないわ。

かかんこん、かかんこん、かかこんこん、かんここん。

太さ二寸（約六センチ）から三寸、長さ一尺（約三十センチ）前後の竹筒を二本ずつ、二尺ほどの紐《ひも》で繋ぎ、ぜんぶで四組八本を、福助は首にかけ、ぶら下げていた。歩いていると、これらがぶつかりあい、音を立てるのだ。夕涼みを兼ねて、星燈籠を見にきたひと達に訝《いぶか》しげな顔で見られても、福助本人は気に留める様子もなかった。

外出の道中、道端や野原で気になる花や草、葉っぱなどがあったら採って、竹筒の中に入れておく。そして上屋敷の長屋に戻ってから、押し花や押し葉にして、台紙に貼り付け、標本にしていた。郷里にいた頃、藩校の帰りに珍しい薬草を見つけ、水筒として使っていた竹筒に入れ、町医の父のために持ち帰ったのが最初だったらしい。今日の会合でも出席者に竹筒について訊かれ、素直に答えたところ、片時も学問のことを忘れず、つねにむきあう姿勢が素晴らしいと褒めてもらっていた。

青山百人町から宮益町《みやますちょう》を抜け、まっすぐいけば下屋敷だが、左に曲がって渋谷川沿いを歩き、目黒の上屋敷へむかう。満月が夜道を照らしているのがありがたい。すると人通りがない畦道《あぜみち》で、福助が立ち止まった。

「どうした。珍しい草でも見つけたか」

「いえ」福助は耳に手を当てた。「聞こえませせぬか」

「なにがだ」

「ひとの呻《うめ》き声《ごえ》です」

薄気味悪いことを言うなと思いつつ、福助が嘘をつくはずがなく、幸之進は息をひそめて耳を澄ます。聞こえた。川寄りの草むらからだ。福助が生い茂った薄《すすき》に分け入っていく。やむなく幸之進はそのあとを追う。十五歩も進んだところに、満月の明かりに照らされ、男が仰向《あおむ》けに倒れているのが見えた。身につけた着流しは切り裂かれ、血まみれだった。思わず足が竦《すく》んだ幸之進の脇を抜け、福助が前にでると、男の脇にしゃがみこんだ。

「いかがなされましたか」

福助が訊ねるなり、呻き声が止んだ。息絶えたのかと心配になり、幸之進は男の顔を覗きこむ。ちがった。男は目を見開き、福助を睨《にら》みつけていたのだ。

「よく戻ってきた。見上げたものだ。まだ勝負はついちゃいねえからな」

男は低い声で言う。福助をだれかと勘違いしているらしい。さらに身体《からだ》を起こそうとするものの、崩れるように倒れてしまった。これだけの傷を負っていればやむを得まい。

「無理をなさらないでください」男にそう言ってから、福助は幸之進を見上げた。「木暮殿、どうすればよろしいでしょうか」

唯事《ただごと》ではない。関わりあったら厄介なことに巻きこまれるかもしれぬ。かといって、このまま放っておいたら明け方、いや、夜半過ぎには男は事切れるだろう。それはそれで夢見が悪くなりそうだ。

「傷の手当はできるのか」

「父に教わり、多少は心得ております」

「私が背負って、渋谷の下屋敷へ運ぶ。薬はある。手当をしてやってくれ」

「わかりました」

目黒の上屋敷には江戸家老に江戸留守居役をはじめとした江戸勤仕の家臣、長屋に暮らす藩士達、さらに中間《ちゆうげん》や足軽、奉公人あわせて何百人ものひとがおり、そこへ見ず知らずの怪我人を運ぼうものなら、騒ぎになるのは目に見えている。

その点、渋谷の下屋敷は敷地の四分の三が畑で、上屋敷から訪れた藩士達が近隣の百姓とともに野菜や草花、薬草などを育てていたり、幸之進のように陶房で泥面子をつくったり、藩士と百姓の子どもが入り混じって遊んでいたりと昼日中は騒々しいが、夜はほとんどひとがいない。隠居した主君や主君を亡くした正室などが住むための屋敷はあるものの、先代の綾部智成もその正室も亡くなっているため、いまは空き家だった。この屋敷に薬があって、幸之進は置き場所まで知っている。お伽役だった頃、喜平丸とともに出入りをして、彼が怪我をしたとき、手当をしたこともあったからだ。

幸之進は男を背負おうとしたが、そう易々《やすやす》とはいかなかった。男は幸之進と福助を敵と思いこみ、少しでも触れようとすると暴れるのだ。

「いつでもかかってこい。言っておくが、おいらは強《つえ》ぇぞ」

「あなたがお強いのは重々承知しております」

「ひとを斬ったこともあるさ。おめえらみたいに道場で稽古に明け暮れるだけの腰抜けとは訳がちげぇんだ」

「おっしゃるとおりでございます」

男がなにを言おうとも福助は逆らわない。

「わかればええ。ならばおめえらの師匠に会わせろ」

「師匠と申しますと」

「惚《とぼ》けたことを言うでねぇ。北辰一刀流《ほくしんいっとうりゅう》の師匠といやあ、千葉周作《ちばしゅうさく》に決まっておる」

とんでもない名前がでてきたぞ。

武術がからきし駄目な幸之進でも千葉周作はさすがにわかる。江戸で知らぬ者を探すほうが難しいだろう。神田《かんだ》お玉《たま》が池《いけ》に構えた千葉周作の道場、玄武館《げんぶかん》には入門したい者がひっきりなしに訪れ、いまや二千だか三千だかの門下生がいると聞く。その前を何度か通っているが、破風《はふ》造りの玄関は、石樽藩の上屋敷より立派だった。

「わたくしどもの師匠にどんな御用でしょうか」

「十年前の勝負に決着をつけるんだ」

さらに妙なことを言いだした。幸之進は改めて男を見る。髷《まげ》を結ってはいても、まともに手入れをしていないらしく、月代《さかやき》には毛が生えてぼさぼさだった。侠客《きょうかく》、博徒、あるいは渡世人と呼ばれる身だろう。丸顔の下半分が髭に覆われているが、まだ二十歳そこそこと思われる。十年前はまだ子どもだったはずだ。どういうことだろうと訝しく思っていると、福助はそれについて質《ただ》すこともなく、諭すようにこう言った。

「今日はもう、夜も更けて参りました。しかも貴殿はだいぶお疲れの様子。それでは千葉先生と満足に闘えるとは思えません。ここはひとつ、ゆっくりお休みになって、英気を養っては」

「なんのこれしき」

男はふたたび身体を起こそうとした。すかさず幸之進は彼に背をむけ、その場にしゃがみこみ、「いまだ、福助」と言った。「私の背に其奴《そいつ》を載せろ」

「よっこらせ」

福助が命じたとおりにすると、幸之進は男を背負って立ちあがる。抗われたらかなわないと思っていたが、男はおとなしく、身を任せていた。一張羅の紋付袴に男の血がべっとりつくがやむを得まい。そして草むらをかき分ける福助のあとをついていった。

「おめえら、おいらをだれだと思っていやがるんだっ」

幸之進の背中で男が言う。だが勢いはだいぶ衰えている。ほとんど寝言に近い。

「上州《じょうしゅう》はクニサダ村のチュウジロウだぞ」

クニサダ村とはどこだろう。

国定とでも書くのだろうか。上州のどのあたりか、江戸をでたことがない幸之進にはさっぱりだった。


駱駝の看板を掲げた見世物小屋の前に、老若男女、身分の上下も関わりなく、大勢のひとが押し寄せている。もしかしたらその中に、自分と喜平丸もいるのではないかと思い、隅々まで見てしまう。そんなはずがないとわかっているのにだ。

「その本でお間違いございませんか」

三津木屋《みつきや》の升吉《ますきち》に訊かれ、「あ、ああ、そうだ」と幸之進は慌てて答える。手にしている合巻本《ごうかんぼん》は『和合駱駝之世界』といい、つがいの駱駝が両国を訪れた翌年、文政八年

（一八二五）にでたものだ。その頃にも借りたが、幸之進よりも喜平丸のほうが熱心に読んでいた。

長崎にいた阿蘭陀人が帰国間際、深い仲になった丸山《まるやま》遊郭の花魁《おいらん》につがいの駱駝を与える。ありがたく頂いたものの、あまりに大食いの駱駝を持て余し、花魁はひとに売り渡してしまう。かくして駱駝は国中を巡り、遂《つい》には両国で見世物になった。自分と喜平丸がいるのではと探していたのは、その場面の挿絵だった。

石樽藩では定府と勤番、いずれの藩士も上屋敷内にある長屋暮らしだ。父が隠居し、夫婦揃《そろ》って屋敷をでていってしまい、独り身の幸之進は平屋建ての六畳一間に引っ越しを命じられた。不満はない。ひとり暮らしにはそれでも広く思えた。

「ちょうどようございました」

升吉は煙管《キセル》に手を添え、煙草盆の灰吹きに灰を落とす。幸之進が本を選んでいるあいだ、上《あ》がり框《かまち》に座って煙草を吸うのが慣《なら》わしみたいなものだ。そうした姿も男前ゆえに、とても様になっていた。こちらに背をむけているのは、商売道具の本に灰や火の粉が飛び散らないようにである。

「そちらの本、奥向《おくむき》から返ってきたばかりでして」

いつ頃からか、石樽藩には三津木屋という貸本屋が出入りしていた。以前の行商は野暮ったい初老の男だったが、数年前から升吉に代わった。歳は三十代なかば、本を担いで屋敷を渡り歩くより、芝居小屋の舞台に立ったほうがぴったりの色白で整った顔立ちをしていた。

　その男っぷりは商売に活《い》かされ、お得意様には大店《おおだな》の奥方やお嬢様、そして武家屋敷の奥女中などが多い。石樽藩でも十日にいっぺんは上屋敷の奥向に呼ばれていた。しゃべりも達者で、貸本の粗筋や読みどころを紹介するだけにはとどまらず、江戸の町で起きた出来事や評判が高い流行物《はやりもの》、よその藩や旗本などにまつわる噂話などを披露するので、奥女中達がなかなか帰そうとせず、短いときでも半刻《はんとき》（一時間）は必ずいる。そのあと本好きの藩士のところを巡っていく。幸之進もそのうちのひとりだった。

「奥女中のだれが読んだんだい」

「奥方様ですよ」

　喜平丸は三年前に嫁をもらっている。石樽藩の東隣にある藩の主君の三女で、名を小《こ》桜《ざくら》という。

「あの方は本をお読みになるのか」

「ご存じなかったのですか」

　升吉は上がり框から幸之進の前に移ってきた。煙管の筒ときざみ煙草が入った平べったい袋を、鼠の形をした根付で腰から提げている。

「お読みになるなんてものではありません。こうした草双紙《くさぞうし》ならば一晩で、読本でも二日で読み切るとおっしゃっていました。ただし奥女中達が読むような人情本や滑稽本はまるでお読みにならない。評判の『修紫田舎源氏《にせむらさきいなかげんじ》』にさえ目もくれず、敵討物《かたきうちもの》や剣豪がでてくる話ばかり」

小桜という愛らしい名前にぴったりな、小柄で愛らしい顔立ちにもかかわらず男勝りで、幼い頃から茶道や琴などの稽古事を嫌い、武術に明け暮れていたそうだ。二年前に嫁入りをしたあとも変わらず、上屋敷の道場でほぼ毎日、剣術の稽古に励んでいた。奥向の座敷にいるよりも、そちらにいるほうが長いくらいで、その腕前は石樽藩の藩士はだれひとりかなわないほどだった。喜平丸は剣術どころか武術全般からきし駄目なのに、どういうわけか夫婦仲はいい。こうして小桜が江戸で好き放題できるのは、やりたいことをやらせてあげなさいという喜平丸からのお達しのおかげだった。

「それと木暮殿とおなじく化物や妖術使いがでてくるのもよくお読みになります。聞けば嫁いで江戸で暮らすまで、戯作《げさく》の類いは手にしたことがなくて、お殿様の勧めで読むようになったとおっしゃっていました」

お殿様とはもちろん喜平丸で、彼にそうした類いの本を勧めたのは幸之進であった。

「そうそう。こちらの本も奥方様からお返しいただいたばかりのもので、昨年の夏に河原崎座《かわらさきざ》でかかった芝居の正本写《しょうほんうつし》ですが、挿絵は歌川国芳《うたがわくによし》なので見応え十分ですし、木暮様もお気に召すかと」

升吉が差しだしてきたのは『天竺徳兵衛韓噺《てんじくとくべえいこくばなし》』だった。正本写とは上演された芝居の筋書きを綴《つづ》った合巻本だ。挿絵は配役どおりの役者の似顔絵で、衣装や鬘《かつら》、大道具に至るまで芝居を忠実に描いている。幸之進が江戸三座を見たのは片手で数えられる程度で、いずれも喜平丸の付き添いだった。身銭を切るとなると、寺社の境内でおこなわれる宮地《みやち》芝居が精一杯なので、本で読めるのは大変ありがたかった。

「戯作とおなじく芝居も見たことがなかったそうで、ならばとお殿様がお連れになってはじめて見たのが、尾上菊五郎《おのえきくごろう》の『天竺徳兵衛韓噺』だったとおっしゃっていました。そう言えば奥方様に聞きましたが、木暮様は昔、お殿様と駱駝をご覧になられたそうですね」

「十年近くも昔の話だ。今年の春にも、両国にきていたらしいな」

「それがまた江戸に戻ってくるみたいですよ」升吉はしたり顔で言う。「五月に信州飯《いい》田《だ》で興行を打っていたのが、六月あたりから甲州《こうしゆう》路の界隈《かいわい》で、駱駝を見た者が何人かいましてね。二、三日前には八王子《はちおうじ》にいたとも聞いております」

武家屋敷に大店、裏長屋に遊郭など江戸中、本を担いで歩きまわっているからだろう、升吉の耳は早かった。

おっと、そうだ。ならばこのことも訊ねてみるか。

「つかぬことを伺うが」

「なんなりと」

「北辰一刀流の千葉周作という御仁がいるだろう。あのお方、江戸で道場を開く前は諸州を修行してまわっていたらしいが、その際に上州は通っているのかな」

「通っているどころか、一悶着《ひともんちゃく》起こしています」

「なにかしでかしたのか」

「上州には馬に庭に念じると書いて、馬庭念流《まにわねんりゅう》という武道の流派がございましてね」

千葉周作が上州にいった際、彼の強さに惚《ほ》れこみ、馬庭念流を抜け、門弟になった者が大勢いたらしい。さらにそのうえ千葉周作は上州にある伊香保《いかほ》神社に、門下一同の姓名を記した額を奉納しようとした。その中には馬庭念流だった者が多く含まれており、これを阻止しようと馬庭念流一党が伊香保村に集結、地元のやくざ者までが駆けつけ、総勢千人にものぼったという。

「その話、馬琴《ばきん》の『兎園《とえん》小説』にあったな」と幸之進は思いだす。曲亭《きよくてい》馬琴が兎園会なる会を起こし、月に一度、各自が披露した奇事異聞をまとめた随筆集だ。「たしか伊香保の額論ではなかったか」

「おっしゃるとおりで」

「いつ頃の話だったろう」

「文政の頃なので十年は昔になりますか」

十年前の勝負に決着をつけるんだ。

国定村の忠次郎《ちゅうじろう》が言っていたのを幸之進は思いだす。

「もしかしたら七日前、玄武館で起きた一件をご存じですか」

「いや」七日前と言えば、富山藩の中屋敷からの帰り、まさに忠次郎を助けた日である。

「なにがあったのだ」

「昼日中、玄武館の玄関に小便をかけた男がおりましてね。出入りしていた門下生が取り押さえようとしたところ、敵もさるもの引っ掻《か》くもの、小便をまき散らして寄せつけずに遁走《とんそう》」

大胆不敵というより無茶苦茶だ。

「もちろん門下生達はあとを追いかけたのですが、男は韋駄天《いだてん》のごとく足早で、すばしっこかった。そのうえどれだけ走っても疲れぬばかりか、速さが増していく。一刻が過ぎても捕まえられない。それでもどうにかこうにか男を広尾《ひろお》の原《はら》に追い詰め、まわりを取り囲んだ。ところがその男、一刻以上駆け回っていたのに、息を切らすこともなく落ち着き払い、腰にある長脇差に手をかけ」

言っておくが、おいらは強ぇぞ。

「その一言で門下生はみな、動けなくなってしまった。かといってここまできて、引き下がるわけにもいかない。覚悟を決めたひとりが飛びかかったところ、脇腹を斬られた。

さらにひとり、もうひとりとつづけざまにかかっていくが、呆気《あつけ》なくやられていった。あろうことか、背後から襲う卑怯者《ひきょうもの》までいたが、男は振りむきもせず、長脇差を後ろ手に構え、切っ先でぶっ刺したというのですから恐ろしい。かくして広尾の原は血に染まり、瞬く間に怪我人の山ができあがった。あ、そうか。もしかしたら男は馬庭念流の使い手かもしれません」

「なぜそう思う」

「刀を抜き、自分にむかってきた者だけしか、男は相手にしなかった。これすなわち後手必勝、剣は己の身を守るものという馬庭念流の教えかと思われます。ひどい訛《なま》りがあったらしいので。上州訛りだったのかもしれません。ともあれ何人も相手にしているうちに、男も何カ所か斬られながらも、剣の勢いは衰えず、門下生達は恐れをなして逃げだしてしまった」

「その者の人相やナリがどんなだったか、聞いてはおらぬか」

「魯智深《ろちしん》が錫杖《しゃくじょう》で、太い松の木を叩《たた》き割っている、国芳の絵にございましょう」歌川国芳の『通俗水滸伝豪傑百八人之壱人《つうぞくすいこでんごうけつひゃくはちにんのひとり》』のことにちがいない。魯智深は破門された坊主で、花の入れ墨をいれていることから渾名《あだな》を花和尚《かおしょう》という。「あの絵から飛びでてきたような筋骨隆々で、身の丈が六尺半はある大男だったそうです」

「名はなんと申すのだろう」

升吉から想像どおりの答えが返ってきた。

「国定村の忠次郎と名乗ったそうです」

じつを言えば幸之進も忠次郎を見て、国芳が描く花和尚にそっくりだと思っていた。ギョロ目で髭だらけ、諸肌脱《もろはだ》ぎは花和尚とおなじでも手に持つのは錫杖ではなく鍬《くわ》だ。いま彼は畑を耕しているのだ。入れ墨はしていない。筋骨隆々ではあるものの、幸之進よりも小柄で五尺(約一・五メートル)もなさそうだ。そんな小柄な男にやられたことが恥ずかしくて、玄武館の門下生は六尺半などと大袈裟《おおげさ》に言ったのかもしれない。

升吉に本を借りたあと、幸之進が目黒の上屋敷をでたのは九つ半(午後一時)だった。下屋敷に着いて泥面子をつくるため、陶房へむかう途中、畑で働く忠次郎を見つけ、幸之進は足を止めた。

血まみれの忠次郎を背負い、この下屋敷に運びこんだのは七日前の夜だった。見張りがいない裏門から入ってしばらくいくと、なすび池と呼ばれる、その名のとおりなすびによく似た形で、そこそこ広い池が左手に見えてくる。このほとりに沿って進んでいけば、なすびのお尻のほうに温室《むろ》がある。そこまで忠次郎を運んでから、空き家となった屋敷に忍びこみ、薬箱を持ちだし、福助に傷の手当をさせた。町医である父の見様見真似ですとは言うものの、見事な手際だった。

忠次郎は温室の中で延々と眠りつづけ、目覚めたのは三日目の朝だった。どうしてここにいるのか、幸之進が経緯を話すと、忠次郎の双眸《そうぼう》に涙が溢《あふ》れでてきた。この恩は一生忘れない、ぜひあなたの力になりたい、どんなことでもかまわない、とおいおい泣きながら言った。

ならば畑仕事を手伝ってもらえませんか。

そう頼んだのは福助だ。かくして忠次郎は下屋敷の菜園で働くようになった。だが渋谷川の草むらで、行き倒れになっていたとは、ひとには言えない。あれこれ考えた末、喜平丸のお伽役を任ぜられたばかりの頃、下屋敷に相撲取りが何人か暮らしていたのを思いだした。喜平丸の祖父、先々代の当主が相撲好きで、藩お抱えの力士を住まわせていたのだ。そこで忠次郎は先々代が贔屓《ひいき》にしていた力士の弟子で、しこ名は花和尚だと紹介すると、すんなり受け入れられた。しかし身体の傷について訊ねてくる者がいて、幸之進は答えに窮した末、嘘をついた。

上州の山奥で熊を相手に稽古をしていたのだ。

なぜかだれひとり疑いもせず、それは凄《すご》いとえらく感心していた。忠次郎は口を閉ざし、にやつくばかりだった。

身体のあちこちにある傷はまだ、完全には癒えておらず生々しい。おなじ畑で働く農民達は、そんな忠次郎を最初のうちこそ不気味がっていたものの、いまではこれをお願い花和尚さん、こいつもよろしく花和尚さんと、気軽に仕事を頼んでいる。忠次郎のほうも嫌な顔ひとつせず、せっせとこなしていた。昼時には畑の端で農民達と飯を食べ、夜には家に招かれてご馳走《ちそう》にもなるらしい。忠次郎が子ども達を追いかけて遊ぶ姿を、何度か見かけたこともある。そのときばかりは髭だらけの強面《こわもて》も緩みっ放しだった。

「花和尚っ。話があるのだ。ちょっといいか」

幸之進が呼ぶと、ひょいひょいと飛ぶように畑を横切ってきた。このすばしっこさならば、玄武館の門下生達が翻弄されるのもやむを得ないだろう。

「なんだべ」

「玄武館の玄関に小便をひっかけたのはおぬしか」幸之進は単刀直入に訊ねた。畑仕事をする者達の耳に入らぬよう、声をひそめてはいる。「どうなんだ」

「ありゃあ、門前払いされた腹いせにやったんだ。千葉周作が会ってくれていれば、あんな真似はしなかった。おいらはこれっぽっちも悪くね。悪いのは千葉周作だ」

忠次郎はいけしゃあしゃあと言う。

「おぬし、千葉周作と十年前の勝負に決着をつけるんだと言っていたが、あれは伊香保の額論のことか」

「あの一件をなんで知ってるだ」

幸之進の問いには答えず、忠次郎は聞き返してきた。

「本で読んだのだ。文政のことであろう。おぬし、馬庭念流の門下生だったのか」

「おいら、こう見えても国定村では名の知れた豪農の長男で、幼い頃から馬庭念流を習っていた。ところが元服前には博打《ばくち》を覚え、博徒の道に入ることになっちまったもんだから、家にはいられなくなり、馬庭念流も破門、伊香保の一件はその直後だったけど、それでも千葉周作なにするものぞ、いざとなれば馬庭念流に加勢しようと、伊香保村に駆けつけたんだべ。でも千葉周作が江戸に逃げちまったせいで、決着はつかずじまい」

「代官所《だいかんじょ》があいだに入って、三日後には双方、納得のうえで引き下がったのであろう。それに北辰一刀流の額は伊香保神社に掲げられずにおわったはずだ」

「でもどっちが強いかは決まってねぇ。だからおいらが馬庭念流を代表して」

「おぬしは馬庭念流を破門になっているのだから、代表もなにもあるまい」

「じつを言えばそいつはただの口実」忠次郎はにんまり笑う。「江戸随一の腕前と言われる千葉周作に勝って名を挙げるつもりだったんだ」

「勝てるかわからないだろう」

「勝つに決まってる。おいらは強ぇ」

「玄武館の門下生は何人斬った」

「十五人」忠次郎はさらりと言った。「ずいぶん加減をしてやったんで、短ければ三日、長くても十日あれば癒える傷を負っただけなのに泣き叫ぶわ命乞いするわの大騒ぎ、斬ったおいらに医者を呼んでくれと頼むやつまでいたほどのていたらく。雑魚も雑魚、十把一絡げの烏合《うごう》の衆《しゅう》でしかない連中を、どれだけ斬っても江戸の土産話にもならん。あいつらにすれば剣術は所詮、ただの稽古事、女が琴や三味線を習うのとおなじ、もちろんひとを斬ったこともないだろうし、ひとに斬られたのもはじめてだったにちげぇねぇ。おいらのようなやくざ者は勝たなきゃ命が獲《と》られちまう。剣術は生きる術なんだべ」

忠次郎の口ぶりは軽い。あたかも出来のいい小咄《こばなし》を披露しているかのようだ。それが却《かえ》って凄みがある。

「これから先どうするつもりだ」

「おいらが江戸にきたのは、千葉周作に勝つためだ。そいつを果たすまで国定村には帰れねぇ」

「玄関に小便をかけ、十五人もの門下生に傷を負わせたヤツに会うはずがないだろう」

幸之進は説き伏せるように言った。「だいたいお玉が池まで辿り着けるかわからんぞ。いま玄武館の門下生が江戸中、手分けして、おぬしを捜しているそうだからな」

これは升吉に聞いた話だ。

「そいつはまずい。いますぐここをでていくだ」

「どうしてそうなる。私の話を聞いていたのか。もう一度言うぞ。玄武館の門下生が江戸中手分けして」

「だからここにいると、おまえさん方に迷惑をかけることになりかねない。一宿一飯《いっしゅくいっぱん》の恩義を仇《あだ》で返すような真似をするわけにはいかねぇべ」

「待て待て待て」いまにもでていきそうな勢いの忠次郎を、幸之進は慌てて引き止めた。「おぬしが大立ち回りをした広尾の原は、ここからそう離れておらん。だからこのあたりに、上州訛りの者が潜んでいやしないかと、玄武館の門下生が相当数、嗅ぎ回っておる」これも升吉が教えてくれたことだ。「下手したらここをでるなり見つかって、とっ捕まるかもしれんのだぞ」

「とっ捕まる前に斬ればいい。今度は手加減しねぇ」

「莫迦《ばか》を申すな。おぬし、ひとりで二千だか三千だかいる北辰一刀流に立ち向かうつもりか」

「それも一興」忠次郎はまたにんまり笑った。この笑顔がくせものだ。ここをでるなり、自分から玄武館の門下生を見つけだし、斬りつけかねない。

「いたいたっ」子どものはしゃぐ声がした。四、五人が我先にと駆けだし、こちらへむかってくる。「カオショー、あそぼ」「おにごっこ、おにごっこ」「おすもうしようよ」「なすび池でつりをしよ」

それまで鬼のような形相で幸之進を睨みつけていたくせに、子ども達に囲まれるや否や、蕩《とろ》けるように相好が崩れた。自然とそうなってしまったらしく、幸之進のほうを見て、忠次郎はばつの悪そうな顔をする。そんな彼の手を子ども達が引っ張っていく。

「こ、木暮殿。いまの話、またのちほど」


何代も前の石樽藩当主が茶陶を好み、下屋敷の南端、正門を入ってすぐ左手に窯を備えた陶房をつくって、作陶をおこなっていた。いわゆる御庭焼《おにわやき》と呼ばれるものだが、この趣味を引き継ぐ当主がその後あらわれず、窯の出番はほぼなくなった。

取り壊されもせず、朽ちていくばかりの陶房で、だれが泥面子をつくりだしたのかはわからない。幸之進が子どもの時分にはすでにおこなわれており、喜平丸とふたりで日がな一日、泥面子ができる工程を眺めていたこともある。だからなのか、他の藩士よりも幸之進は泥面子をつくるのがうまかった。いつしか図案を考え、印判を彫る役どころを任されるようにもなった。

じつは昨年、幸之進が考案し、図案を描いた泥面子が大いに売れた。それも二種類である。ひとつは昨年、河原崎座で上演された『天竺徳兵衛韓噺』を題材につくったものだ。主人公の天竺徳兵衛が妖術を使い、巨大な蝦蟇《がま》をだして屋敷を潰す場面があったらしい。らしいと言うのはその芝居を幸之進は見ていない。人伝《ひとづて》に聞いただけだったにもかかわらず、その蝦蟇を泥面子の絵柄にしたところ当たったのだ。

もうひとつは鼠だ。昨年の四月に鼠小僧次郎吉《じろきち》が捕まり、八月に市中引き回しのうえ、千住《せんじゅ》の小塚原《こづかつぱら》刑場で処刑と相成った。その際、玩具問屋から鼠小僧で泥面子はできないものかと相談され、泥棒のように手拭いで頰《ほ》っ被《かむ》りをした鼠の絵でつくって、これも売れに売れた。

江戸留守居役手添仮取次御徒士頭見習の仕事よりも、泥面子をつくるほうが、ずっと性にあっていた。図案を考えるのは楽しいし、陶房に籠って黙々と作業をしていると気持ちが落ち着く。だがいまは駄目だった。どうしても忠次郎のことが気になってならない。彼を説得し、千葉周作との果たし合いを諦めさせたとて、玄武館の門下生達の目を盗み、江戸から抜けだせるかは疑わしい。

またいつもの悪い癖がでてきたな。

困っている者がいると、手助けしてやりたくなる。それ自体、悪くはない。むしろ長所だ。ところが手助けするにしても、幸之進自身の力不足でしくじることが多い。升吉から借りて読む草双紙や読本の主人公のように、うまくいかないのは重々承知だ。摩訶《まか》不思議な妖術など使えるはずもなく、剣術はからきし駄目ときている。泳げもしないのに川に飛びこみ、溺れた犬を救おうとして、自分が溺れかけたことがある。お茶屋の娘に絡む職人を止めれば金的を蹴飛ばされるし、酔っ払い同士の喧嘩《けんか》の仲裁に入ったら、どちらからも殴られたこともあった。反省はする。なのに毎回、今度はできるはずだと思ってしまう。

「失礼します」

福助が陶房に入ってきた。かかんこんと首からぶらさげた竹筒を鳴らし、幸之進に近づいてくる。右手に風呂敷包みを提げ、足取りが軽く機嫌よさそうだ。

「これはかわいらしい」幸之進は丸く型抜きした粘土に、海獺《うみうそ》の印判を押していた。その作業を覗きこみ、福助が言う。「たったこれだけの線なのに、ぱっと見て海獺だとわかる絵を、木暮殿はよくお描きになれますよね」

「おぬしは海獺を見たことがあるまい」

そう言いながらも幸之進は内心、うれしかった。泥面子の図柄なんて、だれも気に留めないからだ。絵を褒められたのも、人生でこれが三人目だった。一人目は喜平丸、二人目は喜平丸の母君、お夕《ゆう》の方《かた》だ。

「本物はございませんが、先日の物産会合で洋書の写しを見せてもらいました。なんでも今月頭に尾張熱田《あつた》の海沿いで捕えられたそうで。木暮殿こそ海獺を見たことがおありなのですか」

「ないよ。尾張の海獺はそのうち江戸にくるはずだ、いまのうちに泥面子をつくっておきましょうと、玩具問屋の主人に言われてね。しかもどこからか尾張の瓦版を手に入れてきたので、そいつを見て描いたんだ。それより私に用か」

「お描きいただいた地図のおかげで、設楽《したら》様の屋敷に迷わず辿り着くことができました。

ありがとうございます。ご覧下さい。これが蒲桃《ふともも》の苗です」

福助は朝からでかけていた。むかった先は麻布《あざぶ》の我善坊谷《がぜんぼうだに》にある旗本屋敷だ。物産会合に出席していた設楽市左衛門《いちざえもん》の住まいである。先日のその席で、蒲桃なる果物の苗をもらう約束を取り付けて、今日もらいにいったのだ。とは言え福助はまだまだ江戸に不案内なので、幸之進は麻布までの道のりを描いて渡した。

風呂敷に包まれていたのは小さな鉢だった。先のほうが尖《とが》った葉っぱが数枚だけの三寸（約十センチ）しかない苗が一本、植えてあるのが隙間から見えた。

「蒲桃は一年中、夏みたいな国からきたので、秋冬を越すためには温室で大切に育てねばなりません。これがなかなか難儀だそうで。でもそのぶん、やりがいがあるというもの。ははは。楽しみだなぁ」

呑気《のんき》なものだ。そんな福助に忠次郎の件を話すべきか、幸之進は迷った。余計な心配をさせるのはかわいそうだが、忠次郎の正体を知るのは幸之進以外に福助だけである。

やはり話すべきかと迷っていると、福助が妙なことを言いだした。

「木暮殿、今夜、駱駝を見にいきませんか」

「駱駝がまた江戸にくると三津木屋の升吉に聞いたが」

「おなじ話を聞きつけた富山の前田様が家臣を数人、甲州路にむかわせ、大月《おおつき》あたりから駱駝の進み具合を逐一、たしかめていたそうです。なんでも駱駝をタダで見られぬよう甲州路を夜半に進んでいて、昨夜は国領《こくりよう》に着いたとのこと。今宵《こよい》は二十六夜待ち、月の出の代わりに駱駝を待たぬかと本草学仲間に使いの者を走らせ、設楽様のところにいた私もお誘いを受けました。木暮殿もいかがです」

「わかった」願ったり叶《かな》ったりだ。先日、夢に見て以来、駱駝を見たくなり、その気持ちを少しでも満たそうと、升吉から駱駝の本を借りたのだ。

「じつはここへくる途中、花和尚に声をかけられましてね。莫迦に機嫌がよさそうだが、いいことがあったのかと訊かれまして、駱駝の話をしたんです。すると江戸の土産話にしたい、おいらは夜目が効くし、なによりも強ぇ、おめえらになにかあれば守ることもできると申しますので、それは心強い、ぜひお願いしたいと」

二十六夜待ちの今夜、夜半過ぎにでる月の光に、阿弥陀《あみだ》様、観音《かんのん》様、勢至《せいし》様の三尊の姿が見えるという。これを拝もうと、湯島天満宮《ゆしまてんまんぐう》や目白《めじろ》不動尊、飯田町九段坂、日暮里《にっぽり》諏訪ノ社《すわのしや》など海岸や高台にある寺社仏閣にひとが集まる。月の出を待つと言っても、ぼんやり夜空を見上げているわけではなく、呑《の》んだり食べたり、芸者を呼んだりのどんちゃん騒ぎをしながらである。高輪《たかなわ》や品川は掛茶屋や屋台がでて、昼日中よりも人出が多いらしい。信心は半分憂さの捨てどころとはよく言ったものである。だが月の出の代わりに駱駝を待つひと達のほうが、ずっと酔狂にちがいない。どうかしている。

忠次郎は下屋敷の温室で寝泊まりしており、宮益町と道玄坂町《どうげんざかちょう》の境、渋谷川に架かった橋の袂《たもと》で待ち合わせた。本当に駱駝を見たいだけなのか、他に考えがあってなのか、知りたいところだ。しかし問い質しても本心を口にするとは思えないのでやめておいた。さすがにこれだけ夜が更けていると、玄武館の門下生もいないだろう。この件を福助には話さぬままだった。

駱駝を見るために集まった場所は幡ヶ谷《はたがや》村で、内藤《ないとう》新宿から一里（約四キロメートル）ほどの甲州路の脇にいた。先日の物産会合に参加していた顔ぶれとほぼ変わらず、幸之進達を含め十数人、さらに各々の家臣も控えていた。

今宵は昼間の暑さが残り、風もないため動かずとも全身にじっとりと汗をかいた。暑さ凌《しの》ぎに冷や酒でも呑みたいところだが、物産会合の面々は酒を酌み交わすことなく、地べたに胡座をかき車座になって、どこそこでこんな花が咲いていただとか、これこれこういう鳥が飛んでいるのを見かけただとか、日不見と土竜の見分け方だとか、昼間に福助が設楽市左衛門から譲り受けてきた蒲桃の育て方だとかを延々と話しつづけている。

幸之進の右隣で、福助は嬉々《きき》としていた。この集まりでなければ話しかけることも憚《はばか》られる、遥《はる》かに身分の高い者達に気後れすることなく、自由闊達《かったつ》に意見するその姿は勇ましくさえあった。

意外なことに忠次郎も、話の輪に加わっていた。それはなになにという花だべとか、おいらの村にもその鳥はいるだとか口を挟み、ときには意見を求められてもいた。あたり一面が田畑で、秋が深まりつつある中、虫の音が途切れず、一同はその鳴き声を聞いて、虫の名前の当てっこをしていたのだが、だれよりも言い当てることができたのが忠次郎だった。

幸之進はと言えば話についていけず、眠気を紛らわすため、提灯《ちょうちん》の僅かな灯《あか》りの下で、持参した帳面に泥面子の図案を思いつくまま描いていった。

うまいなぁ、幸之進は。もっと描いておくれ。

お伽役だった頃、喜平丸にせがまれるまま、絵を描いていったのを思いだす。はじめは泥面子の図柄を真似てばかりいたが、次第に物足りなくなった喜平丸が、あれは描けぬか、これを描いてくれと注文するようになった。幸之進は葛飾北斎《かつしかほくさい》の『北斎漫画』や鍬形蕙斎《くわがたけいさい》の『鳥獣略画式』などの絵手本を見て、日頃から練習しておき、喜平丸を喜ばすことに心を砕いた。他のお伽役がやめさせられる中、幸之進ひとり残ったのは、絵のおかげだったと思わないでもない。

「なぁ」左隣から忠次郎が小声で話しかけてきた。幸之進は慌てて帳面を閉じる。「このひと達、侍にしちゃあ、ちとおかしくねぇか。さっきっから鳥や魚、獣に虫、草花の話ばっかりだ。どういう了見だべ」

忠次郎はニヤついていた。不審に思いつつも、面白がっているらしい。

「その類いのものが好きでたまらぬ方々なのだ。そういう侍がいてもよかろう」

「悪いとは一言も言ってねぇ。ろくすっぽ使えねぇ刀を腰に差して、威張りくさっている連中よりかは百倍も増しだ。おいらみたいな半端者の話にも、耳を貸してくれるしな。虫の名前を言い当てただけで、あんなに褒めてもらったのは生まれてはじめてだべ」忠次郎は満更でもない顔になる。「だがまあ、あんたもおかしな侍だな」

「私はごくふつうだ」

「ふつうの侍は泥面子をつくらねぇ。いま描いていたのも泥面子の絵だべ」

「あ、ああ」なんだ、見ていたのか。

「あの下屋敷もおかしなとこだ。侍と百姓がいっしょくたになって働いている。しかも侍は威張るどころか、百姓の言うことを聞いて、文句のひとつも言わねぇ。世の中みんな、あんなふうになればおもしれえのにな」

「あそこの野菜は上屋敷に住む藩士の食べ物なのだ。自分達だけでは、ろくな野菜ができないので、渋谷村の百姓に頼んで、畑作を一から教わり、手伝ってもらっておる。我々にとって百姓は師匠とおんなしだからな。文句を言って機嫌を損なわれて困るのは我々なのだ」

「なんにせよ、おいらはあそこが気に入った」

「ならば下屋敷にいつまでもいればいい」幸之進は力んで言う。「おぬしは強いかもしれぬ」

「かもではねぇ。強ぇんだ」

「うん、強い。だがな、斬られる者の身にもなれ。たとえ雑魚でも烏合の衆でも十把一絡げでも、ひとはひとだ。親はいるだろうし、嫁や子どももおるかもしれん。そのひとが死ねば悲しむ者は必ずいるはずだ。斬ったおぬしを恨んで、仇討ちにきたらどうする。ひとを斬って名を挙げたところで恨みを買うだけだ。ならばひとのために働き、ひとを助けることで名を挙げたほうがよっぽどよかろう。そうは思わぬか」

忠次郎からの返事がない。どういうわけか、甲州路に顔をむけていたのだ。駱駝がきたのかと思ったが、そうではない。国領ではなく内藤新宿のほうを見ている。幸之進もおなじ方角をむく。

なんだ、ありゃ。

月がまだでていない真っ暗闇の中、うっすらと白いものが浮かんでいる。人魂《ひとだま》かと思いきや、次第にひとの形を成していく。ならば幽霊か。他のひと達も気づき、話を止めていた。

「おいでなすったか」

忠次郎が呟《つぶや》くのが聞こえる。あれがなにかわかったのか、幸之進が訊ねようとしたときだ。

「何奴《なにやつ》」

鋭い声が闇夜に響く。前田利保の家臣だ。威勢よく道に躍りでていく。だが相手に提灯をむけるなり、「ひっ」と小さな悲鳴をあげた。提灯の灯りに照らされたのは、白無地の単衣《ひとえ》を着た侍だった。頬は削《そ》ぎ落としたように痩《こ》け、はだけた胸元から見える胸板は、あばら骨が浮きあがっていた。家臣は手に持つ提灯の灯りで腰から下を照らす。脚があるかたしかめたのだろう。二本、きちんとあった。

「これは失敬。脅かしてしまいましたかな」

「そ、そこもとはいったい」

「問われて名乗るもおこがましいが」ひっく。白無地の侍は大きなしゃっくりをした。酔っ払っているらしい。足元も怪しかった。「ヒラテミキと申すもの」

「玄武館の四天王のひとり、あのヒラテミキか」

旗本のひとりが言う。その口ぶりはあきらかに疑っている。

「左様。ヒラテは平らの手、ミキは深い喜びで平手深喜《ひらてみき》、だが呑んだくれのおまえの身体は酒で造られているようなもの、造酒《みき》と改めろと、千葉先生に小言を食らったばかり。その酒のせいでいまは四天王どころか、玄武館にいられるかどうかの瀬戸際でな。つかぬことを伺うが、この中に国定村の忠次郎なる者はおらぬか」

「おいらだっ」幸之進が止める間もなく、忠次郎が立ちあがる。

「そんなわけあるまい。忠次郎は身の丈が六尺半の大男と聞いておる。おぬしは五尺もなかろう」

「四尺八寸だ」忠次郎は道にでて、平手造酒の前に立つ。「玄武館の玄関に小便をかけ、追手《おって》を十五人斬ったのは紛《まご》うことなき、このおいら、国定村の忠次郎だっ」

「ほう」平手造酒は忠次郎の頭から爪先まで、値踏みでもするかのように見た。「嘘ではなさそうだ」

「どうしておいらがここにいるのがわかった」

「渋谷村の、とある藩の下屋敷で、おぬしが匿《かくま》われているという噂があってな。門下生数人、かわりばんこで昼夜徹して見張っておった。今宵は拙者を含め三人の番だったので、景気づけに五合徳利《とっくり》で酒を持っていったのだが、他のふたりは一口二口しか呑まん。もったいないので残りを呑んでいるうちに拙者は寝てしまった。そのあと下屋敷の裏門からおぬしがでてきたので、拙者を置いて、ふたりがここまで尾《つ》けてきた。するとなぜだか、高貴そうなお武家様と車座で親しげに話しておる。なにが起きているのかわけがわからず、渋谷まで引き返し、拙者を起こして、どうしたらよいものか、訊ねてきおった。ならば見てきてやろうと馳《は》せ参じたわけだ」

平手造酒の話を聞き、幸之進は自分の迂闊《うかつ》さを恥じていた。昼夜徹して下屋敷は見張られていたばかりか、ここへくるまで尾けられているとは。草双紙や読本の主人公ならば、たやすく見破るにちがいない。やはり私はひとを救う器ではないのだ。

　おいでなすったか。

　忠次郎がさきほどそう言ったのは、追手に気づいていたからにちがいない。

「おいらは下屋敷で匿われていたわけでねぇ」低いが、通る声で忠次郎が言った。「相撲取りだと偽って、転がりこんだんだ。おいらの正体を知るひとはだれもいねぇ。ここにいるお武家さん達もおんなしだ」

「つまり我が道場に小便をひっかけたのは、だれの指図でもなく、おぬしひとりでしでかしたと」

「そうだ。千葉周作に恨みがあるのはおいらひとり」

「あいわかった。ではおぬしだけを斬るとしよう」

　両者、刀の柄に手をかける。

　すると東の空から二十六夜月がでてきた。三日月と逆むきで、しかもだいぶ下に傾いているため、まずあらわれたのは左の先っちょだ。

「言っておくが、おいらは強ぇぞ」

「奇遇だな。拙者も強い。北辰一刀流の主家は千葉先生だが、腕は拙者のほうが遥かに勝っておる」

「まことか」

「まことだ」

「ならばどうして、四天王どころか玄武館を追いだされそうになったんだべ」

「まことのことを千葉先生の前で言ってしまった。酔った勢いとはいえまずかった。そのお詫《わ》びにおぬしを斬らねばならぬ。さだめと思って諦めてくれ」

「そりゃあ、おいらの台詞《せりふ》だ」

ふたりの口ぶりはえらく呑気だった。気が知れたもの同士が軽口を叩いているようにしか聞こえない。それでいて只《ただ》ならぬ雰囲気を醸しだしていた。間合が詰まれば詰まるほど、より濃厚になっていくのがわかる。車座に座る侍達は固唾を飲んで見守るだけだった。幸之進も目を離せずにいる。

間合がさらに詰まった。どちらが踏みこんでもおかしくない。あるいはどちらも相手がそうするのを待ち望んでいるのか。さすがにふたりとも口をきかなくなった。あたりはしんと静まり、虫の音ばかりがやけに耳につく。二十六夜月は右の先っちょも見えてきた。

「こ、木暮殿」右隣から福助の声がする。ひどく掠《かす》れた声だった。「なんとかならないのですか」

「どうしろというのだ」

「下屋敷にいつまでもいればいいいと、忠次郎にそうおっしゃっていましたよね」

聞いていたのか。

「だったらあの勝負を止めてください。勝っても負けても忠次郎は我々の許には帰ってきません。そんなの嫌です。なにより子ども達が悲しみます。お願いです」

福助は幸之進にしがみついてきた。疱瘡除けのみみずくに似た大きな眼《め》からぼろぼろと大粒の涙が溢れでて、洟《はな》まで垂らしている。

「わかった。私に任せろ」

止める手立てを思いついたのではない。いつもの悪い癖がでてしまっただけだ。だがなにもしないままでは、自分の気がすまないのはたしかだった。

幸之進は腰をあげ、対峙《たいじ》するふたりへむかう。そのあいだに入ろうとしたが、足が竦んでできなかった。剣が使えずとも、両者が発する殺気に気づいたからだ。あまりの凄《すさ》まじさに怖気《おじけ》づいたのである。自分がいかに小《ち》っぽけで、つまらない人間かを思い知らされ、情けない気持ちにもなる。

二十六夜月がその姿をすべて露《あらわ》にし、東の空に浮かびあがっていた。その形は、笑った口のようだった。

なにもできぬおぬしに、なにができるというのだ。

夜が私を嘲り笑っておる。

幸之進にはそう見えてならなかった。

ところがどうしたことか、殺気が途絶えた。そして忠次郎と平手造酒は幸之進に顔をむけている。視線はもっと上だ。幸之進は振りむく。

駱駝がそこに立っていた。

二十六夜月の僅かな光を浴びたその姿は、神々しいほどだ。駱駝は首を傾《かし》げ、幸之進を見下ろす。九年前、その目は物哀しげで、すべてを諦め切っているようだった。いまはちがう。優しく慈愛に満ちていた。長い旅路の果てに、悟りの境地に至ったのだろうか。駱駝は頭を垂れ、顔を近づけてくるなり舌をだし、幸之進の鼻先をぺろりと舐《な》めた。

「おぉぉぉぉおおぉ」

どよめきが起きた。車座に座る侍達だ。そして腰をあげ、駱駝に近づいてくる。このひと達にとって、命をかけた果たしあいよりも、珍しい獣のほうが大切なのだ。すると背後で殺気が甦《よみがえ》るのを感じた。足を踏みだす音が耳に入ってくる。

「よせ、やめろ」

振りむきざまに叫び、幸之進は脱兎《だつと》のごとく駆けだすと、忠次郎と平手造酒、ふたりのあいだに飛びこんだ。その刹那、右肩にこれまで味わったことのない痛みが走る。目の前では抜き身を構えたままの忠次郎が、信じ難いという顔つきで呟いた。

「おめえ、なにやってんだ」

まったくだと思いつつ、幸之進の足元がぐらつき、俯《うつぶ》せに倒れていく。痛みは増すばかりだ。助けを求めようにも声がでない。深い闇へと落ちていった。その闇の中にも二十六夜月が浮かんでおり、やはり嘲り笑っているようにしか見えなかった。

「よいか、みんなぁ。竹筒から手を離すでないぞ。迷子になるからな」

「はぁい」

福助の呼びかけに答えたのは、下屋敷で働く藩士や百姓の子ども達だった。渋谷をでたのは五つ半（午前九時）、そしてここ市谷《いちがや》の亀岡八幡宮《かめおかはちまんぐう》に着くまで、半刻はかかったが、みんな文句も言わずに歩きつづけてきた。これも駱駝を見たい一心にちがいない。草木や虫などの採集に使う竹筒を六本、紐で繋ぎあわせ、先頭の一本を福助は腰に差し、残りを一本ずつ、子ども達が持ち、一列で歩いている。迷子にならないための策だが、子ども達だけでなく、福助も楽しそうだった。

二十六夜月の夜、はじめて刀で斬られた幸之進はあまりの痛さに気を失った。前田利保の家臣が三人がかりで、渋谷の下屋敷まで運んでくれたそうだ。そして忠次郎のときとおなじく温室で、福助に手当をしてもらい、目覚めたのはつぎの日の朝だった。

傷は浅かった。右肩を僅かに斬っただけだったのだ。福助が言うには、刀を振り下ろしたと同時に幸之進が目の前にあらわれ、平手造酒は瞬時に力を抜いたらしい。

武術が巧みだからこそできる技です。なまじの侍であれば、ばっさり斬ってしまい、木暮殿の命は失われていたにちがいありません。

さらに福助から聞いた話だと平手造酒ばかりか忠次郎も、いつの間にか消えていなくなっていたという。よくよく考えれば、あのときすでに忠次郎が渋谷の下屋敷にいることは玄武館にばれてしまっていたわけで、この先住まわすのは無理だったのである。忠次郎はそれを承知で行方をくらましたにちがいない。

つい先日、三津木屋の升吉が訪れたので、玄武館の門下生はまだ国定村の忠次郎とやらを捜しているのか訊ねたところ、威信をかけてとばかりに、国定村まで足を運んだ者もいるとのことだった。ただし千葉先生ご自身はどうお考えか、わかりませんがねとも言っていたが、平手造酒の名はついぞでてこなかった。

福助が言っていたとおり、百姓の子ども達は忠次郎こと花和尚が、挨拶もなしにいなくなったことを嘆き悲しんだ。修行の旅にでて、いつかまた江戸に帰ってくると、福助が説き伏せたものの、子ども達は寂しさを隠し切れずにいた。

八月に入ってから市谷の亀岡八幡宮で駱駝の興行がはじまった。両国だと片道一刻はかかるが、その半分で済む。二十六夜月の騒動から半月が経ち、傷もだいぶ癒えてきたので、幸之進は子ども達を誘った。もちろん福助もである。

駱駝は牡一頭だけで、九年前ほどの混みようではないにせよ、小屋に入るまで長蛇の列に並ばねばならなかった。中の様子は昔と寸分変わらず、三味線にチャルメラ、銅鑼の賑やかなお囃子もいっしょだった。

「前へいこう。薩摩芋を四文で買えば、手ずから食べさせることができるはずだ」

幸之進は福助と子ども達を促す。みんな熱気と興奮のせいで顔が赤くなっている。九年前の喜平丸とまるでおんなじだ。

いよいよ駱駝があらわれた。鉄砲袖を身にまとう唐人風の男に手綱を引かれ、小屋の中を悠然と歩き回る。べつの唐人風の男が売りにきた薩摩芋を買い求め、福助と子ども達に渡す。

「殿にお見せしたかったなぁ」福助がぽつりと呟いた。「御目見したとき、殿がおっしゃっていたんです。江戸でのいちばんの思い出は駱駝を見たことだって。あの頃に戻りたいとも」

私もそうだよ、喜平丸。でも私達は今日を生き、明日をむかえねばならない。それがだれに対しても公平に与えられた試練なのだ。

駱駝が立ち止まり、丁寧にお辞儀をするように、頭を下げ、福助の薩摩芋から順に手ずから食べていく。沸き立つ子ども達を見て、手綱を持つ唐人風の男が笑っている。幸之進はその笑顔に見覚えがあった。

あっ。

驚きのあまり、幸之進は危うく声をあげそうになり、ごくりと唾を飲みこむ。髭を綺《き》麗《れい》にそり落とし、派手な化粧を塗りたくっている。だがそのぎょろりとした目は、間違いなく忠次郎だったのだ。子どもは駱駝に夢中で気づいていない。福助もだ。

おいらは強ぇ、用心棒になってやるとでも言って、うまいこと丸めこみ、駱駝の見世物一行に紛れこんだのではないか。もちろんいまだに自分を追う玄武館の門下生から身を隠すためだ。興行をおえたら、駱駝とともに江戸をでていくつもりだろう。

だがなにもこうして人前にでなくていいものを。

玄武館の玄関に小便をかけたのとおなじである。大胆不敵というより無茶苦茶だ。どうかしている。

幸之進が見ているのに気づき、忠次郎はいつかのように、ばつの悪そうな顔になった。そして自分の唇に人差し指を押し当てる。幸之進はそれに応じて、軽く頷《うなず》いた。

其《そ》之《の》弐《に》 豆《まめ》鹿《じか》

どうかしている。

物産会合に参加するひと達と会う度に幸之進は思う。高位でそれ相応の禄高で、たいそうな家柄なのに、こうして集まっては鳥に草花、虫などを持ち寄って、細々と観察し、侃侃諤諤《かんかんがくがく》と議論をする。その席には今年の春、侍になったばかりで、まだ十五歳の乾福助が加わっているのだが、彼の意見にも耳を貸し、正しければ褒めそやし、間違っていれば丁寧に訂正した。

秋も深まり、肌寒くも感じるようになった十月頭、今日の会主は禄高千四百石の旗本、設楽市左衛門で、会場は麻布の我善坊谷にある彼の屋敷だ。すでに会合ははじまっているのだが、議論は交わしていない。福助以外は壮年の男性なのに、子どもみたいにはしゃいでいた。彼らの真ん中にいるのは子豚だった。形こそ猪《いのしし》の子に似ているが、瓜《うり》みたいな縞《しま》模様はなく、人間の肌に近い色をしている。そのあまりの愛らしさに、観察するのを忘れ、みな相好が崩れっ放しなのだ。

「福助殿、この子豚はどうやって手に入れた」

「伊予《いよ》松山藩からお譲りいただきました」

この会合ではもっとも高い地位であろう、富山藩の先々代当主の次男、前田利保の問いかけに福助は臆することなく答えた。

石樽藩のように江戸留守居役手添仮取次御徒士頭見習といった長ったらしい名前でないにせよ、どこの藩にも江戸留守居役の手助けをする、似たような役職があった。木暮家では代々、そのうちのいくつかの藩の者と横の繋がりを持ち、留守居役の職務上の問題だけでなく、江戸屋敷での厄介事にどう対処すればいいか、書面でやりとりしたり、直《じか》に会ったりしていた。こうした役目の用事で、芝《しば》の増上寺《ぞうじょうじ》の近くにある伊予松山藩の中屋敷に、何度か足を運んでおり、そこで子どもが豚を追いかけて遊んでいるのを見かけたことがあった。この話を福助にしたところ、並々ならぬ興味を示し、ぜひとも連れていってくれないかとせがんできた。

そうなると駄目だと言えないのが幸之進の性分である。伊予松山藩の自分と同職の者に頼みこみ、中屋敷で豚を見せてもらうことにした。福助を連れていったところ、見るだけでは飽き足らず、豚の育て方や増やし方を事細かに訊ね、帳面に書きこんでいった。その熱意に押されたのか、もしよければ生まれたばかりの子豚をお譲りしましょうと先方に言われ、牝牡二匹ずつもらってきた。これが三日前の話で、いまここにいるのは、そのうちの一匹の牡豚、名前は八戒《はっかい》だ。もちろん西遊記の猪《ちょ》八戒からいただいた。渋谷の下屋敷から連れてくる際、どこかへいかぬよう、首輪をつけて紐で繋いである。

いい大人達が八戒と戯れていると、襖《ふすま》のむこうから足音が聞こえてきた。ひとの声もする。

「叔父上、どうぞお待ちを。父君はいま、物産会合の真っ最中」

「本草贔屓の寄合ならば却って好都合」

これを聞き、設楽市左衛門の顔つきが変わり、「ぐぐぐ」と呻き声を洩《も》らした。

「御免っ」襖が開くと、八戒はびくりと身体を震わせ、福助の膝の上へ飛び乗った。あらわれたのは四十手前の男で、設楽市左衛門のほうに大股でむかう。所作に無駄がなく一分の隙もない。

「ご無沙汰しております、兄上殿」腰を下ろしてから、男は丁寧に頭を下げた。

「申し訳ありません、父上」遅れて座敷に入ってきたのは十五、六歳の利発そうな青年だった。設楽市左衛門の息子、篤三郎《とくさぶろう》だ。「叔父上がどうしても会ってお願いしたいことがあるとおっしゃって」

「まったくもってかたじけない」

男が顔をあげる。切れ長で白目がちの眼は鋭くて険しい。その眼差《まなざ》しに設楽市左衛門は気圧《けお》されているようだった。

「そ、そういうことであればやむを得まい」

「弟君にしては設楽殿に似ておらぬな」前田利保が呑気な口ぶりで言う。

「私の母が叔父上の姉にあたるのです」そう答えたのは篤三郎だった。

「設楽殿の奥方は昌平黌《しょうへいこう》の林大学頭《はやしだいがくのかみ》のご息女でござったろう。となればおぬしは林大学頭のご子息なのか」

「左様でございます」前田利保の問いに男は答える。

これはまたえらい人物がおでましになった。昌平黌は神田湯島にある幕府直轄の学問所だ。旗本や御家人といった幕臣ばかりではなく、全国の藩士も試験にさえ受かれば、学ぶことができる。林家が代々大学頭を務めており、ゆくゆくは目の前の男が継ぐのかと幸之進は思ったのだが、そうではなかった。

「私は三男で、十年以上も昔に下谷《したや》の鳥居《とりい》家の婿養子となり家督を継ぎました。名は鳥居忠耀《ただてる》と申します」

「もしやそこもと」旗本のひとりが言った。「昨年の正月、なんの前触れもなく九年務めていた中奥番をあっさり辞職した、あの鳥居殿か」

「その鳥居です。いまもまだ無職です。養子としては肩身が狭い」

冗談とも本気とも思えぬ男の口ぶりに、だれしもが戸惑いを隠し切れずにいた。福助の膝に乗る八戒さえも、気を遣っているようで、啼かずにおとなしくしている。中奥番は将軍様に近侍する要職だ。それをあっさり辞職したとはどういうことなのだろう。

「それであの」設楽市左衛門がげほげほと咳払《せきばら》いをしてから言った。「今日はなにしに参った」

「じつはひとに頼まれ、この国に一匹しかおらぬ獣を捜さねばならぬことになりまして」

「駱駝ですか」福助が言った。幸之進もそう思った。八月に市谷の亀岡八幡宮で見世物になっていた駱駝は、いまはもういない。その興行に紛れこんだ国定村の忠次郎も、行方知れずだった。つい先頃、貸本屋の升吉に聞いた話だと、さすがに玄武館の門下生も忠次郎を捜すのを諦めたらしい。

「駱駝ほど大きければ、捜すのも楽だったろうな。だが私が捜しているのは」鳥居忠耀の切れ長の目が僅かに見開いた。福助の膝に乗る八戒に気づいたらしい。「その豚とさしてかわらぬ大きさの鹿だ。その名も豆鹿と申してな。蹄《ひづめ》はあるが角はない。琉球《りゅうきゅう》よりもさらに南にあるジャワとやらいう、一年中、夏のような島国からきたらしい」

駱駝はアラビアだかハルシヤだったなと幸之進はぼんやり思いだす。

「ジャワの鹿がどうして江戸にいるのでしょう」

設楽市左衛門の息子、篤三郎が訊ねた。

「それこそ駱駝とおんなじだ。阿蘭陀船に乗ってまずは長崎に入ってきた。その後どこをどういう流れでそうなったかは知らぬが、江戸にお住みの、さる奥方様の手に渡り、大奥で飼われていた。ところが三日前、とある寺へお詣《まい》りにいった帰り道、豆鹿は奥方様とともに総黒漆塗の駕籠《かご》に乗っていたのだが、隙を突いて逃げてしまったそうだ」

どこの奥方様かはわからないが、総黒漆塗の駕籠となるとよほど高貴な方だ。

「どのあたりのことですか」これまた篤三郎だ。

「両国の大橋を渡って、しばらく経ってからだと聞いておる。そして一昨日《おととい》と昨日、柳原《やなぎわら》の土手で豆鹿らしきものを見た者が幾人かあらわれていることもな。私が捜すように頼まれたのは今朝方なのだが、手がかりはあまりない。そこで」鳥居忠耀は甥《おい》っ子《こ》から設楽市左衛門に顔をむける。「阿蘭陀人が書いた動物の図譜の写しを、兄上がお持ちであるのを思いだしましてね。そこに豆鹿について記されているのではと思い、こうして馳せ参じたわけで」

「あの写しは私のではない。ひとに借りたものなのだ。それに豆鹿とやらのことは書いていなかったはず」

「ならばこの中のどなたか、ジャワという国からきた豆鹿について、ご存じの方はいらっしゃいませんか。どんな些細《ささい》なことでもよろしいのですが」

鳥居忠耀は物産会合の参加者達を見回す。しかしみな、口を噤《つぐ》んだままでいた。そんな中、「あの」と福助が手を挙げた。「私にはそんなに小さな鹿がいるとは思えません。

姿かたちが鹿に似ているだけの獣ではないかと」

「だからなんだ」

鳥居忠耀が鋭い声で聞き返す。だが福助は動じることはなく、言葉をつづけた。

「身体が小さな獣というのは、陽が沈んで夜になってから動きだすものです」

「言われてみれば一昨日昨日ともに、豆鹿らしきものが見受けられたのは、夜更け過ぎだと聞いておる。だとしたら昼間は」

「石の陰や木の穴に身を潜め、寝ていると思われます」

福助の答えを聞くと、鳥居忠耀は口元をほんの少し、綻ばした。

「おぬし、名をなんと申す」

「乾福助です」

「すまぬがいまから私と柳原の土手にきてもらえないか。いっしょに豆鹿を捜してほしい」

「私でお役に立てれば」鳥居忠耀に答えてからだ。福助は幸之進に顔をむけてきた。

「木暮殿もいらっしゃいますよね」

「あ、ああ」

福助の腕の中で八戒がブゥブゥと鳴いている。拙者も捜すぞとでも言っているようだった。

「では早速参ろう」鳥居忠耀がすっくと立つ。

「はい」八戒を抱え持ち、福助も腰をあげる。幸之進もだ。

「叔父上、私も参ります」と篤三郎が立つ。「そんなに小さな獣を捜すとなると、ひとりでも多いほうがいいでしょう」

「微力ながら余もお手伝い致そう」

「前田殿がいくのであれば私もお供します」「では私も」「ならば私も」と他の者もつぎつぎと腰をあげた。浮ついているように見える。なにせ二十六夜待ちの夜に、月を待たずに駱駝を待っていたひと達だ。琉球より先にある南の島国からきた獣を、あわよくば一目見てやろうと思っているにちがいない。

ほんとにこのひと達はどうかしている。

神田川《かんだがわ》の右岸に沿って、浅草橋《あさくさばし》から筋違橋《すじかいばし》まで築かれた土手には、柳が植えられている。これが柳原の土手で、麻布の我善坊谷から歩いて半刻（一時間）ほどで辿り着いた。

雲ひとつない晴天だが、神田川からの風は冷たく、冬のものになろうとしている。柳の葉もだいぶ落ちて、長く垂れた枝だけの有様は寒々しいだけでなく、不気味でさえあった。その下を幸之進や福助のみならず、前田利保をはじめ物産会合の一同、さらには豚の八戒も横一列に並び、豆鹿を捜している。

幸之進はほぼ真ん中で、土手のてっぺんにいた。右手は陽の光を浴びて輝く神田川で、ひとや荷物を積んだ川舟が行き来している。威勢のいい掛け声が聞こえてくるのは、川向こうの河岸で人足が、幾艘《いくそう》もの舟から荷の積み降ろしをしているからだ。ひっきりなしに身体を動かしているので、身体が冷える暇がないのだろう、褌《ふんどし》一丁の者が目立つ。

左手は柳原通りで土手を背にして、床店《とこみせ》がひしめきあっている。どの店もお世辞にも上等とは言い難く、とても狭い。間口は九尺（約二・七メートル）、奥行き三尺（約九十センチ）に三尺の揚縁《あげえん》を付け足し、店を開いていた。大半は古着屋だが、古道具屋もいくつかある。買い物客のみならず、浅草や両国へ遊びにむかうひとも多い往来で、土手を中腰で歩く侍達はいい見世物になった。なにしろ豚までいるのだ。ところが通りに人集《ひとだか》りができたかと思うと、すぐにちりぢりばらばらになった。理由は鳥居忠耀にあった。土手の上から彼が一睨みするだけで、みんな逃げだしていくのだ。

浅草橋から筋違橋のあいだには新橋《あたらしばし》と和泉橋《いずみばし》、そして神田川を運ばれてきた荷物を陸揚げし、船を使うひと達の渡船場でもある柳原河岸があった。この三カ所は土手が途切れる。

浅草橋からはじめて、新橋まで捜してきたが、いまだ豆鹿の姿は見当たらなかった。休む間もなく、つぎの土手をのぼる。茶色に染まった草むらをかきわけていくと、葉っぱの先や枝の棘《とげ》などで手足に細かな傷ができてきた。それに土手の坂を横に歩くため、足首を捻りそうにはなるし、屈《かが》んだ恰好を保たねばならないので、次第に腰が痛くなってきた。物産会合のひと達は幸之進よりもずっと年上なのでより辛《つら》いだろうに、だれひとり文句を言わず、それどころか楽しそうにしている。

そう言えば、お夕の方の飼い猫が逃げだしたことがあったな。

お夕の方は先代藩主の正室で、喜平丸の母君である。最初のうちは奥女中だけで捜していたのだが、どうしても見つからず、藩士が総出で上屋敷中を捜しまわったのだ。猫を見つけたのは喜平丸だ。庭に生えた柿の木に登って、下りられなくなっていた。

幸之進、どうにかならぬか。

まだ九歳か十歳だった喜平丸に急《せ》かすように言われ、幸之進が猫を助けることになった。木登りが苦手なのにもかかわらずだ。そして案の定、途中で枝が折れ、落っこちてしまった。結局、猫はあとから訪れた大人達がはしごで救っていた。幸之進は恥ずかしくてたまらず、自分の不甲斐《ふがい》なさに情けなくもなった。

お夕の方は目黒の上屋敷に暮らしていたが、からだが弱く、奥御殿で床に臥すことが多かった。それでもときどき庭先まででてきて、喜平丸と幸之進が遊んでいるところを眺めていることがあった。むろんひとりではない。御付きの女中がまわりを取り囲み、もしもの場合にと藩医まで付き添っていた。そんなとき喜平丸は大いに張り切り、身体を動かすのが苦手なくせに、幸之進を相手に竹刀の打ち合いや相撲などを披露した。そして幸之進がじょうずに負けてみせるとお夕の方は殊の外、お喜びになり、喜平丸も満足そうだった。

猫の騒動があってしばらく経ってからのこと、庭先にあらわれたお夕の方に、幸之進はこう言われた。

わらわの猫を救うために負った怪我は、もうよくなりましたか。

は、はい。

それはよかった。心配していたのですよ。あなたの心意気はありがたく思います。でも無理をしたらいけません。いいですね。

お夕の方の前で喜平丸とふたり、駱駝の真似をやったこともあった。お夕の方だけではなく、お付きの女中も拍手喝采だった。さらには喜平丸に命じられ、駱駝を二頭、その場で描いたこともある。

どちらが牡でどちらが牝かしら。

お夕の方に訊かれ、幸之進は慌てた。牡牝など考えずに描いていたのだ。

右が牡で左が牝です、母君。そうであろう、幸之進。

え、あ、はい。

やはりそうでしたか。仲睦《なかむつ》まじいさまがよく描けています。この絵、わらわにくださらぬか。

思いがけぬ申し出に、幸之進はこくこくと頷くことしかできなかった。青白い頰をうっすら赤く染めるお夕の方に見蕩《みと》れていたからだ。

お夕の方が亡くなったのはその年の暮れだった。

「すると叔父上」設楽市左衛門の息子、篤三郎の声が聞こえてきた。それまでも話をしていたようだが、お夕の方を思いだしていたせいで、耳に入らなかったらしい。「このあたりで夜更け過ぎに豆鹿らしきものを見たというのは、やはり夜鷹《よたか》ですか」

土手を背に並ぶ床店は夜になると揚縁を吊《つ》り上げ、戸の代わりにして店を閉め、商人達もみな、自分の住まいへと帰ってしまう。そして夜の女が柳の陰に立つ。これが夜鷹だ。年増《としま》の女が若づくりをし、黒い着物に手拭いを被り、茣蓙《ござ》を抱え、そば一杯分の金で身を売る。

「噂の元は客のほうだ」

鳥居忠耀が答えた。ふたりは幸之進の右斜めうしろにいた。言葉を交わしつつも、中腰で枯れ草をかき分け、目を皿のようにして地面を見て歩を進めている。

「さる旗本屋敷の中間部屋に居座る陸尺《ろくしやく》が、夜鷹とことに及んでいる最中、足の裏を舐めるものがいた。驚いてそちらに目をむけると、猫と変わらぬ大きさだが、あきらかに鹿のかたちをしていたという。この話を会うひと毎《ごと》に話していたので、半日もかからずに広まった。今朝はまず、この陸尺に話を聞いたあと、本所吉田町《よしだちよう》にむかった」

「叔父上おひとりでですか」

「豆鹿を見つけるための手がかりを得るためだ。職がなくて暇を持て余しているしな」

「だからといってよくもまあ、あんなところに」

篤三郎が言うのももっともだ。吉田の森に夜鷹という鳥住むなどと言われ、半町（約五十五メートル）足らずの本所吉田町は夜鷹の巣窟なのだ。夜になれば、柳原の土手のみならず両国の薬研堀《やげんぼり》、駿河台《するがだい》、護持院《ごじいん》が原《はら》へと稼ぎにでかける。辞めたとは言え、中奥番を務めていた高位の旗本が足を踏み入れるようなところではない。

「住んでいる者達もたいそう驚いていた。取り締まりにきたかと思われ、逃げだそうとする者までいて、そうではないと説き伏せるのも大変だった。それでもなんとか昨日と一昨日の二晩、ここ柳原の土手で商売をしていた夜鷹を見つけ、話を聞くことができた。陸尺の相手をしたのとはべつの夜鷹が三人ばかり、牛太郎《ぎゅうたろう》もふたり、豆鹿らしきものを見かけていた」

牛太郎は夜鷹の客引きであり、用心棒だ。

「さる奥方様とやらはなにゆえ豆鹿を表に連れだしたのでしょう」

「私が知るはずがないだろう」

鳥居忠耀が不機嫌そうに答えても、篤三郎はかまわず問いを重ねた。

「そもそもお詣りにいった、とある寺とはどこですか」

「言えぬから、とあると申した」

「では叔父上はご存じなのですね」

鳥居忠耀からの返事はない。

「もしや智泉院《ちせんいん》ではありませんか」

智泉院は下総中山《しもうさなかやま》の法華経寺《ほけきょうじ》の境内にある寺院で、将軍家の祈禱所《きとうじょ》である。

「どうしてそう思うのだ」

鳥居忠耀が聞き返す。幸之進も知りたいところだ。

「智泉院の若い僧侶は水も滴るいい男揃い、それを目当てに大奥から側室や姫君、奥女中達までも足繁《あししげ》く参詣しているという噂を耳にしたことがあります。さる奥方様と叔父上はおっしゃいましたが、じつは大奥のだれかしらがお気に入りの坊主に、南蛮渡来の珍しい獣を見せにいったのではありませんか」

「莫迦莫迦しい」鳥居忠耀は吐き捨てるように言う。「おまえはそのような下世話な噂を信じておるのか」

「いえ、あの、左様なことは」

篤三郎はしどろもどろになり、やがて口を閉ざした。叔父の剣幕に怯《ひる》んだのだろう。彼自身、言い過ぎたと思ったのかもしれない。

気づけば和泉橋まで辿り着いた。つぎの土手をのぼって、また中腰になり、豆鹿を捜そうとしたときだ。幸之進のすぐそばで、前田利保が突っ立ったまま、遠くをじっと見つめていた。どうしたのかと思い、幸之進は彼とおなじ方角に目をむける。和泉橋の袂にある大弓の的場《まとば》にひとりの侍が悠然と弓を構えていた。片肌を脱いでおり、遠目で見ても肩幅があって胸板も厚いのがわかる。背後に控えているふたりはお付きの者だろう。

侍が矢を放つ。しゅっと音が鳴り、的の真ん中に突き刺さる。

「お見事っ」

前田利保が高らかに言い、手を叩く。何事かと他の者が腰をあげて彼を見る。矢を放った侍もこちらを仰ぎ見た。するとお付きの者に弓矢を渡して、やにわに走りだし、片肌をしまいながら、土手を駆けのぼってくる。

「前田殿ではありませんか」

身体に見合った大きくて通る声で叫ぶ。前田利保の元に辿り着くと、息を切らすことなく話しはじめた。

「曽祖父の葬儀にはきていただきましたよね」侍は言った。「でもこうして会って話すのは」

「二年前の春、高輪の屋敷に伺ったのが最後ではありませんか」

「そうでした。あの頃は曽祖父もまだまだ達者だった。よもやあれから半年もしないうちに容態を崩し、病の床に臥せるとは思ってもみませんでした」

「惜しい方を亡くしました」前田利保が残念そうに言う。「改めてお悔やみ申しあげます」

「曽祖父も八十九歳でしたからね。あれだけ好き勝手生きていたんだ、大往生ですよ。祖父や父君ばかりでなく、大勢のひとがホッと胸を撫《な》で下ろしていることでしょう。ははは」

無邪気に笑う侍を見て、前田利保はどんな顔をしたらよいものかという顔になる。

「これはこれは。島津《しまづ》殿ではありませんか」

設楽市左衛門だ。彼だけでなく物産会合のひと達みんなが親しげな笑みを浮かべ、ふたりに近寄ってきた。

「おひさしぶりです、設楽殿」

「一段と男っぷりがあがりましたな」

島津殿と呼ばれた侍は、幸之進と変わらぬ年齢らしい。ただし身体は一回り大きく貫禄十分だ。島津と聞いて真っ先に浮かぶのは薩摩藩の当主である。この侍はその親戚筋だろうか。

「こりゃかわいい」島津某《なにがし》はしゃがみこみ、足元に寄ってきた八戒の頭を撫でた。

「前田殿のですか」

「私のです」福助が前にでてきて言った。

「おぬしは」

「石樽藩の乾福助と申します」

「石樽の名に聞き覚えがあるが」八戒の頭を撫でたまま、島津某は首を傾げる。

「以前、我々の物産会合に参加していた綾部智成という方を覚えてござらぬか」と前田利保が口を挟む。

「ああ、そうか。綾部殿が石樽藩の当主でしたね。たしか何年か前に亡くなって、ご子息が家督を継いだと」

「その方の命で、福助は江戸で本草学を学んでおりましてな。十五歳ながら熱心に勉学に励み、物産会合の常連でもありまして」

前田利保は自分のことのように自慢げに言う。それだけ福助のことを気に入っているのだ。

「それは感心だ。ならば今度、高輪にある我が藩の屋敷にくるといい。私の曽祖父は舶来の草木を栽培し、鳥や獣も育てておったからな。おぬしの学問に役立つこと請け合いだ」

高輪の藩邸と言えば薩摩藩だ。だとしたら八十九歳で大往生した曽祖父とは、栄翁《えいおう》と称した島津重豪《しげひで》に他ならぬ。八代目藩主ではあるものの、隠居したのちも五十年近く藩政を仕切っていた人物だ。しかも娘のひとりは将軍様の正室である。蘭学《らんがく》や本草学に長《た》けた蘭癖《らんぺき》大名でもあって、つまりは物産会合の面々の先達と言ってもいい。

するとわざとらしい咳払いがした。鳥居忠耀だ。知らぬ間に、みんなの背後にいたのである。

「おぉ、そうだ。紹介致そう」設楽市左衛門が言った。「この者は私の妻の弟で鳥居忠耀と申すもの」

「薩摩藩の島津又三郎《またさぶろう》です」

「いまの当主のご子息でな。ゆくゆくは家督を継ぐことになるだろうと」

「はは。どうでしょう」島津又三郎はふたたび無邪気に笑う。「曽祖父に可愛《かわい》がられた私を、快く思わぬひとは、これまた大勢いますので」

「そ、そんなことはございませんでしょう」

設楽市左衛門も困り顔になる。島津又三郎は相手のそうした反応を面白がっているのかもしれない。

「鳥居殿は林大学頭のご子息でしてな」

「いまは無職の旗本でござる」鳥居忠耀が無愛想に言う。「兄上、旧交を温めているところを申し訳ないが、陽もだいぶ傾いて参りました。手を休めている暇はありません。一刻も早く見つけださねば」

「なにをお捜しですか」

「豆鹿です」島津又三郎の問いに福助が素直に答える。「ただし鹿といってもこの子豚と変わらぬ大きさで、角もありませんので、鹿によく似たべつの獣かと思われます。ジャワという南国から阿蘭陀船で長崎に着き、江戸に渡り、とある奥方様がお飼いになっていたのが逃げてしまったそうで」

「もしやあれがそうだったのかな」

島津又三郎がぼそりと呟くのを聞き、みんなが色めきたつ。

「あれとはなんでござる」と訊ねたのは設楽市左衛門だ。

「豆鹿を見たというのですか」鳥居忠耀は島津又三郎に鋭い眼をむける。

「見たのはほんの一瞬だったので、そうだとはっきりと言い切れませんがね。的場で弓を射る前に、柳森稲荷《やなぎもりいなり》でお詣りをしてきまして、あそこにあるお富士《ふじ》さんをひょいひょいと獣らしきものが登っているのが見えたのです。猫かと思ったのだが、姿かたちがちがう。狸《たぬき》や狐《きつね》でもない。強いて言えば鹿に似ていた。だがそんな生き物がいるはずがない、なにかの見間違いと思ったのだが」

江戸には富士山がたくさんある。もちろん本物ではない。富士山の形を模してつくった塚だ。島津又三郎が言ったお富士さんとはこのことだ。柳森稲荷にも二階建ての家屋と変わらぬ高さのお富士さんが、社の隣にそびえ立っていた。

島津又三郎を先頭に、神田川から陸揚げした荷物を運ぶ大八車が行き交う柳原河岸を横切って、柳森稲荷の境内に入っていこうとしたときだ。

「うわっ」

鳥居の下で男の子が尻餅をついた。福助よりもさらに五つ六つは歳下だろう。二本差しのおとなが十人ばかり、群れを成して目の前にあらわれ、仰天したようだ。

「すまぬ。驚かせてしまったな」

島津又三郎が詫びて、立たせようと手をさしだす。だが男の子は「けっこうです」と断り、立ちあがる。腰に一本、刀を差して、髷の形からして侍の子どもらしい。幸之進と負けず劣らずよれよれでくたびれ、汚れも目立つ着物を身にまとっている。だがそれよりずっと気になることがあった。

「おぬし、懐になにを入れておる」

鳥居忠耀が言った。そうなのだ、男の子の懐が妙に膨らんでいたのである。彼は返事をせず、居並ぶおとな達を上目遣いで見るばかりだ。八戒がブゥブブゥブゥと呼びかけるように啼くと、彼の懐から獣の顔がひょっこりでてきた。尖った耳に大きな瞳、黒く濡《ぬ》れた鼻先と、どこをどう見ても鹿なのに、その顔は子どもの拳くらい小さかった。豆鹿にちがいあるまい。

「そやつをどこへ連れていくつもりだ」

これまた鳥居忠耀だ。食ってかかる口ぶりに豆鹿がふたたび懐に顔を隠してしまう。

「相手はまだがんぜない子ども。言葉がきつ過ぎますよ」鳥居忠耀を戒めてから、設楽市左衛門は腰を屈め、男の子に視線をあわせた。「怖がらせて申し訳ない。じつはその獣の飼い主は、とある高貴な方でな。逃げだしてしまったのを、我々で捜していたところなのだよ。いやあ、見つかってよかった。大助かりだ。きっとおぬしにも褒美がでることだろう。のぉ、鳥居殿」

設楽市左衛門は男の子からは見えぬよう、鳥居忠耀に目配せをしている。自分の話にあわせろと訴えかけているのが幸之進でもわかる。ところが鳥居忠耀には通じなかったらしい。

「なにを言っておるのです。褒美などでるはずがないでしょう」

あっさり打ち消され、設楽市左衛門は金魚みたいに口をぱくぱくさせている。

「昔の友達に見せたいのです」男の子は凛《りん》とした張りのある声で言った。「数日のあいだお貸し願いたい」

「莫迦を申すな」鳥居忠耀は白目がちの眼を男の子にむけた。「高貴な方のものであるのは本当だ。そうやって懐に入れているのは盗んだのもおなじこと。ここで返さぬとどんな罪になるかわからぬ。それでもいいのか」

脅し文句に男の子は怯むどころか、受けて立つと言わんばかりの顔つきになっていた。

それが鳥居忠耀の癇に障ったらしい。

「返せっ。返さぬのであらば腕ずくでも奪い取るまでのこと」

今度は脅しではなかった。言葉どおりに鳥居忠耀が摑《つか》みかかろうとすると、男の子はこれをするりと避《よ》けた。

「おやめなさい、鳥居殿」「子ども相手に」「大人気《おとなげ》ありませんぞ」

他の者が口々に言っても無駄だった。鳥居忠耀は聞く耳を持たずに捕まえようとするが、男の子はひらりひらりと避ける。その身軽さたるや、五条《ごじょう》大橋の牛若丸《うしわかまる》のようだ。やがて男の子は刀を抜いた。正しくは刀ではない。竹光《たけみつ》だった。そして腰を落とし、竹光を横に構える。

「面白い。その度胸は買おう。だが断っておくが、拙者はどんな相手でも容赦せぬからな。覚悟」致せとつづくはずだったのだろう。だが最後まで言えなかった。男の子が身を乗りだすと、つぎの瞬間、鳥居忠耀は「痛っ」と叫び、身体を丸めた。つづけてみんなのあいだを走り抜ける。するとだれしもが「痛っ」「あ痛」「痛たた」と言いつつ、どちらか一方の足を抱え、しゃがみこんでしまう。竹光で脛《すね》を叩かれているのだ。

牛若丸だけに弁慶《べんけい》の泣き所とはこれいかに、と思っていたら幸之進も右の脛をやられ、残るは福助ただひとり、男の子がその脛に竹光を打ちこもうとしたときだ。八戒が福助の前に立ちはだかり、ブゥブブゥブゥブゥと威嚇するように啼いた。男の子が竹光を止めて身を引くと、その懐から豆鹿がこぼれ落ち、柳原通りへと走っていった。

「待ってくれ」

男の子が豆鹿のあとを追う。これを八戒が追いかける。福助もだ。できれば幸之進も追いたいところだが、脛の痛みで立つことさえできなかった。

柳原河岸では人足達が行き交い、大八車に荷物を載せては通りへでていった。鳥居の下でのたうちまわる侍達など、気にもかけていないようだ。いや、よく見ればだれしもがうっすら笑っている。十人あまりいる侍が、子どもひとりに、いともたやすくやられてしまったのだ。腹の中では舌をだしているにちがいない。


結局その日は、豆鹿を取り返せなかった。だれしもが脛の痛みが引かず、柳森稲荷で動けないままで四半刻（三十分）ほど経った頃、福助と八戒しか戻ってこなかった。幸之進は脛をやられた右脚を引きずり、ときには福助の肩を借りて、どうにか目黒の上屋敷に帰った。あまりの痛みに歩くこともままならず、駕籠で帰った者も少なからずいた。

それから二日後、僅かに痛みが残る足を引きずりながら、幸之進は日の出とともに上屋敷の御殿に出仕し、北西の角にある書庫に入った。十畳足らずのその部屋は板張りで、整然と並ぶ天井までの棚には幕府開闢《かいびゃく》以来、江戸で起きた数々の大火事を逃れてきた、石樽藩代々の文書二百年分が積んである。藩から幕府へ上申書を提出する場合、同一か、できる限り類似した案件が許諾された、先例の文書を添付する必要があった。五十年昔でも百年昔でも二百年昔でもかまわない。先例は先例だ。これを探しだすのも、江戸留守居役手添仮取次御徒士頭見習の仕事である。

書庫のどこにどんな文書があるか、幸之進の頭の中にだいたい入っているので、見つけるまでさほど時間はかからないが、その前に国許からの上申書に目を通す。おかげで江戸に生まれ育ち、石樽藩に足を踏み入れたことがないのに、藩の内情に幸之進は自然と詳しくなっていった。

藩の収入は言うまでもなく年貢米である。他にも冥加金《みょうがきん》や運上金などを徴収し、これらを藩政に使い、当主や藩士の暮らしを賄っていた。だがこの他にもあれこれ出費がある。国許と江戸のあいだを行き来する大名行列には金がかかるし、江戸屋敷での暮らしも出費が嵩《かさ》んだ。参勤交代で当主をはじめ、勤番侍などが上屋敷に滞在する時期など、もっと膨れあがる。だからこそ下屋敷では近隣の百姓の手を借りて、藩士自ら野菜をつくり、せめて食費だけでも浮かせようとしているのだが、それでもまだまだ足りなかった。そのうえ今年は長雨と早冷のおかげで、国許では昨年に引きつづき凶作らしい。被害額は石高の五割以上にのぼり、倹約のお達しがだされているものの、焼け石に水でしかない。

さらに藩財政を直撃するのが手伝《てつだい》普請だ。大火や地震などによって被害を受けた江戸城の修復や、将軍様の菩提寺《ぼだいじ》あるいは霊廟《れいびょう》などの造営や改築といった幕府から課せられておこなう普請のことだ。石樽藩ではいま、縁もゆかりもない、何千里も離れたよその藩に流れる河川の洪水氾濫を防ぐ掘削工事の費用の上納を命じられていた。

するど今回、この手伝普請の見直しを願う上申書が国許から届いた。なんと喜平丸は工事予定の河川へ、石樽藩の家臣を数名派遣し、三ヶ月以上調査をさせた末に、費用が三分の一で済むだけでなく、水路の整備までできる代案をつくりあげていたのだ。

我が藩は何代も前からつねに火の車だ。

石樽藩十二代目当主、綾部智親こと喜平丸がそう言っていたのを思いだす。

私はどうすればいいのかのぉ。

幸之進にはどうすることもできない。江戸留守居役手添仮取次御徒士頭見習のすべきことは先例の文書を探すだけである。

「木暮殿ぉ。いらっしゃいますかぁ」

福助の声で幸之進は我に返り、棚の隙間を抜けでていった。

「どうした、こんな朝早くに」

「谷中《やなか》に住む本草学の先生の許へ、伺う約束をしておりまして」前田利保や設楽市左衛門の師匠筋に当たるひとだ。谷中まで一刻半（三時間）はかかるので、これだけ早くにでかけねばならないのだろう。「その前に木暮殿の脛の薬を貼り直そうと、長屋に伺ったらいらっしゃらなかったので、こちらだろうと思いまして」

「わざわざ申し訳ないな」

薬は福助のお手製だ。採取した薬草でつくった練り薬を布に塗り、右脚の脛に貼り付け、その上から裂いて細長くした布で巻いてある。

「その後、いかがですか」

「薬が効いたのだろう。だいぶよくなった」

「お役に立ててなによりです。では傷をお見せください」

幸之進は立て膝をつき、右の脛を露にした。福助は胡座をかき、巻いた布を外していく。すると表でブゥブブゥブゥと豚が啼くのが聞こえた。

「あれは八戒か」

「そうです。行きはまだしも帰りに夜道を歩くのは心細いので、いっしょにいってもらうことにしました」

「仕事は昼前におわる。なんだったらそのあと谷中まで、いってやってもいいぞ」

「だだだだいじょうぶです」福助はひどく動揺した。「私ごときで、そこまで木暮殿にお手数をかけるわけにはいきません。どうぞご心配なく」

「ならばいいが」と答えてから、幸之進の頭を上申書の文面がよぎる。「おぬし、国許の家族は元気にしておるのか」

「どうしました、藪《やぶ》から棒に」

「いや、それはあの」

今度は幸之進が動揺する番だった。いまここで国許が凶作だなんて話をして、福助を不安に陥れる真似はしたくない。しかしだ。

「私の家族を心配してくださっているのですね。ありがとうございます」練り薬の布を貼り替えながら、福助はぺこりと頭を下げる。「なにせ国許は二年つづけての凶作、領民の困窮は極まり、天明《てんめい》以来五十年ぶりの飢饉《ききん》も間近ではないかと噂されているほどですからね」

「知っていたのか」

「はい。母の手紙に書いてありました。でも家族はみな達者に暮らしているので、おまえは余計なことに気を回さず、勉学に勤《いそ》しむのですよとも」

福助は幸之進の脛に細長い布を巻き付けていく。俯《うつむ》き加減のその顔はひどく寂しげだった。勤番侍の中では国許の家族を恋しがり、酒席で泣きだす者までいる。いいおとなでもそうなのだ。ましてや福助はまだ元服を済ませたばかりの少年である。励ますなり慰めるなりしようと幸之進が言葉を捜しているあいだに、脛に巻いた布を縛りおえた当の本人は、「ではいって参ります」と書庫をでていってしまった。

「豆鹿をさらった子どもを叔父上が見つけだしました」

設楽篤三郎にいきなりそう言われ、幸之進はいささか面食らった。

今回の手伝普請の見直しと、ぴったり符合する先例は残念ながらなかった。それでも類似する先例の文書を三件見つけだし、留守居役の許へ届けたうえで、この先どうすれば上申書を通すことができるのかとしばらく話しあったのち、長屋へ戻った。すると頃合いを見計らったかのように訪れた門番に、おぬしに客人がきておるぞ、と言われたのである。それが篤三郎だった。右手にずいぶんと大きな鳥籠を提げているのだが、なぜか空っぽだった。

「鳥居殿がですか。え、あの、でもどうやって」

「子どもながらあれだけの剣さばき、名の知れた道場に通っているはずだと、いくつか当たりをつけまして」

豆鹿や柳森稲荷の一件については一言も触れず、それどころか鳥居忠耀は、とある藩の者と身分を偽り、大人を負かす腕前を持つ十歳前後の子どもがいると噂を耳にしたのだがご存じないか、できれば我が藩で召し抱えたいと考えておるのだが、と訊ねて回ったのだという。

「一日半、江戸中を歩き回って遂に三十三軒目、麻布狸穴《まみあな》にある直心影流《じきしんかげりゅう》の道場で」

「見つけたのですか」

「本人はおりませんでしたが、師範から名前と住まいを聞きだすことができました。そして昨夜遅くに、父君の許に報《しら》せにきましてね。ついては自分は子どもを相手にするので、豆鹿を生け捕ってほしいと。ただし父君は仕事があるからと丁重に断りました。ここだけの話、父君は叔父上が苦手なのです。このあいだは豆鹿見たさに手伝いましたが、おかげで子どもに脛を叩かれたでしょう。彼奴《あいつ》に関わりあうとやはりろくな目にあわん、もうこりごりだと言い、私が代理を務めることに相成りました」空っぽの鳥籠は豆鹿を入れるためのものか。「でもひとりでは心許ない。すると木暮幸之進殿に付き添ってもらえと父君が申され、こうして伺った次第」

「どうして私が」

「二十六夜待ちの出来事、聞いておりますよ。剣を抜かずに己の身を挺《てい》して、北辰一刀流と馬庭念流の一騎打ちを止めたのでしょう」

「あれは身体が勝手に動いただけで」

「考えず感じるままにできるなんて、達人の域に達していらっしゃるわけですね」

篤三郎が真顔なので、幸之進はどう誤解を解けばいいものか、困り果てた。福助と歳の変わらぬ十五、六歳の若者を騙《だま》している気分にさえなる。

「お気づきかもしれませんが、叔父上は少し変わっておりまして、ふだんは落ち着き払っているのですが、自分の思いどおりにならないと、なにをしでかすかわかりません。

そうなったとき私ひとりで止める自信がない。木暮殿がいれば心強い。お願いできませぬか」

「わかりました」まっすぐに見据えられたら、断りようがない。「お供致しましょう」

「かたじけない。叔父上は頭が切れ過ぎるのです。凡人にはついていけないところもある。だからまわりの人間がみんな莫迦に見えて癇に障るのだと思います。中奥番を辞めてしまったのもその気質のせいでしてね。登城すると右を見ても左を見ても莫迦ばかり、莫迦が出世して、莫迦が金儲《かねもう》けをして、莫迦が贅沢三昧《ぜいたくざんまい》に暮らしているのを見ていると、はらわたが煮えくり返って我慢ならんのだと言っていました。まったくもって困ったおひとですよ」

そう言いながらも篤三郎自身は、そんな叔父を嫌いではないようだ。

「あの子はなんという名で、どこに住んでいるのです」

「名は勝麟太郎《かつりんたろう》、父親は職に就けずにいる小普請で、母親を含めて家族三人、本所入江町《ほんじょいりえちょう》にある知りあいの屋敷の長屋で暮らしているそうです」

鳥居忠耀とはむこうで未《ひつじ》の刻（午後二時）に落ちあう約束をしていると聞き、幸之進は少なからず後悔した。ならば、いますぐでなければならない。

「早速、参りましょう」と言うしかなかった。

本所入江町の手前には、時を告げる鐘撞堂《かねつきどう》がそびえ立っている。その下に鳥居忠燿が腕組みをして待ち構えていた。これから果たし合いでもするのかというほど、気迫に満ちており、通りかかるひと達が避けて歩いている。篤三郎と幸之進は自然と足早になり、駆け寄っていった。

「お待たせしました、叔父上」

「気にせずともよい。私が早く着いただけのこと。まだ未の刻にはなっておらぬ」鳥居忠燿は幸之進に顔をむけた。「このあいだはごくろうであった。今日もご足労願ってかたじけない」

労《ねぎら》いの言葉なのに、あまりに高飛車な口ぶりに、幸之進は面食らう。

「では叔父上、早速、勝麟太郎の家に」

「家にはおらぬ。おぬし達がくる前にたしかめておこうと、家族三人で転がりこんでいる屋敷までいったのだ。中の様子を窺《うかが》おうとしたら、ちょうどあのこわっぱが飛びだしてきてな。あとを追ってみると、少し先の寺にいき、境内で素振りをはじめおった。まずはそこへいくとしよう」

「こちらの道をいけばよろしいですか」

「駄目だ」歩きだそうとする篤三郎を鳥居忠燿が引き止める。「その路地は切見世だ。おぬしなど入ろうものなら、遊女にうしろ襟を摑まれて部屋に連れ込まれるぞ」

冗談とも本気ともつかぬ口ぶりで鳥居忠耀が言うと、篤三郎の顔は見る見るうちに赤く染まった。

細い路地の両側にある長屋は、どこも二畳ほどの狭い部屋で、そこに遊女が暮らし、客を引き入れるのが切見世だ。江戸市中に四、五十はある岡場所のひとつで、男が仲間うちで鐘撞堂にいこうと言えば、ここへの誘いなのだ。現に昼日中にもかかわらず、客と思《おぼ》しき者がすでに出入りをしているほどだった。

「川岸の道を通っていこう。いっしょに参れ」

鳥居忠耀を先頭に川沿いの道をまっすぐに進んでいった。こちらはほぼ人通りがない。ふと空を見上げると、えらく大きな鳥が飛んでいた。身体は白いが、広げた翼は黒い。だがなにより目を引いたのは長い嘴《くちばし》だ。江戸の空ではあまりお目にかかったことがない鳥である。福助や物産会合のひと達ならば、なんという鳥か、わかるかもしれない。

やがて左に折れると小さくても立派な寺があった。まわりを囲む木々の中には葉が赤や黄色に染まったものもあり、晩秋の風情を醸しだしている。だが眺めている暇はない。

「おらぬな」

寺の前で足をとめ、妙見山と記された山門から中を覗きこみながら、鳥居忠耀がぼやくように言った。それでもかまわず入っていくので、篤三郎と幸之進はついていく。境内には勝麟太郎どころか、人っ子ひとりいない。

「家に帰ったのではありませんか」

篤三郎が言うと、鳥居忠耀は自分の唇に人差し指を縦に当て、静かに致せと目で訴えていた。

鐘の音が鳴る。さきほどの鐘撞堂の鐘が、未の刻を報せているのだ。その音が止んだ頃、微《かす》かなひとの話し声が耳に入ってきた。話の中身まではわからないにしても、えらく楽しそうなのはわかる。どこから聞こえてくるのか、三人であたりを見回す。

篤三郎は手水舎《ちょうずや》の脇に鳥籠を置いてから、本堂のほうを指差した。鳥居忠耀が無言で頷く。幸之進もだ。声はその裏手から聞こえているのだ。足音を立てぬよう、そろりそろりと本堂に近寄る。そして先頭の鳥居忠耀が本堂の角を曲がったときだ。

「ブゥブブゥウブゥブゥブゥウッ」

八戒だ。いくら江戸が広くても、首輪を付けた子豚は他にいるまい。首輪に繋いだ紐はあっても、木の幹などには結んでおらず、食いかからんばかりに吠《ほ》えつづけた。子豚でもその勢いは侮れず、鳥居忠耀も後ずさり、うしろの篤三郎にぶつかり、篤三郎はさらにうしろの幸之進にぶつかって、三人とも仰向けに折り重なって倒れた。無様なことこのうえない。

「ブウッブウッ。ブッブブブブ」

なおも八戒は吠える。その様は勝《か》ち鬨《どき》をあげているようだ。

「叔父上が立たないと我々が立てません」

「わかっておる。待っておれ」

かんこんかんこんと聞き覚えのある音に、幸之進は気づく。

「なにがあったのだ、八戒」

首からぶらさげた竹筒を鳴らし、本堂の裏手から福助が走ってきたのである。

「福助っ」

「木暮殿ではありませんか。なぜここに」

「おぬしこそ、谷中にいっていたはずだろ」

「ですからその帰りに寄って、こ、このあたりに生えている、や、薬草を採っていました」

福助の目は泳いでいた。苦手な嘘をつこうとして必死なのだ。

「ここに先日、豆鹿を盗んでいった小僧がいたはずだ」鳥居忠耀が怒気を含んだ声で訊ねる。

「私にはなんのことやら、さっぱりわかりませぬ」

そう答えるや否や福助はくるりと踵《きびす》を返して駆けだした。

「待て、こらっ」

鳥居忠耀が追いかける。いっしょに追うべきか、幸之進が迷っていると、隣に立つ篤三郎が叫んだ。

「叔父上っ。勝麟太郎がでてきましたっ」

先日の男の子が本堂の反対側から、ひょっこりあらわれたのだ。懐が膨らんでいるのは豆鹿が入っているからだろう。番犬ならぬ番豚の八戒が吠えるので、本堂の裏手から窺い、鳥居忠耀がきたことに気づき、福助がおとりとなって、麟太郎を逃がそうとしたにちがいない。だがその目論見《もくろみ》はうまくいかなかった。

「逃がさんぞ」「待ちたまえ」

鳥居忠耀と篤三郎が麟太郎のほうへと走りだす。

「こ、木暮殿。なんとかならないのですか」

駆け寄ってくるなり、福助が幸之進にすがりつき、二十六夜待ちのときとおなじことを言う。大粒の涙が溢れでて、洟を垂らしているところまでおなじだ。だがさすがに任せておけとは言えない。敵味方とまで言わずとも、立場は正反対なのだ。それでも幸之進は福助の頼みを無下にはできず、なんとかしなければと考える。

「柳森稲荷から豆鹿と麟太郎を追いかけただろ。あのとき見失ったと言っていたが、本当はどうだったんだ」

「両国広小路の手前で、麟太郎より先に私が豆鹿を捕まえました」幸之進の問いに、福助は洟を啜《すす》りながら答える。「すると昔の友達に見せたら必ず返すと拝んで頼むものですから」

「見逃したのか」

「名前とどこに住んでいるかは訊いておきました。だから今日、豆鹿の様子を見にきたのです。麟太郎は本堂の床下の一角を板で仕切って、その中に藁《わら》を敷き詰め、豆鹿にちょうどいい寝座をつくってあげておりました」

「さっさと友達に見せにいけばいいものをどうして」

「あ痛っ」

篤三郎が悲鳴をあげる。先日と同様、麟太郎の竹光を右の脛に食らい、転がるように倒れていた。つづけて麟太郎は鳥居忠燿に突進し、その脛にも竹光の一撃を見舞う。ところがこれがまったく効かなかった。鳥居忠燿がにやりと笑い、袴の裾をあげる。

「この私におなじ手が通用するものか。用心のために筒臑当《つつすねあて》を着けてきたのだ」

筒臑当とは鉄の板を蝶番《ちょうつがい》でつなぎあわせ、革紐で括《くく》り付けるものだ。竹光どころか本物の刀でもかなうまい。鳥居忠燿が麟太郎の右手首を摑むと、その手から竹光が落ちる。よほどの力をこめているにちがいない。

「おやめください」幸之進は慌てて止めに入る。「その子の腕が折れてしまいます」

「この者は私の役目の邪魔立てをしたうえに、丸二日も余計な手間をかけさせおった。罰として腕の一本くらい折ってもかまわぬだろう」

鳥居忠耀は平然と言う。その薄い唇は歪《ゆが》んでいた。笑っているのだ。幸之進は背中に冷たい汗をかきながら、なおも言った。

「それではただの私怨ではありませんか」

するとと麟太郎の懐から豆鹿が顔をだした。そして身体を僅かに伸ばすと、麟太郎の手首を摑む鳥居忠耀の手にかぷりと嚙みついた。

「あ痛たたたたたたたたた」

鳥居忠耀は悲鳴をあげ、手を離す。いい気味だと思ったのも束《つか》の間《ま》、彼は右手を大きく振りかぶり、麟太郎の左頰を力任せに引《ひ》っ叩《ぱた》いた。小さな身体は弾《はじ》け飛び、その胸元から豆鹿が転げ落ちる。

「麟太郎っ」福助が駆け寄って抱きあげたものの、ぐったりしている。気を失ったらしい。福助とともにきた八戒がブウブブゥブゥと哀しげに啼いている。

「なにをぼんやり突っ立っておるのだ」鳥居忠耀が豆鹿に嚙まれた手を振り、幸之進を怒鳴りつけてきた。「豆鹿を捕まえろ」

目の前を豆鹿が通りかかるのに気づき、幸之進はうしろから両手で掬いあげるように捕えた。あっさり捕まえることができたのは、だいぶ身体が弱っていたからだ。

「よくやった、お見事だ。さて帰ろう」

「お待ちください」豆鹿を抱え持ち、幸之進は鳥居忠耀を引き止める。「あの子を放っておくのですか」

「元はと言えば其奴が豆鹿を返さなかったのが事のはじまりだ。自業自得であろう」

鳥居忠耀は冷淡に言い放つ。

「でもそれは鳥居殿がここで返さぬとどんな罪になるかわからぬなどと、脅したからではありませんか」

「私のせいだというのか」

鳥居忠耀が足を止め、身体ごと幸之進にむける。

「そうは申しておりません。あの子は友達に見せたいと言っていたでしょう。その願いを叶えてあげてもよかったのではないかと」

「ふざけたことを申すな。盗人《ぬすっと》の言い訳など聞いていられるわけないだろ」

「落ち着いてください、叔父上」右脚を引きずって、篤三郎も寄ってきた。「ご立腹はごもっとも。しかし木暮殿が申すことにも一理あります」

「なにゆえおぬし達は私を悪者扱いするのだ。私は己の務めを果たしたまでのこと、その邪魔立てをした輩《やから》に罰を与えてなにが悪い」

駄目だ。鳥居忠耀は他人の話に耳を貸そうとしない。そればかりか、己の道理に反するものは敵にしか見えないようだ。

「鱗太郎っ」そう叫び、表の通りから男が飛びこんできた。まっしぐらに鱗太郎にむかい、その横にしゃがみこむ。「おっ母に妙見山で素振りをしていると聞いて、ひとつ稽古をつけてやろうときてみればこんなことに。なにがあったっ。てめえがやったのか」

「ち、ちがいます」摑みかからん勢いで言われ、福助はぶんぶんと首を左右に振った。

「だったらだれがやった」

「ブゥブゥブブゥブゥ、ブッブブブブゥ」

八戒が鳥居忠耀を見上げ、啼きつづける。こいつです、こいつがやりましたと言っているのは明らかだ。

「てめえ」男は立ちあがり、鳥居忠耀を見据えた。「俺の息子になにをした」

麟太郎の父なのか。篤三郎が職に就けずにいる小普請と言っていたが、そのなりを見れば納得ができる。歳は三十歳前後か、月代が伸びきって無精髭も生え放題、着流し姿で腰には三尺強の太刀を差していた。

「左の頬を平手打ちにしたのですっ」福助が大声で告げ口をする。

「ブゥブブゥブゥウ」まったくひどい奴ですぜと八戒は言っているはずだ。

「子ども相手にどういう了見だ」

麟太郎の父が鳥居忠耀から目を離さず、ゆっくりと近づいてくる。声を荒らげてはいないものの、敵意剝《む》きだしで殺気さえ漂わせていた。

「わけあってしたまでのこと」対する鳥居忠耀は落ち着き払って答える。「話を聞けば父親であるおぬしも得心するはずだ」

「話など聞くだけ無駄。てめえの息子が殴られて気を失っているのを見たら、どんな話でも得心できぬからな」

「子が子ならば親も親」と言って鳥居忠耀は太刀の柄に手をかける。

「俺を斬ろうっていうのか」

麟太郎の父が足を止めた。ふたりは一間半（約二・七メートル）も離れていない。

「事と次第によってはそうせざるを得ん。おぬしも腰に差したものを使ったらどうだ」

「ふん」麟太郎の父は鼻で笑い、太刀に手をかけたが、鞘ごと引き抜き、脇に放り投げた。意外な振る舞いに、さすがの鳥居忠耀も驚きを隠せずにいる。

「おめえなんざ素手でじゅうぶんだ。血に濡れた刀を手入れするのは面倒だからな」

「舐めた口をきくのも大概に致せ」

鳥居忠耀はひどい悪相になっていた。切れ長の目は血走り、こめかみに青筋を立て、気のせいか、口が耳元まで裂けているようにも見えた。ひとに化けていた妖怪が、遂に本性をあらわしたようだ。升吉から借りて読む本にでてくる悪役そのもので、国芳あたりならば、さぞや恐ろしげに描くことだろう。

「おめえ、名前は」

「鳥居忠耀」と答え、鞘から刀を抜き、八相の構えを取る。「おぬしはなんと申す」

「勝小吉《こきち》だ」

麟太郎の父は答え、諸肌を脱いだ。そして両手を握りしめ、顔の前で構える。痩せてはいるが貧相ではなく、鋼みたいな体つきだ。そこかしこに傷があるのは、それだけ喧嘩の場数をこなしてきた証《あかし》だろう。真剣を相手に、素手で挑もうなど正気の沙汰ではないと思ったものの、あながち無茶でもなさそうだ。現に鳥居忠耀は少し怯んでいる。

そんなふたりを見物するためのように、本堂の屋根に鳥が舞い降りてきた。この寺にくる道すがらに、空を飛んでいた、やたらと嘴が長い鳥だ。麟太郎を抱きかかえたまま、福助もその鳥を見て、大きな眼を瞬《しばたた》かせている。

すると幸之進の腕の中で、豆鹿がもぞもぞと動きだした。居心地が悪いのかもしれないと、持ち替えようとしたら、ぴょんと飛び降りてしまった。

「おい、待て」幸之進が思わず前にでた途端だ。鳥居忠耀に目がけて放たれた勝小吉の拳骨《げんこつ》が、幸之進の左頬にぶち当たった。頭の中でがんがんと半鐘が鳴り響き、崩れるようにして倒れていく。

「なにやってんだ、てめえは」勝小吉が叫ぶ。怒っていいものかどうか、迷っているようだ。

「申し訳ありません」

ひとまず詫びてから、立とうとする。だが殴られた左頬の痛みが身体中を駆け巡り、力が入らないのだ。頭の中の半鐘も鳴り止まず、ふたたび俯せに倒れてしまう。そうこうしているあいだに、豆鹿はこちらにお尻をむけて遠ざかるばかりだ。

「あれは鹿の子どもか」勝小吉が訝しげに言う。

「豆鹿だ」鳥居忠耀が答え、刀を鞘に収める。「おぬしの息子が盗んだのを取り返しにきた。高貴な方のもので、ここで見失おうものならこの先、私は無職のまま」

「そんな立派ななりをしているのに、おめえさんも俺とおんなしに職がないのかい。どうしてそれを先に言わなかった」

「聞くだけ無駄と言ったのはおぬしであろう」

ふたりが言い争っているうちに、本堂の屋根から嘴の長い鳥が、地上に下りてくると、豆鹿の前に立ちはだかった。そして頭を垂れて一尺半（約四十五センチ）はある嘴で豆鹿をぱくりとくわえると、上をむいて飲みこんでしまった。なんと嘴の下に茶巾袋のようなものがくっついていて、その中に豆鹿を入れたのだ。そして翼を広げ、ばさばさと羽ばたかせ走りだす。

「おい、待て、こらっ。待つんだ」

鳥居忠耀があとを追ううちに、鳥は勢いよく飛び立った。しかし豆鹿の重みのせいか、左右の釣り合いがうまく取れず、高く舞い上がることができない。

「福助殿っ、お借り致しますっ」

凜とした声が聞こえた。麟太郎だ。いつの間にか気を取り戻していたらしい。彼は福助の首にかけてある竹筒を手に取って放り投げた。紐に繋がれた二本の竹筒は弧を描いて飛んでいき、鳥の腹に的中した。

「でかしたっ」

鳥居忠耀が叫ぶ。鳥はぐらぐらと揺れ、寺を囲む木々の中へ落ちていき、赤や黄色の葉があたりに舞い散った。

「嘴の下に大きな袋があったでしょう。あれを寺院に喩え、伽藍鳥《がらんちょう》なる名前が付いたそうです」

鼻を膨らませ、福助が熱く語った。

「あんな鳥、はじめて見ました」と麟太郎が言う。

「江戸どころか、この国の鳥ではないよ」と福助。

「阿蘭陀船で運ばれてきたのかな」これは篤三郎だ。

「いいえ。私が思うに仲間とともに海の上を飛んでいるうちに、嵐にでも襲われ、行き先を見失ったのでしょう」福助の熱弁はつづく。「そんな伽藍鳥が、ジャワから訪れたこの国に一匹だけの豆鹿を食べようとしたなんて、私達は何億万分の一の出来事を目にしたのです」

「そんなことはどうでもよろしい」

　鳥居忠耀が叱りつけるように言った。その右手に提げた鳥籠の中には豆鹿がいる。雑木林に落ちた伽藍鳥が吐きだしたのを捕まえ、手水舎に置いてあった鳥籠を、篤三郎に持ってこさせていたのだ。そのあいだに伽藍鳥は飛び去ってしまった。竹筒が腹に当たって落ちたものの、これといった怪我を負わずに済んだらしい。

「この豆鹿を見せたい友のところへ案内致せ。長くは見せられんぞ。せいぜい四半刻だ。それでよかろう」

　鳥居忠耀は勝小吉に顔をむけていた。

「どうだ、麟太郎。そのへんで手を打ってやれ」

「しかしいまからいって、おいそれと会える相手ではありません」

「友の住まいは遠方なのかな」と篤三郎が訊ねる。

「いえ、お城にお住まいで」

　江戸でお城と言えば江戸城の他にない。

「おまえが言う昔の友というのは」小吉がその名を口にすると、麟太郎は「はい」と答えた。

「まさか将軍様のお孫さんではあるまいな」と訊ねる鳥居忠耀の頬はひくひくしていた。

「そのまさかさ」小吉がにやつきながら言う。「親戚にお城で働いている者がいてな。

麟太郎をお城の御庭見物に連れてってもらったら、将軍様の目に留まって、お孫さんの遊び相手として召しだされたのさ」

「いまもその役目を」鳥居忠耀がさらに訊ねる。

「いえ」麟太郎が首を横に振った。「出仕先の西丸《にしまる》御殿と言えば大奥、将軍様以外の男は入れず男の子は九歳までです。私もその歳で御城下がりになりました。それでも親戚の伝手《つて》を頼れば、豆鹿を西丸御殿に届けてくれるはずだと考え、すでにその段取りは済ませ、数日後には」

「その必要はない」と鳥居忠耀。頰の震えは止まっていた。

「なんだと。そりゃあいってぇどういうことだ」

「豆鹿の飼い主も西丸御殿におるのだ」

小吉にむかって鳥居忠耀がぴしゃりと言う。

さる奥方様と叔父上はおっしゃいましたが、じつは大奥のだれかしらがお気に入りの坊主に、南蛮渡来の珍しい獣を見せにいったのではありませんか。

豆鹿を捜している最中、篤三郎がそう言っていたのを幸之進は思いだす。彼の読みは正しく、だからこそあのとき鳥居忠耀が癇癪を起こしたのだろう。とうの篤三郎も気づいたらしい。顔を見ればわかる。ただし口を閉ざしたままでいた。

「私に豆鹿を捜すように命じたのは、西丸小納戸を務める遠山金四郎《とおやまきんしろう》殿だ。今日、これからその方の屋敷へ豆鹿を持って参る。飼い主に返す前に、おぬしがお伽役を務めたその方に見せてもらえないかと頼んでやろう」

とてもいいことだし、親切このうえない。なのに鳥居忠耀は相変わらず高飛車な態度と射るような目つきなので、脅しているようにしか聞こえなかった。それでも麟太郎は「お願い致します」と丁寧に頭を下げた。ただし鳥籠の中の豆鹿を見る彼の目は、ひどく寂しげであることに、幸之進は気づいた。

「では我々は失礼する。豆鹿のことはくれぐれも他言無用、とくに飼い主についてはご内密に願いたい」

「お待ちください」

鳥居忠耀を引き止めたのは幸之進だ。小吉に殴られた左頬には湿布薬が貼ってある。福助が竹筒の一本に入れて、持参していたのだ。鼻につんとくる匂いだが肌に沁《し》みて、痛みはだいぶ引いていた。

「なんだ」

「豆鹿の絵を描かせていただけないでしょうか」

「木暮殿は絵が得意なのですよ」福助が我が事のように自慢げに言う。「少ない線でも特徴をとらえ、そっくりに描くことができるのです。そうだ、木暮殿、伽藍鳥も描いてもらえますか。つぎの物産会合に持っていきたいので、ぜひお願いします」

「まずは豆鹿だ」鳥居忠耀は不服そうに言い、鳥籠を地面に置いた。「さっさと描け」

「ありがとうございます」

幸之進は鳥籠の前で胡座をかくと、帯に差した矢立を抜き、袂から帳面を取りだす。

描いた絵は麟太郎にあげるつもりだ。

豆鹿が幸之進をじっと見つめている。

私はどうしてここにいるのだろう。

つぶらな瞳で、そう訴えかけているように思えた。

其《そ》之《の》参《さん》

㊌羊《ひつじ》

「んめぇぇぇ、んめぇぇぇぇぇ」「んめぇぇぇぇぇ」「めぇぇぇ」「めぇぇぇぇぇ」

鐘の音が聞こえる。ここは雑司《ぞうし》ヶ谷《がや》なので目白不動尊の鐘だろう。それに呼応するように、幸之進の背後で四匹の羊が一斉に啼きだす。

未の刻（午後二時）だからか。まさか。

幸之進は寒くてたまらなかった。昼前から雪がちらつきだし、いまは三寸（約十センチ）近く積もっている。藁草履《わらぞうり》はもちろん足袋もびしょ濡れで、足元から寒さが這《は》いあがってくるのだ。今日は十二月十四日、百三十年も昔の今夜、赤穂《あこう》浪士が本所の吉良《きら》邸に討ち入りを果たしたときも雪だったらしい。なぜもっと暖かい季節にしなかったのだろうと、余計なことを思う。ふさふさの綿で身を包まれている羊達は、とても暖かそうで羨ましいかぎりだ。

「ブゥブゥブブブゥウ」

八戒もいる。伊予松山藩からもらったときには、せいぜい片手でも持てる程度だったのが、二ヶ月経ったいま、狐や狸よりも大きく育ち、面構えも勇ましくなっている。

突然、一匹の羊が道を外れ、雪が降り積もった野原を走りだした。

「こらっ、どこいくつもりだ、待つんだ」

福助が追いかけてはいるものの、雪に足をとられ、前に進めない。

「んめぇぇぇ、んめぇぇぇぇ」

羊はここまでおいでとでも啼いているようだ。逃げたのとはちがう。その足取りは軽やかで、えらく楽しげだ。積もりたての雪に足跡をつけたいだけなのかもしれない。

「待て、待つんだ」

「福助殿、相手は獣です。ひとの言葉は通じませぬ」

そう叫んだのは勝麟太郎だ。豆鹿の一件以来、この二ヶ月のあいだ、谷中に住む本草学の先生の許へいった帰りなどに、福助が麟太郎のウチに寄ることもあれば、麟太郎が渋谷の下屋敷を訪れたことも何回かあった。剣の腕が立ち、頭も切れる恐るべき十一歳だ。

「ブゥブゥブブブゥウ」

八戒も野原に飛びだした。福助の脇を通り過ぎ、さらには先をいく羊までも追い抜いて前に回りこむと、その行く手を阻んだ。

「ブゥブブウブゥブブブッブ」

勝手なことしちゃ駄目だろ。元に戻れ。

「めぇえ、んめぇぇめめぇえ」

いいじゃないですかぁ。少しは好きにさせてくださいよぉ。

「めぇえええ、んめぇえええ」

これは福助だ。ひとの言葉は通じませぬと麟太郎が言ったからか、羊の啼き声を真似ているのだ。羊は八戒との言い争いをやめて振り返り、福助のほうを見た。

「めぇぇええ、んめぇええぇ」

啼き真似をつづけたまま福助が手招きをしたところ、羊は身体のむきを変え、ひょこひょこと歩きだし、みんなの許に戻ってきた。

「あっぱれであったぞ、福助」

駆け寄ってきた若侍に褒めそやされ、福助は激しく目を瞬かせ、頬を少し赤らめてもいた。

「あ、ありがとうございます」

じつを言えば若侍は侍ではない。それどころか男でもなかった。喜平丸こと石樽藩十二代目当主、綾部智親の正室、小桜なのだ。

「いつ羊の啼き真似を習得しておったのだ。秘《ひそ》かに稽古を重ねておったのか」

「い、いいえ。いまはじめてやりました」

「まことか。たいしたものだ。そう言えばおぬし、先日、豆鹿と伽藍鳥の物真似を見せてくれたな。もっと他に真似できるものはあるのか」

「駱駝でしたら」

「おぉ、駱駝か。殿も得意でな」

「その話」幸之進が横から口を挟んだ。「屋敷に戻ってからゆっくりなさってはいかがでしょう」

「そうだな。雪もまだ降りつづくだろうし、先を急ごう」小桜はおとなしく引き下がる。

「皆の者、参るぞ」

雪が降るとわかっていれば、後日でもよかったのに。

幸之進はいまさらながら思う。だがやむを得ない。歯を食いしばり、冷たさのあまりなにも感じなくなった足を一歩ずつ進めていった。


ちょうど丸一日前のことだ。

幸之進と福助は石樽藩の下屋敷にある陶房の端っこで向かいあわせに座っていた。あいだに泥面子を四つ並べ、そのうちのひとつを福助は手に持って、じっと見つめている。

「この孫悟空《そんごくう》、愛らしい顔のつくりなのに、キリッとした相好なのがいいですね。男の子だけでなく、女の子も欲しがるでしょうし、ぜったい売れますよ」

　七月頭、尾張熱田の海沿いで捕えられた海獺は名古屋城下にある清寿院《せいじゅいん》で、万全を期して披露されたものの、数日も経たぬうちに死んでしまった。おかげで江戸でも興行を打つと見こんでつくった何千個もの海獺の泥面子が、ほぼぜんぶおじゃんとなった。つぎに水滸伝の人気に乗じてつくろうとしたが、うまくいかなかった。泥面子だと顔だけなので、だれがだれやらわからなくなってしまったのだ。そこで今回、西遊記を題材にしたのである。下屋敷で遊ぶ子ども達に話を聞いてみたところ、西遊記を読んだことはないにせよ、孫悟空とその仲間達は知っていた。天竺へ大事なお経を取りにいくことだ。そこでまず試作品をつくり、福助に見てもらうことにした。嘘をつけず、世辞も言えない男だからだ。

「で、これが三蔵法師ですよね。柔和で優しげな目鼻立ちで、女のひとのように見えなくもないですが」

「おかしいか」

「いやいや。三蔵法師は孫悟空達にとって母親のような面もありますからね。これでいいと思います」

　あながち間違っていない。というのも三蔵法師を描くとき、頭の中に浮かんだのはお夕の方だったからだ。なぜかは幸之進自身、よくわからない。ただこのところ、お夕の方はちょくちょく夢にあらわれた。そんな話をしたところで福助に通じるはずがないし、なによりも恥ずかしかったので言わずにおいた。

「猪八戒もいい。愛嬌がありそうに見えて、小狡《こずる》そうな目つきをしているのがいいですね。牙がついていても、全然怖そうに見えないところも好感が持てます」

「目は何度も描き直したし、牙の長さや形もだいぶ悩んだんだ」

「そしてこれが」最後のひとつを手にすると、福助は困り顔になる。「ええとあの、沙《さ》悟浄《ごじょう》ですよね」

「やはりわからないか」と幸之進は溜息《ためいき》をつく。

「ただの禿《は》げたおじさんにしか見えません」

「沙悟浄は人を食う妖怪が改心して坊主になった、禿げたおじさんなのだ。『絵本西遊記』でたしかめたら、葛飾北斎もそう描いていた」

「でも禿げたおじさんの泥面子なんて、子どもは買いませんでしょう」

泥面子つくりに励む藩士の幾人かがくすくすと笑うのが聞こえた。陶房には定府と勤番かかわらず十数人はいる。幸之進がやってほしいと頼んでもなければ、募ったのでもない。役職によってはひと月に指で数える程度しか働かずに済んでしまう。江戸市中へ遊びにいこうにも、外出の日数は限られているし、届出も面倒だ。なによりも金がかかる。なのでやむなく下屋敷を訪れ、畑仕事や泥面子つくりをしているのだ。つくった野菜はただでもらえるし、泥面子つくりは少しだけ賃金が払われるので、生活費の足しにはなる。

「御免っ」という声とともに陶房の戸が開き、えらい勢いでひとが入ってきた。泥面子つくりに勤しんでいた藩士みんなの手が一斉に止まった。

幸之進は驚きに目を見張る。家督を継ぐ直前の喜平丸があらわれたからだ。そんなはずはない。小袖に袴、そして羽織は喜平丸のものにちがいない。腰に差した太刀もである。背恰好もほぼおなじだが、着ているのは別人だった。

「お、奥方様」だれかがぼそりと呟いた。

石樽藩で奥方様と言えば、喜平丸の妻、小桜の他にいない。名前にぴったりな、小柄で愛らしい顔立ちなのに男勝りで、剣術は十人並み以上だ。それでも喜平丸と夫婦仲はよく、仲睦まじい証なのか、小桜はいつも元服前後に喜平丸が着ていたものを身にまとっていた。だから一瞬、当時の彼と見間違えたのである。髪は結いあげずに垂らしたままで、うしろで馬の尾っぽのごとく束ねているだけだ。なにかしらの行事があれば、きれいに着飾って髪も結う。しかしふだんはこのいでたちだった。

定府や勤番、身分の上下かかわらず藩士はみな、順繰りで奥方様の稽古におつきあいせねばならなかった。ときには小桜本人が昼日中、上屋敷にある長屋を訪れ、暇を持て余す藩士を道場に連れさっていくのも珍しくない。中間や足軽まで犠牲になることがある。

泥面子つくりや畑仕事など、下屋敷に働きにくる藩士が増えた理由のひとつはこれだった。それだけ小桜との稽古は過酷なのだ。剣術が苦手な幸之進も二度つきあわされたが、夜明けとともにはじまり陽が落ちるまで、竹刀を振りっ放しだった。

いまここに小桜があらわれたのは、上屋敷の長屋がもぬけの殻だったからかもしれぬ。下屋敷までこられたら逃げ場はない。藩士達が戦々恐々としている中、彼女はしばらく陶房の中を見回し、やがてその視線は幸之進でぴたりと止まった。

「そなたが木暮幸之進であったな。その隣が乾福助」

「は、はい」「さ、左様でございます」

「ふたりに話したいことがある。すまぬが他の者はしばらく表にでていてもらえぬか」

その言葉を待っていたように、藩士達は我先にと陶房をでていった。胡座から正座に座り直す幸之進と福助ふたりの前に、小桜が立つ。今年で十八歳だが、あどけなさが残る顔で十四、五歳のようだ。その頃の喜平丸の服を着ているので、余計そう思える。

「石樽藩は何代も前からつねに火の車、そのうえ二年つづけての凶作のため、人死にをださずにすんだものの、火の車に拍車がかかっている」

「よくご存じで」なにをいきなりと思いながら、幸之進は言った。

「知っていてはいけないか。そなたも江戸家老や留守居役とおなじように、奥方様が心配なさることではありませんと言うつもりか」

「滅相もございません」

小桜の剣幕に気圧されながら、幸之進は首を横に振る。隣の福助もだ。

「殿は藩の立て直しを計ろうと必死だ。しかし家督を継いでまだ五年、しかも二十一歳の若さではあまりに荷が重過ぎて、いまにも押し潰されそうだ。そんな殿が私は不憫《ふびん》でならぬ。そなた達もそうであろう」

「もちろんです」と幸之進は答え、福助とふたり、今度は首を縦に振った。

手伝普請の見直しを願う上申書を幕府に提出したのは、ひと月近く前だ。喜平丸こと第十二代当主、綾部智親が現地に家臣を派遣し、工事費用が三分の一で済む代案をつくったのである。しかしその返事はまだなかった。そもそも二、三ヶ月待たされることはざらなのだ。

「そこで私はとびきりの案を思いついた」

「なんでございましょう」相槌《あいづち》を打つように幸之進は訊ねる。

「羅紗《らしゃ》をつくるのだ」小桜は凛と言い放つ。

「羊の毛で織る布のことですよね」

大きな眼をぱちくりさせながら、福助はたしかめるように言う。

「でもどこから羊を」と言ってすぐに幸之進ははたと気づいた。「巣鴨《すがも》の緬羊《めんよう》屋敷ですか」

「左様」小桜は鷹揚《おうよう》に頷く。

「なんですか、メンヨー屋敷って」

「巣鴨に幕府が開いた一万二、三千坪もの御薬園《おやくえん》があってな」福助に訊かれ、幸之進は手短かに教えてあげた。「薬草や船来の植物の栽培だけでなく、清《しん》から買い入れた羊を育て、その毛で羅紗を織り、将軍様に献上しているそうだ」

「巣鴨までいけばタダで羊がもらえるのだろう」

小桜の言うとおりだ。身分に関わりなく羊を飼いたい者には、タダで受け渡すとのお達しがでたのは、去年の秋口だった。

「その話を奥方様はどなたからお聞きで」

「三津木屋の升吉だ」

意外な名前がでてきた。いや、貸本の行商に奥向を訪れては、町中の流行や世間の噂を最低でも一刻（二時間）はおしゃべりしていくそうだから当然かもしれない。なんでもこの秋に巣鴨で菊人形を見たという話からはじまり、緬羊屋敷の話になったらしい。

「それを聞いて、私は殿が羅紗についてお話になっていたのを思いだした。我が藩は麻や綿などの織物の生産がおこなわれているものの、いまいち名が知られていない、いっそのこと羅紗をつくれぬものかとおっしゃっていたのだ。南蛮から買い入れずとも、我が藩でつくれば、値を下げることができる、それに羅紗は生地が厚手で温かい、冬場でも一枚羽織ればじゅうぶん寒さが凌げる、廉価な羽織を売りだせばたいした儲けになるはずだ、それとそう、病弱で外出がままならぬひとには、綺麗に刺繍《ししゅう》を施して部屋着として着てもらうこともできるとも」

病弱で外出がままならぬひととは、亡きお夕の方のことだろうと、幸之進は気づいた。それこそ寒くなると、お夕の方は部屋に引きこもりがちで、人前に滅多にあらわれなくなり、喜平丸はひどく寂しがっていたものだった。

「そこで明日、緬羊屋敷に羊をもらいにいくので、いっしょにきてほしい」

それはまた急な話である。しかしだ。

「突然訪ねたところで、羊をもらえるものでしょうか」

小桜の機嫌を損ねぬよう、幸之進は気を遣いながら言った。お伽役だった頃、喜平丸におなじ物言いをしていたことを思いだす。

「突然ではない。すでに升吉が緬羊屋敷に話を通してくれておるのだ。あの男は顔が広くて話も早い。まずは牡牝二匹ずつもらえることになった」

なんとまあ。それでもまだ気になることがあり、ひきつづき幸之進は訊ねた。

「いっしょにきてほしいとは、つまりその、奥方様も巣鴨へいかれるのでしょうか」

「もちろんだ。上臈《じょうろう》をはじめ奥女中達に取り囲まれ、引き止められたがな。しまいには江戸家老までできて、あれこれ言われもした。しかしすべては殿のためだと突っぱねたのだ。さすがにひとりでは無理なので、そなた達ふたりといくと、はじめから言っていたのだが、その他に護衛として藩士が六人付くことになった。私よりも弱い者が護衛だなんて、ちゃんちゃらおかしいが、それで手を打つことにした」

小桜の話がおわると同時に陶房の扉が開き、八戒が飛びこんできた。そのあとを追うように入ってきたのは勝麟太郎だ。そして幸之進達の許まで駆けつけるとこう言った。

「私もぜひお供させてください。お願いします」

「盗み聞きしていたのか、麟太郎」

「とんでもありません」福助に指摘されても、麟太郎は涼しい顔でこう言った。「邪魔立てしてはいけないと、話がおわるまで扉の前で待っていたら、羅紗やら羊やらの話が自然と耳に入ってきたまでのこと」

「十人余りもいるおとな達の脛を竹光で叩いて負かしたというのは、もしやそなたか」

「奥方様、どうしてその話をご存じで」と幸之進。

「これも升吉に聞いた」

升吉は話し上手でもあるが、聞き上手でもあった。幸之進は彼に、先日起きた豆鹿の一件を洗いざらい話していた。それを小桜に伝えたにちがいない。

「うちの藩士よりも護衛としてずっと役立ちそうだ。でもそなたのうちは本所入江町なのであろう。ならば緬羊屋敷で待ちあわせをして、帰りに付いてきてもらうとするかな」

「必ずお役に立ちます」

鱗太郎が答える隣で、八戒が訴えるように嘶《いなな》く。

「そなたもいっしょにいきたいのか、八戒」

「ブゥブウブゥブゥブブゥ」

そのとおりです、奥方様と聞こえなくもない。

「よかろう。いっしょにくるがよい。そうだ。幸之進に福助。そなた達にはまだ手伝ってほしいことがある」

「なんでしょう」「なんなりと」

「羅紗はどうやってつくればいい」

一瞬、その場にいるだれもが凍りついたように動かなくなった。

「ご存じないのですか」信じ難いという表情で、福助が訊ねた。

「知っているはずなかろう」小桜は平然と答える。開き直ったのとはちがう。その口ぶりは当たり前のことを訊ねるなと言わんばかりだ。「そなたは本草学の会合に参加しているのだろ。その中に羅紗のつくり方を知っている者はおらぬのか」

「お、おひとかた、心当たりが」

「どなたのことを申しておる」困り顔の福助にむかって、幸之進は訊ねた。

「富山藩の前田様です。加賀《かが》藩では十年ほど前から、金沢のお城で綿羊を飼って羅紗をつくっているとお話しになっていたのを聞いたことがあります」

「富山藩は加賀藩の支藩だからな。その方に訊けば、なにかわかるかもしれん。ご存じであれば教えていただきたいと私が一筆、したためる。その手紙を明日、巣鴨へむかう道すがら、富山藩の上屋敷に届けるとしよう。どうだ、幸之進」

「は、はい」奥方様に同意を求められたら、頷くしか他にない。

「まずは渋谷の下屋敷で羅紗づくりを成功させ、羊の数を増やして、国許へ連れていき、藩内に広め、そうすればやがて石樽藩の名産品として全国津々浦々に知られるようになるのだ。楽しみだなぁ」

いくらなんでも気が早過ぎる。そもそもそううまくいくか、怪しいところだ。しかしうれしそうに笑う小桜に、水を差すような真似はしたくなかった。奥方様だからというのはもちろんあるが、彼女の笑顔を見ているうちに、お夕の方を思いだしたからだ。顔のつくりはまるでちがう。お夕の方は細面だったが、小桜は瓜実顔《うりざねがお》だ。肌の色もお夕の方は透き通るように白かったのに、小桜は泥面子の色に近い。それでもふたりには通じるものがあった。瞳だ。かたちはちがえど、瞳の輝きが似ているのだ。さらに言えば、その奥に潜む気持ちがおなじように思えた。

喜平丸もそれに気づいていたのかもしれないな。

十二月十四日の今日、幸之進は他の者達よりも四半刻（三十分）ほど早く、目黒の上屋敷をでた。小桜がしたためた前田利保宛の手紙を持ってである。彼女は巣鴨への道すがら、上野池之端にある富山藩の上屋敷へ届けようと言っていたのだが、それでは少し遠回りになってしまう。そこで幸之進がひとりでいくことにしたのだ。朝方にはまだ分厚い雲が空を覆っているだけだったが、富山藩の上屋敷に着いた頃に、雪がちらつきだした。巣鴨の緬羊屋敷に着いたのは正午前で、小桜達は羊を四匹引き取ってでてくるところだった。麟太郎もすでにいた。そして渋谷の下屋敷へむかっているうちに、降る雪の量が増していったのである。

雪のせいで、昼日中でも江戸の町がどこもひっそりと静まり返っている。それでもところどころで、きゃあきゃあと賑やかな声が聞こえてくることがあった。そぼ降る雪の中、雪合戦や雪だるまつくりなどに興じている子ども達がいたのだ。そして羊四匹と豚一匹を見つけると、必ず駆け寄ってきた。幸之進達が追い払おうとするのを、小桜が制したうえでこう言った。

ちょうどいい。少し休んで、そのあいだ子ども達に羊の相手をしてもらえばよかろう。

渋谷川沿いを歩いてきて、隠田村《おんでん》にさしかかったところでも、十人はくだらない子ども達に摑まってしまった。

「あったかぁい」「ふわふわしてるぅ」「やわらけぇ」

羊に触りながら子ども達は口々に言い、はしゃいでいる。四匹の羊達はとくに嫌がることもなく、されるがままだ。

「おめえだけ、はだかんぼうでかわいそうだな」

子どもにそう言われ、八戒は「ブゥブブゥブゥ」となにやら答えている。啼き声の調子から、おまえこそどうなんだと聞こえなくもない。子ども達の大半は薄着で、八戒に話しかけた子などは腹掛け一枚に褌だけだったのだ。いくら子どもは風の子であっても、この寒さでよく平気なものだと感心さえしてしまう。

雪はいつしか止んでいたものの、田んぼは一面、雪に覆われている。渋谷川には水車小屋が多い。いまいる対岸にもあった。ところが一丈（約三メートル）はあるだろう水輪が動いていなかった。川が凍っているからだ。

身体の芯まで冷えきっている。渋谷の下屋敷まで四半刻もかかるまい。できればこんなところで足止めを食らいたくはなかった。しかし羊や八戒と戯れる子ども達を見ているだけで、心は和んで疲れが取れていくのはたしかだ。小桜はもちろん、他の者もおなじかと思いきや、ちがう者がひとりいた。

「おまえら、もうよかろう」不粋な声がした。麟太郎だ。

「まだいいじゃんかよぉ」

「我々は先を急ぐのだ」言い返す子どもをはったと睨みつけ、麟太郎は言った。「羊や豚は見世物ではない」

「なんだ、てめぇ」八戒に話しかけた子が前にでてくる。腹掛け一枚しか身に付けていない彼は、子ども達の中でいちばん図体《ずうたい》が大きかった。麟太郎とさして歳は変わらないようだが、頭ひとつぶん背が高くて肩幅もある。

「侍の子だからっていばると承知しねぇぞ」

「いばってなどおらぬ。本当のことを言ったまでだ」

「しゃらくせぇ」

そう言うや否や腹掛け小僧が麟太郎に飛びかかる。不意を突いたつもりだろうが、麟太郎はひらりと避けた。さすがは牛若丸、腹掛け小僧は前につんのめって転びそうになるところを、どうにか踏みとどまった。

「こ、虚仮にしやがって。ただじゃおかねぇぞ」

「ただでおかなければどうしようと言うのだ」

「この場で叩きのめしてやるっ」

「やむを得ない。言っても聞かぬ奴は身体に教えてやらねばなるまいな」

麟太郎は腰から太刀を抜き、積もった雪に差した。そして諸肌を脱ぐ。父親の小吉が鳥居忠耀とやりあったときとまるでおなじだ。

「どこからでもかかってくるがよい」

遂に取っ組みあいの喧嘩がはじまった。そんなふたりを他の子ども達が瞬く間に取り囲み、「やっちまえ」「負けんじゃねぇぞ」「目にもの見せてやれ」と野次を飛ばしだした。

「おい、こら。なにをしておるのだ、やめなさい」

幸之進のみならず、福助や護衛の者達も喧嘩をやめさせようと駆け寄っていく。

「待て」呼び止めたのは小桜だった。「子どもの喧嘩に、おとなのでる幕はない。決着がつくまで待つとしよう」

奥方様には逆らえない。幸之進は足を止め、言われたとおり、組んず解《ほぐ》れつのふたりを見ているしかなかった。どちらも喧嘩慣れをしているのがわかる。最初のうちこそ、小柄な麟太郎のほうが劣勢だったが、徐々に巻き返していた。腹掛け小僧も負けてはおらず、一進一退で喧嘩が長引いていく。

やがてふたりは互いから手を放し、むきあって間合いを取ると、腰を落とし、膝を開いて背筋を伸ばす。いわゆる蹲踞《そんきょ》の姿勢だ。まわりの子ども達は口を噤んで見守っている。相撲で決着をつけようと言葉を交わさずとも通じあったらしい。全身から湯気が立つ両者は、はったと睨みあい、呼吸があうなり、どちらも立ちあがって前にでた。ふたたび子ども達がやんややんやと囃し立てる。土俵はないものの、足裏以外が地面に着いたら負けのようだ。

腹掛け小僧が頭から鋭く当たって一気に前にでて、覆い被さった。これを麟太郎は踏みとどまり、右四つの体勢で組みあって持ち堪《こた》えるものの、だいぶ辛そうだ。このままでは押しつぶされてしまうだろう。

「負けるな、麟太郎っ」幸之進は叫び、取り囲む子ども達のところまで駆け寄った。「おまえはまだやれるはずだ」

「そうだ、麟太郎っ」今度は福助が近づいてくる。「おまえの力はそんなもんじゃないっ。まだまだやれるっ。まだやれるっ」

「まだまだやれるっ、まだやれるっ」護衛役の六人もやってきた。「頑張れ、踏ん張れ麟太郎っ」

声援に応え、麟太郎が粘って持ち直すが、これを腹掛け小僧は許さない。

「まだまだやれるっ、まだやれるっ」

「まだまだやれるっ、まだやれるっ」

子どもとおとな、敵味方で応援する相手はちがえども、みんなの声が揃っていく。それにあわせて、羊が啼きだした。八戒もである。

「めぇめめめぇめぇ、めぇめめめぇ」

「ブゥブブゥブゥ、ブブブブゥ」

　麟太郎は腰を落とすと、左の上手を引き、体を捻った。うっちゃりだ。これで腹掛け小僧を投げれば、文句なしに麟太郎の勝ちだ。

　と、思いきやだ。

「おぉぉう」「おぉぉうぅ」「おぉぉうう」「おうおうおおぅ」

　川むこうにある水車小屋から、何匹も獣が飛びだしてくるなり、こちらにむかって威嚇するように吠えまくった。野犬のようだが、あたりが薄暗くなってきたせいで判然としない。ぜんぶで七、八匹か。雪を逃れて水車小屋で休んでいたところを、ひとの喚声に羊や豚の啼き声まで加わった騒ぎで、気を昂《たかぶ》らせてしまったようだ。

「ひぃっ」

　麟太郎の口から情けない声が洩れた。うっちゃりが中途半端になり、腹掛け小僧ともつれるようにして雪の上へ、どさんと音を立てて倒れていった。

「引き分けだ」小桜が高らかに言った。「両者ともよく頑張った。見応えがある名勝負だった。褒めて遣わす」

　子どももおとなも羊も豚も、そして対岸の犬らしき獣さえも呆気に取られ、小桜のほうを見ている。

「しばらくすれば夜の帳《とばり》が下りる。子ども達はすぐ家路についたほうがよかろう。羊と豚にまた会いたければ、渋谷の道玄坂のむこうにある石樽藩の下屋敷にくるがよい。私は当主の正室、小桜だ。私の名前をだせば、入れるようにしておこう」

羊四匹豚一匹ひとが十人の一行は、ふたたび渋谷川沿いを進んでいた。先頭は左右に護衛役の藩士を従えた小桜、つづいて八戒と福助、麟太郎が横並びに歩き、そのあとに幸之進、さらにうしろには四匹の羊が行儀よく列をなしており、その両脇に残りの藩士がふたりずつ控えている。藩士六人はみな、石樽藩の家紋が描かれた提灯をぶら提げ、道を照らしていた。

「喧嘩を売ってきたのはむこうです」

麟太郎は不服そうだ。喧嘩をしたことを小桜に戒められたのである。

「喧嘩を売られるようなことを、そなたが言ったからだろう」小桜が諭すように言う。

「言うことを聞かなかった彼奴が悪い。だから子どもは苦手なのだ」

「そなたも子どもではないか」

「できるだけ早く、おとなになろうと努力しています」

「努力したって無理だよ」福助が口を挟んだ。「月日の流れはだれしもおなじだもの」

麟太郎は膨れっ面になる。その態度こそが子どもそのものなのだが、幸之進はわざわざ指摘するような真似はしなかった。

「子どもだけでなく、犬も苦手なのか」

小桜が訊ねた。彼女もまた麟太郎が犬らしき獣の啼き声に怯《おび》えたことに気づいていたのだろう。

「苦手で悪いですか」麟太郎が言い返す。

「悪くはない。だが頭がよくて剣の腕も立つそなたが、犬を苦手とは意外に思ったのだ。犬に噛まれたことでもあるのか」

小桜が訊ねると、麟太郎は真顔で「はい」と答えた。「一昨年《おととし》のことです。学問の稽古の帰り道、犬が袴の中にまで入ってきて、股を噛まれ、ひどい怪我を負いました。医者には命が助かるかどうか難しいと言われたほどです。父は私のために毎晩、水ごりをしてくれました。その甲斐あって、二ヶ月ちょっとで完治して歩けるようになったのです。ただそれからというもの、どんな子犬でも怖くて仕方ありません」

「それはその」あまりに凄絶な理由に、小桜は驚きを隠し切れずにいる。ばつが悪そうでもあった。「嫌なことを思いださせてしまったな。申し訳ない」

「だれだって苦手なものはある」と福助が言った。「私は刀が怖い」

「怖いといっても腰に二本差しているでしょう」麟太郎は面食らっている。「なにが怖いのです」

「だって刀はひとを刺したり斬ったりして、殺せてしまうのだぞ。そんなものを腰に差して歩いているなんて、気が気でないよ」福助はふざけていない。大真面目だ。

「侍ならばふつうのことです」麟太郎が呆《あき》れ顔で言う。

「私は好きで侍になったのではない」

奥方様がいる前で言うなと幸之進は心配になる。しかし小桜は振りむきもせず、肩を震わせていた。笑いを堪《こら》えているのだろう。

「腹が減るのも苦手だなぁ」

「福助殿だけでなく、みんな苦手です。木暮殿はなにが苦手ですか」

「女だよ」麟太郎に訊かれ、幸之進は思わずそう答える。「生まれてこの方、母の他に、女と話したことがほとんどないので、どう接したらいいのか、さっぱりわからんのだ」

しまった。奥方様がいるとわかっていたのに、女が苦手だなんて、なにを言っているのだ、と思った矢先だ。

「私も女が苦手だ」当の小桜が前をむいたまま言う。

「奥方様は女でしょう」福助が臆せず訊ねた。「なのにどうして」

「幸之進とは反対に、生まれてこの方、女しかおらぬ場所で育てられていたものでな。女の悪いところばかり目について、嫌いになったのだ。しかも女だからというだけで、三味線に琴、踊りや生け花、書道や歌道まで習わされるのも嫌でたまらなかった。武芸をはじめてからは女だてらに、女のくせに、女風情が、と年がら年中言われてきた。でもまあ、そんな奴らのおかげで強くなれたのもたしかではあるがな」

小桜は歩きながら振りむき、さらにこう言った。

「子どもはいつかおとなになれるし、侍だってやめようと思えばやめられる。だが女はそうはいかん。女はいつまで経っても女だ」


左手にある第六天《だいろくてん》社の前を通り過ぎると、旗本の屋敷が見えてきた。その手前で渋谷川に架かる橋を渡り、上渋谷村に入っていく。下屋敷までもう少しだ。

ここから西となると、武家屋敷も指折り数える程度だ。ただし土地はあり余っているので、一万坪を越えるところも珍しくない。三万坪近くある下屋敷もあった。よその藩と比べても意味はないが、石樽藩の下屋敷など、本当にこぢんまりしたものだった。

「どうした、福助」

幸之進がそう訊ねたのは、福助が前を見ずに右側に顔をむけて歩いていたからだ。

「あっちのほうに、なにかがいるような気がして」

幸之進は福助とおなじ方角を見たものの、暗闇が広がっているだけに過ぎない。気のせいではないかと言いかけたときだ。

「私も只ならぬ気配を感じる」小桜が言った。「もしや水車小屋にいた犬どもが、ずっとついてきておったのではないか」

「い、犬ですか」麟太郎の声が上擦っている。

「ちがいます」

「なにがちがうのだ、福助」小桜が不審そうに訊ねた。

「水車小屋にいたのは狼《おおかみ》ではないかと」

「莫迦を言え。いくら端っことはいえ、ここは江戸だぞ。狼などいるはずあるまい」

幸之進は真向《まっこう》から否定する。江戸に生まれ育って二十五年、渋谷で狼などお目にかかったことはない。

「姿かたちは犬のようでしたが、啼き声は狼に間違いありません。国許で父と薬草を穫《と》りに山へでかけた際、何度か出会《でくわ》したことがあります。雪の中、食べ物をさがしているうちに、人里まできてしまったのかもしれません」

すると暗闇の中から遠吠えが聞こえてきた。福助の言うとおり、犬とはちがう気がする。どちらにせよ目をこらして見ると一町（約百九メートル）ほど先に、なにやら蠢《うごめ》いているのがわかった。

「下屋敷まであと僅か、幸い羊も豚も至っておとなしい。狼どもを刺激しないよう、これまでどおり粛々と進んでいくのが、いちばんの手立てだろうな」

「うしろの方々に伝えてきます」と言って麟太郎は小走りにむかう。

「木暮殿」福助に声をかけられ、幸之進はびくりと身体を震わせてしまう。そんな自分が情けないと思いつつ、「なんだ」と聞き返した。

「前からひとがきているのが見えますか」

見えた。提灯の灯りに照らされ、ひとの姿が浮かびあがっていた。この雪の中、白無地の単衣である。その恰好に幸之進は見覚えがあった。

「あれは平手造酒」

「やはり」と福助。

「平手造酒と言えば玄武館の四天王のひとり」小桜が幸之進を見て言った。「おぬしが斬られたというのは本当か」

「なぜそれを」

「これも升吉に聞いた」

駱駝の一件も話したのを幸之進は思いだす。すると右肩の傷跡が痛みだした。平手造酒に斬られた傷だ。ただし彼が斬ろうとして斬ったのではない。国定村の忠次郎の代わりに斬られたようなものである。

「でもどうしてこんなところにいるのだ」小桜が首を傾げる。

「わかりません」幸之進はそう答えるしかなかった。

平手造酒の足取りは、ずいぶんとふらついていた。近づいていくうちに、左手になにかぶらさげているのが見えた。一升徳利だ。絵に描いたような酔っ払いである。こちらに気づいているはずなのに、道端に寄ろうとしない。道の真ん中を千鳥足で進んでくる。やがて立ち止まり、行く手を阻んだ。こちらも止まらざるを得ない。

「おぬし達は石樽藩か」

平手造酒が訊ねてきた。提灯の家紋でわかったのだろうか。その灯りに照らされた顔を見て、幸之進は驚きのあまり、危うく声がでそうになった。五ヶ月近く前、二十六夜待ちで見たときよりも痩せ細り、しゃれこうべに皮を貼り付けただけのような形相だった。

「左様」小桜は少しも動じることなく答えた。「我らが屋敷に戻る最中、相済みませぬが、道を開けてもらえませんか」

「開けてやらんでもない。だが訊ねたいことがある」

「なんでございましょう」平手造酒の横柄な態度に、小桜が下手に応じている。声が抑え気味なのは、狼と思しき獣を気にしているからにちがいない。

「石樽藩の者で、木暮幸之進という男を捜しておる」

なぜ私を。

「目黒の上屋敷で門番に訊ねたら、朝早く羊をもらいに巣鴨へでかけた、夕方までには渋谷の下屋敷に連れていくそうだと教えてくれてな。だからこの雪の中、昼過ぎから待っていたのだが、くる気配すらない。やむなく出直そうと帰りかけていたのだが」

ここで足止めされてはまずい。小桜と福助の話が正しければ、狼と思しき獣が襲ってくるかもしれぬ。それだけは避けたい。

「私だ。私が木暮幸之進だ」

名乗りを上げ、小桜よりも前にでていく。すると平手造酒がにじり寄り、幸之進の顔に自分の顔を近づけ、大きなげっぷを吐いた。酒の匂いに幸之進は噎《むせ》てしまう。

「二十六夜待ちのときは、まともに顔を見ていなかった。俺が斬った傷を見せろ」

やむなく幸之進は平手造酒に背をむけ、右肩をだした。

「俺が斬った跡に間違いないっ。ここで会ったが百年目、木暮幸之進、いざ尋常に勝負、勝負っ」

「私がなにをしたと言うのだ」

「玄武館の玄関に小便をかけたやくざ者を庇《かば》っただろう。あのとき彼奴を討っておれば、それまでのしくじりは帳消しになり、千葉先生も俺のことを認めてくださったはずなのだ。そうすれば仕官の道が開けただろうし、自分で道場を持つことだってできたかもしれん。なのにおまえのせいで」

「ふざけたことを」麟太郎が前にでてきた。「酒に酔ってはあちこちで厄介事を起こす度に、師範である千葉先生と禁酒の約束をしながらも三日と保《も》たず、つい先だってとうとう破門になったと、私が通う道場で噂になっておりました。すべては身からでた錆《さび》、なのに過去に諍《いさか》いがあった相手の許にでむいては、おまえのせいだと言いがかりをつけているのでしょう。いい加減になさったらどうですか。千葉先生の顔に泥を塗るような真似をしよって、ただではおかぬと玄武館の方々は怒っていますよ」

「うるさい、だまれっ。ガキのおまえになにがわかるというのだ」

平手造酒が激昂《げっこう》する声があたりに響き渡る。まずいと幸之進が思っていると、さらにまずいことが起きた。それまでおとなしかった羊達が啼きだしてしまったのだ。八戒もだ。

「勝負をするにしても、ここは真っ暗で雪も積もっています」幸之進は声を押し殺して言った。「ひとまず屋敷までいきませんか」

「嫌だっ」

平手造酒は一升徳利の蓋を口で開け、ぐびぐびと喉を鳴らし呑んでいく。

「落ち着いてください、平手殿」福助も小声で言う。「じつはむこうに狼が」

「ふざけたことを。江戸に狼がいるものか」と叫ぶなり、平手造酒は一升徳利を放り投げた。そして袖で口を拭うと、刀の柄を握りしめた。「どいつもこいつも俺様を虚仮にしやがって。我慢ならん」

「めぇぇぇえめぇぇぇぇ」

「ブゥブブブゥブゥブゥ」

「羊や豚までもが俺を嘲笑いやがる。ただじゃおかねぇ。みんなぶった斬ってやっから覚悟しろっ」

平手造酒が刀を抜いた。そのときだ。

「あうぅぅうぅ」「あうあぅぅぅ」「あうぅぅ」

ふたたび遠吠えが聞こえてきた。だれもがそちらに顔をむける。平手造酒もだ。つづけて荒々しく吠え猛《たけ》る声が沸き起こった。咆哮《ほうこう》が近づくにつれ、暗闇に蠢くもの達の輪郭がはっきりとしてくる。

「なななんだ、なにが起きておるのだ」

「狼だと言ったでしょう」福助が恨めしそうに言う。「羊だけではありません。我々も彼奴らに狙われているのです。できるだけ物音を立てずに通り過ぎようとしたところを、あなたが大声をだしたものだから寄ってきてしまったではありませんか。どうなさるおつもりです」

「こうなったらやむを得ぬ。皆の者、羊を守るぞ」

小桜が刀を抜く。護衛役の藩士達も提灯を雪の上に置き、彼女に倣う。

「平手殿、そなたの力をお貸しくだされ。褒美に金一封を遣わす」

「狼を斬ればよいのだな」

「駄目だ。よいか」小桜は藩士達にむかっても言う。「彼奴らも必死に生きておるのだ。

一匹も殺してはならぬぞ。どんな獣であろうとも、ひとの都合で殺生するような真似は罷《まか》り成らん」

「ではどうやって」平手造酒が訊ねた。訝しそうな反面、面白がっているようでもあった。

「峰打ちで痛めつけるだけにしていただきたい」

小桜が言いおわらぬうちに、暗闇から一匹、先陣を切って飛びだしてきた。平手造酒は足元がふらつき、身体が揺れる。ただの酔っ払いにしか見えない。一升徳利を空にするほど呑んでいたのだから、実際そうなのだろう。だが彼は刀を抜くと、見事な手さばきで獣の喉元に斬りかかった。いや、斬ってはいない。刀の背、いわゆる峰を叩きつけた。獣は気を失い、俯せに倒れる。その姿を見ても、幸之進には狼か犬か、判断がつきかねた。だがそれどころではない。つづけざまに獣が襲いかかってきているのだ。

平手造酒は一瞬のためらいもなく叩きのめしていく。小桜もまた背筋をまっすぐに伸ばし、舞を踊るかのごとき華麗かつ無駄のない動きで、縦横無尽に刀を振り、獣を仕留めていった。もちろん斬らずに痛めつけるだけだ。

幸之進はと言えば刀の柄を握ってはいたものの、おろおろしているだけだった。じつは江戸留守居役手添仮取次御徒士頭見習の仕事ででかけるとき以外、腰に差した太刀も小太刀も竹光なのだ。今日もそうだ。だがこれが本物だとしても役立つはずがない。武術が苦手で、ろくに稽古をしてこなかった自分をいまさらながらに恨む。だがどうしようもない。

「ブゥブゥブゥブブゥブゥ」

羊に飛びかかろうとする獣に八戒が突進していく。そして鼻先を獣の脇腹に突っこみ、頭でしゃくりあげ、暗闇へ放り投げた。あまりに見事な手際に感心するが、すぐにまたべつの獣が羊達を襲おうとする。

「幸之進、しゃがめっ」

背後で小桜が叫ぶのを聞き、言われたとおりにすると、右肩にずしんと重みがかかった。ちょうど平手造酒に斬られた傷で、思わず「うっ」と呻いてしまう。顔をあげると小桜が宙を舞っていた。幸之進を踏み台にしたのだ。そして羊に噛みつこうとする獣に、両手で持った刀を振り下ろす。獣が情けない声をあげて走り去っていった。

雪の上にあった提灯のほとんどは倒れ、中にあった蠟燭《ろうそく》の火で燃えている。その僅かな灯りが小桜の顔を照らす。鋭い眼光で、狼と思しき獣達を射すくめているのがわかる。

「幸之進っ、福助っ」さらに小桜は藩士三人の名を呼んだ。「ここは我らに任せろ。そなた達で羊を下屋敷まで連れていけっ」

「はいっ」どこからか福助が答えた。幸之進のいるところからは見えないのだ。「めぇえええ、んめぇええええ。こっちにおいでっ。めえええ、めぇえ」

福助の啼き真似に反応し、羊達が動きだす。あとをついていこうとしたところ、間近で悲鳴があがった。仰向けに倒れた麟太郎の袴に獣が噛みつき、引っ張っている。考えている間もなく、幸之進は腰から太刀を鞘ごと抜き、力任せに獣の頭を引っ叩くと、気を失ったのか、獣は横にどさりと倒れた。

「麟太郎っ」

太刀を腰に戻して声をかけたが返事はない。抱き起こすと、白目を剝いていた。担いで運ぶしかなさそうだ。すると一匹の羊が目の前まで近寄ってきた。どうぞ私の背中にお載せください、と目で訴えかけているように見えなくもない。幸之進は麟太郎を羊の背中に俯せに載せた。福助に導かれて、下屋敷の方角に進む他の三匹のあとを追わせ、幸之進もついていこうとしたときだ。

さきほど倒したと思った獣が目覚め、身体を起こすなり、鋭い牙を剝きだしにして幸之進に飛びかかってきた。その勢いに圧され、尻餅をついてしまう。麟太郎を載せた羊は驚きのあまりか、福助が率いる仲間とは逆の方角へ一目散に逃げていく。仰向けの幸之進の上にいた獣は一瞬迷った末、羊のあとを追いかけていった。

大変だ。助かりはしたものの、麟太郎と羊、いずれもがあの獣の餌食になりかねない。幸之進は腰をあげて走りだす。到底、追いつけるとは思えない。しかし追わないわけにはいかないのだ。

いつの間にか厚い雲が切れていた。その隙間から射しこむ月の光に照らされ、白いはずの雪が蒼《あお》く輝いている。見慣れた風景のはずなのに、この世のものとは思えぬほどに美しい。

麟太郎を背負っているのに、羊はなかなかの駿足《しゅんそく》だ。しかし狼と思しき獣は諦めようとしなかった。幸之進は白い息を吐きつつも全身汗だくで、寒いのか暑いのかよくわからなくなっている。

やがて麟太郎を背負った羊が立ち止まった。瞬く間に獣も追いつく。まずいと思ったものの、飛びつけば羊に届きそうなところで、ぴたりと動かなくなった。どういうことかと思いつつ、駆け寄る幸之進を見て、どちらも情けない声で啼きだした。

「なんだ、どうした」

思わず口にだして訊ねてしまう。二匹を脅かすおぞましいものが、どこぞに潜んでいるのかと、周囲を見渡してみたものの、幸之進は気配すら感じない。さらに歩を進めていくと、足元でぱきんと鋭い音がした。

まさか。幸之進も足を止める。自分がいま、どこにいるのかがわかった。渋谷川の上だ。隠田村では川面《かわも》が凍り、水車が止まっていた。隣村のここもそうにちがいない。氷の上に雪が積もり、羊も狼と思しき獣も、そして幸之進も地面との境がわからなかったのである。

いまのは氷が割れる音か。

幸之進は一歩下がってみた。

ぴきっ。ぴきぱきぴきぴきぱきっ。

まずい。音からして、ひび割れが広がっていくのがわかる。二匹いずれもが上目遣いで幸之進を睨みつけた。

「わ、悪かった。だが安じるがいい。助けを呼ぼう」

獣相手に言い訳をしていると、こちらにひとがむかってくるのが見えた。

「木暮殿っ」平手造酒だ。「むこうは大方、片付いた。おぬしは怪我などしておらぬか」

「はい」と返事をしてから、自分がいまどこにいるのか言おうとしたものの、平手造酒の話がつづいた。

「忘れぬうちに、おぬしに詫びておこうと思ってな。あの小僧が言っていたとおり、玄武館を破門になったのは身からでた錆だ。なのにおぬしのせいにしたのを恥ずかしく思う。許してくれ」

「いえ、べつに」いまはそんなことはどうでもいい。

「それとあの垂れ髪の侍、男ではなく女、しかも主君の奥方様だと言うではないか。そのうえまだ十八歳とは末恐ろしい。まったくもって恐れ入った」足元でまた氷が割れる音がした。

「めぇぇぇぇぇ」羊が啼いた。あんたの話はどうでもいいんだよ、と幸之進には聞こえる。間違いなくそうだ。

「背中に載せているのはあの小僧か。どうした、怪我でもしたのか」

平手造酒がこちらにむかって歩きだす。

「平手殿っ」幸之進は叫んだ。

「おうぉう、うぉう」狼と思しき獣も吠える。止まれ止まれと訴えかけているにちがいない。だが平手造酒にはそう聞こえなかったらしい。

「こやつがおるので、動かずにいたのだな。よし、俺が追い払ってしんぜよう」

「ちがうんだ、平手殿っ。待ってくれ」

幸之進がさらに声を張りあげたものの、手遅れだった。平手造酒は獣のほうへ足早にむかう。その途端だった。

びきっ。びきばきばきっ。ばきばきばきばき。

これまでにない大きな音を立てて氷が割れていく。

「どわああわぁああ」

そう叫んだのは平手造酒か、それとも自分なのか、わからなかった。もしかしたら目覚めた麟太郎かもしれない。羊や狼と思しき獣が悲惨な声で啼いているのも聞こえたが、どうすることもできない。

川に落ちていたからだ。

頭まで沈み、慌てて手足をばたつかせる。しかしあまりの水の冷たさに、身体が凍りついていくようだ。よもや自分の人生が、こんなかたちでおわるとは思ってもみなかった。喜平丸の役に立つことがなかったのが悔やまれてならない。つづけて両親に先立つ不孝をお許しくださいと詫びていると、左右のわきの下にだれかの腕が入ってきた。そしてぐいっと引っ張りあげられ、水の中からでることができた。

「立てるか、木暮殿」

背後から藩士のひとりが声をかけてきた。わきの下の腕は彼のにちがいない。言われたとおり両足に力を入れて立ってみる。水面は太腿《ふともも》のあたりまでしかなかった。

「私はこんな浅いところで、溺れていたのですか」

「そのとおり」藩士はにやつきながら答える。「落ちた途端に頭まで浸《つ》かったので焦ったのだろう。寒くてかなわぬ。ひとまずあがろう」

ふたりの横をびしょ濡れの羊がのそのそと通り過ぎて、川辺へあがっていた。なんと幸之進が溺れたところからそこまで、五歩も歩けば辿り着けるほど近かった。死を覚悟し、両親に別れを告げていた自分が、恥ずかしくてたまらない。

「麟太郎っ。私の声が聞こえるかっ」

川辺に横たわる麟太郎にむかって、小桜が大声で呼びかけている。彼女も濡れているのに幸之進は気づき、その理由を隣にいる藩士に訊ねた。

「おぬし達が川に落ちてすぐ、我々はここに駆けつけてな。仰向けで川の真ん中に浮かんでいたあの子を、だれよりも先に見つけると、我々が止める間もなく、奥方様は川へ飛びこんだのだ。そしてついさっき、あの子の着物の襟を掴んで、引き返してきた」

「このままでは奥方様が風邪を召されてしまいます」べつの藩士のひとりが言った。

「この子は私がおぶっていきますので、渋谷の下屋敷へいって暖を取りましょう」

「やむを得ん。そうしよう」と小桜が答えたときだ。

渋谷川に落ちた狼と思しき獣がみんなのあいだをすり抜け、麟太郎に寄ってきた。そして彼の顔をぺろぺろと丹念に舐めはじめたのである。なぜかはわからない。だれも止めずに、しばらくさせておくと、麟太郎がぱちりと瞼を開いた。みんなが胸を撫で下ろすのも束の間、彼は甲高い悲鳴をあげて飛び起きて、雪に覆われた野原へと一目散に駆けていった。

「こら、待て、麟太郎っ」

小桜が追いかけ、彼女のあとを藩士達三人が駆け足でついていく。その直後、べつの方角から遠吠えが聞こえてきた。麟太郎の顔を舐めた獣は、答えるように吠えたあと、そちらにむかって走り去った。結局、自分達を襲った獣が犬か狼か、幸之進にはわからずじまいだった。

「それじゃあ、俺もここらで失敬するかな」

いつの間にか平手造酒が幸之進の隣に立っていた。訊けば幸之進よりも浅瀬だったので、自力で川をでることができたのだという。

「今宵は下屋敷にお泊まりになって、着物を乾かされてはいかがですか」

「気遣いは無用。着物なんざ歩いているうちに乾くもんさ」

「でも奥方様は褒美として金一封を遣わすと申していたではないか」

平手造酒は頬をぴくりと動かしたが、「いや、やめておこう」と照れ臭そうに笑った。

「どうせもらったところで酒を買って呑んじまうにちげえねぇ。俺は驕《おご》り高ぶっていた。おまえさんとこの奥方様みてえのが、まだ江戸にいるからには、この国のそこらじゅうに強ぇ奴がまだまだ大勢いるはずだ。諸国を巡って武者修行をしてくるさ。いろいろ迷惑をかけた。悪かった。勘弁してくれ。じゃあな」

老いせぬや。老いせぬや。
薬の名をも菊の水。
盃《さかずき》も浮かみ出《い》でて
友に逢《あ》うぞ嬉《うれ》しきこの友に逢うぞ嬉しき。

左右が腰、うしろはお尻まである髪は真っ赤だった。顔を覆う面ときらびやかな装束も赤い。そんな赤ずくめの七人のうち、三人は本舞台、残り四人は橋掛かりで、囃子と謡にあわせ、厳かに舞っている。

小桜が綴った手紙に、前田利保から翌日には返事が届いた。二日後の昼九つ半（午後一時）に富山藩の上屋敷に参られ候とのことで、小桜と幸之進、福助で訪れた。すると なぜか能舞台に連れていかれ、見所《けんしょ》（客席）はだいぶ埋まっているにもかかわらず、三人は舞台正面の見やすい席に案内された。そして腰を下ろすなり、囃子が鳴りだし、能がはじまってしまったのである。

能を見るのはひさしぶりだ。以前見たのがいつだったのか、どんな演目だったか、まるで思いだせない。しかし幼い喜平丸が自分の肩によりかかり寝息を立てていたのは、はっきりと覚えている。自分の太腿をつねって眠気を払ったこともだ。じつを言えばいまも少しウトウトして、危うく船を漕ぎかけている。すると、どんっという音で瞼が開いた。能楽師が舞台を足踏みしていたのだ。幸之進は慌てて姿勢を正す。おなじ仕草をするひとがまわりに何人かいた。

「あの赤ずくめのひと達はなんですか」

右隣の福助が小声で訊ねてきた。私が知るはずないだろと言おうとすると、左隣から「猩々《しょうじょう》だ」と小桜が言った。「海中に住む生き物で、月が美しい夜、唐土《もろこし》の川のほとりで酒を呑み、酔っ払って水の上で踊っているところだ」

「ちがいますよ」福助が言い返す。

「なにがちがう」

「猩々はオランウータンという南の島に棲《す》む生き物の和名です。物産会合の席で、絵を見せてもらったこともあります。猿の仲間ですが、腕の長さが背丈の倍もあって、海ではなく山奥に暮らしています。そもそもオランウータンとはむこうの言葉で森の人という意味でしてね。ひとと変わらぬ動きができて、ひとの言葉を解すると、んぐぐんぐ」

幸之進は福助の口を手で塞いだ。話しているうちに声がでかくなってきたからだ。本舞台では能楽師がまだ舞っている。


よも尽きじ。萬代《よろずよ》までの竹の葉の酒。

酌めども尽きず。

飲めども変わらぬ秋の夜の盃。


「前田様、そのお姿は」

幸之進は驚きに目を見張った。能がおわったあと、能舞台からさほど離れていない座敷に案内されると、そこで前田利保が待ち受けていた。彼に会いにきたのだから当然と言えば当然なのだが、鬘《かつら》や面はしていないものの、目にも鮮やかな赤い装束を身にまとっていたのである。

「ひとりで舞っていらしたのが前田様だったのですね」

「左様」と小桜に答えてから、前田利保は訝しげな表情になった。やむを得ない。小桜はいつもどおり垂れ髪をうしろで馬の尾っぽのごとく束ね、喜平丸のお古を着ていたのだ。知らぬひとが見たら、奥方様どころか女だとも気づくまい。

そこで幸之進は彼女が石樽藩十二代目当主、綾部智親の正室、小桜だと紹介したところ、前田利保は「ほう」と感嘆に近い声をあげた。その視線は物産会合で珍しい生き物を観察するときと、ほぼ変わらない。しかし小桜は気にすることなくこう言った。

「見事な舞でした」

「お世辞でもうれしいよ」

「世辞ではありません。とくに酔った猩々が興に乗って、波を蹴立てたり水面をすべったりする際の足さばき、感服致しました」

「よくぞそこに気づいてくださった」前田利保はぽんと膝を叩く。「この装束は重たくてな。爪先立ちで動き回るのはしんどい。それでいてたおやかに舞わねばならん。だが奥方様のようにおわかりになる方がいたのであれば、稽古を重ねてきた甲斐があったというものだ」

そうだったのか。幸之進にはまるで理解できず、小桜の話を聞き、ようやく納得ができた。前田利保は上機嫌だ。

「お召しになっている小袖、羅紗ではありませんか」

「まさにそのとおり」小桜の指摘に前田利保はうれしそうに笑う。「金沢の城に住む綿羊の綿で織ったものだ」

「近くで見てもよろしいですか」と福助。

「もちろんだ。先日、手紙をもらったとき、実物を見てもらおうと思ってな。能楽のほうは言わばオマケだ」

福助だけでなく、小桜と幸之進も前田利保に近づき、羅紗でできた装束をしげしげと見つめている。幸之進もその出来映えに息を飲むと同時に不安でたまらなくなってきた。自分達の手で、これだけの代物をつくることができるとは、到底思えなかったからだ。

「巣鴨の御薬園は奥医師であり、本草学者でもあった渋江長伯《しぶえちようはく》という方が総督を務めておられていた。綿羊を育てて、羅紗をつくろうと、幕府に意見を申し立てたのもそのお方だ」

前田利保が徐《おもむろ》に話しはじめた。なぜいまその話を、と思わないでもないが、三人とも黙って耳を傾けた。

「清から綿羊を数十頭買い入れ、一時期は三百頭まで増えてな。江戸城内にある織殿で、阿蘭陀から仕入れた織機によって、羅紗が織られるまでになり、国益に相成るのではと大いに期待されたものだ。二十年ほど前には綿羊を国中に広めるため、手はじめに奥多摩など江戸近辺の村々に住む百姓にむけて、望む者があれば育て方の書き付けを添え、牝牡つがいを下げ渡すとお触れをだした。ところがどこの村でも、羊を引き取ろうとはしなかった。なにせ羊を飼うには手間隙《てまひま》がかかる。広い土地がなければ、餌となる草だってままならない。そのくせ毛を刈るのは一年に一度に過ぎん。労多くして功少なしとはまさにこのことだ。まったく割にあわない。ならば綿花から木綿を、蚕の繭から絹をつくったほうがいい」

前田利保の言うとおりだ。だけど我々の出鼻を挫《くじ》くような話をしなくてもいいのに、と思わないでもない。

「しかも十年近く前、巣鴨の御薬園が火災に見舞われ、羊は百匹ほどに減り、羅紗織も滞るようになった。なおかつ三年前に発案者である渋江殿が亡くなってからは羅紗織の普及は頓挫しておる。ほぼ取りやめになったと言っていい。そして巣鴨の羊達は幕府にとって厄介者となってしまった」

だからタダで譲るというわけか。

「金沢藩は巣鴨の羊を幕府から拝領し、羅紗をつくることができた。薩摩藩や尾張藩、江戸に近いところでは下野国の黒羽藩《くろばね》でも綿羊は飼われているらしい。しかしどこもまだ、羅紗が特産物として世に送りだせておらぬ。それがおぬし達にできると思うか」

「ううぅん」小桜が小さく呻いている。言いだしっぺで、羊をもらっておきながら、前田利保から現実を聞かされ、怯んでしまったのかもしれない。幸之進も自分達の手に余るように思えてきた。だが福助はちがった。覚悟を決めた目つきで、前田利保を正面に見据えてから口を開いた。

「学びだしてからまだ日が浅い私が、こんなことを申しあげるのは恐縮なのですが、本草学によって石櫓藩だけでなく、この国に役立ち、ひとびとを救いたいと考えております。羅紗をつくるのはその第一歩、できるできないではありません。やらねばならないのです」

　少し声が震えていたものの、いや、だからこそ福助の思いはひしひしと伝わってきた。疱瘡除けの赤いみみずくに似た顔も、きりりと引き締まっている。

「よくぞ申したっ。その意気だ」

　そんな福助の背中を小桜がばんと叩く。

「あいわかった」前田利保は満足そうに笑った。「おぬし達のためにいくらでも手助けを致す。長崎の商人が、羅紗のつくり方の手順を絵入りで記した覚書《おぼえがき》がある。今日はそれを貸してあげよう。綾部殿はよき妻とよき家来を持ったな。羨ましいかぎりだ」

富山藩の上屋敷を訪ねた翌日、幸之進は渋谷の下屋敷にいた。泥面子をつくるためではない。下屋敷の西に広がる野原で羊を飼うことになった。そこで羊が住む小屋を建てることになったものの、大工を雇う金がないので、藩士と近隣の百姓で作業をおこなわねばならなかった。非力で大工道具も満足に扱えない幸之進ではあるが、少しでも役立ちたいと手伝いを買ってでたのである。

「よっこらせ」

大八車に積まれた十尺（約三メートル）はある角材を一本、幸之進は肩に担ぐ。

「ひとりで運べますか」

年若の百姓が訊ねてきた。福助と同い年くらいのようだが、畑仕事で鍛えられた身体は、がっちりしてたくましい。だいじょうぶだと答える前に、幸之進の足元がふらついてしまった。

「いっしょに運びましょう」と言って年若の百姓は幸之進のうしろに回り、角材を肩に載せる。

「かたじけない」

雲ひとつない青空で、陽気もいい。師走のなかばと思えぬ暖かさで、三日前の雪はほとんど溶けていた。近くでは羊と豚と子どもが入り乱れ、駆け巡っている。いつもより子どもの数が多いのは、隠田村の子どもがいるからだろう。腹掛け小僧もいたし、麟太郎も混じっていた。無邪気に笑うその姿は大人びたところがかけらもなく、ごくふつうの十一歳だった。

「あの羊とやらの毛で、本当に羅紗ができるのですか」

うしろにいる年若の百姓が訊ねてきた。

「もちろんだ」とは言ったものの、幸之進もいまだ信じられない。「羅紗をあげたい相手が、おぬしにはおるのか」

「いなくもないですが」照れ臭そうな答えが返ってくる。

「ならばどうだ。そのひとのために、羊を育てて、羅紗をつくってみようと思わぬか」

「私にできますか」

「何事もやってみなければわからんだろ」

幸之進は励ますように言う。

それは自分自身にむかってでもあった。

其《そ》之《の》肆《よん》

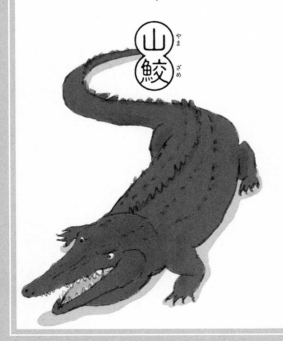

山《やま》鮫《ざめ》

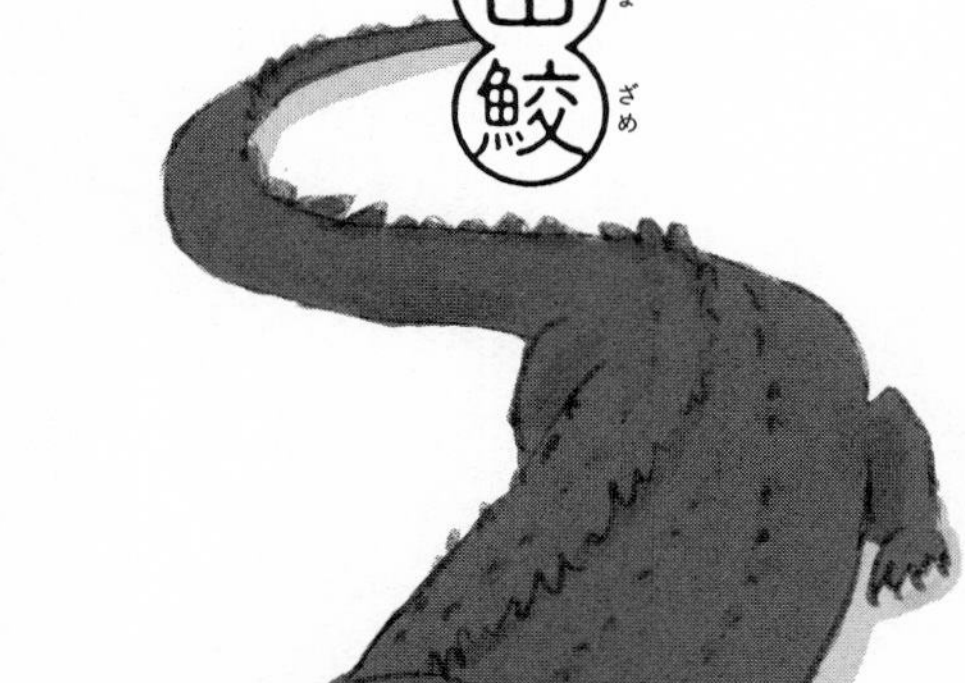

カッと見開いた目、ふたつの穴が丸見えの鼻、そして突きでた口は両端があがって開き、無数の鋭い歯が見えている。ぜんたいに魚そっくりの顔立ちは不気味なのに、どこか愛嬌がある。全身は二尺半（約七十五センチ）と小さく、焦茶色で、あばら骨が透けるほど痩せ細り、手足は細長く指は長い。よく見れば指のあいだに水掻きがあることに気づく。だがなによりも目を引くのは背中の甲羅だ。生きてはいない。すっかり干涸《ひから》びている。木乃伊《ミイラ》なのだ。

「これはいったい」

前田利保は眉間に皺《しわ》を寄せていた。彼ばかりではない。物産会合に集まった者みんながおなじ顔をしている。かく言う幸之進もそうだった。

「たぶん河童《かっぱ》ではないかと」

そう答えたのは島津又三郎だ。幸之進と変わらぬ年齢だが、身分は雲泥の差である。父は薩摩藩当主、曽祖父は将軍様の義父で、蘭癖大名と知られていた栄翁こと島津重豪なのだ。背が高く胸板が厚く肩幅が広い。武術が得意で頭もよく、ふたつびんたと呼ばれているそうだ。びんたとは薩摩の言葉で頭のことで、一を聞いて十を知り、いくつものことを同時にこなせてしまうので、ふたつ頭があるようだと噂され、その仇名《あだな》がついたらしい。前田利保とは変化朝顔《へんかあさがお》という共通の趣味があり、ときどき手紙のやりとりをしている話を以前、聞いたことがある。そんな彼がこの木乃伊を持ちこんできたのだ。

二月もなかば、本日の物産会合は富山藩の上屋敷でおこなわれている。昨年の十二月、前田利保の能を見おえたあとに通された部屋だ。開かれた窓の外は春の彩りがはじまっていた。桜の蕾《つぼみ》は綻びだしており、あと半月もしないうちに咲き乱れることだろう。春の訪れを報せるかのように、さまざまな鳥のさえずりが絶え間なく聞こえてくる。遠くに江戸湾まで望める絶景だが、部屋にいる者達の目はすべて、河童の木乃伊にむけられていた。

「本物かどうか、ここにお集まりのみなさんにたしかめていただこうと、高輪にある我が藩の下屋敷から持って参りました」

島津又三郎は屈託なく笑った。その笑顔には育ちのよさが滲みでている。生まれてこの方、だれかを妬んだり、自分なんてと僻《ひが》んだりしたことは一度もないのだろう。悔しがっても仕方がない。でも幸之進は少し羨ましく思えた。

「曽祖父が国内外の珍しい物産を集めていたことは、みなさんもご存じでしょう。その数は膨大で、屋敷中に満ち溢れていたと言っても過言ではないほどです。さすがの曽祖父も蒐集品《しゅうしゅうひん》から優れたものを厳選したうえ、新たに建てた蔵に収納していたのですが、それでもまだ収まり切らないものがたくさん残っている。曽祖父は百まで生きるつもりで、作業を進めていたらしい。いや、あの方のことだから、自分が死ぬとは思っていなかったかもしれません。はは。ともかく引きつづき私が曽祖父の、いまや遺品となった蒐集品を整理することになりましてね。ある程度、処分せざるを得ないのですよ。宝石や陶磁器、古代の印章に瓦といったものであれば、いくらでも目利きはいます。しかし河童の木乃伊の真偽となると、だれに訊ねていいかわからない。そこで前田殿を筆頭に、曽祖父と生前、少なからず交流があった、本草学に造詣が深いみなさんのお力を拝借しようと思った次第で」

「よくできているなぁ」

福助が呟いた。彼は正座をしたまま、上半身を伏せ、河童の木乃伊に顔を近づけていた。

「それはどういう意味だい」

島津又三郎に訊かれると、福助は身体を起こし、彼のほうに顔をむけた。

「な、なにがでしょう」

「よくできているといま言っただろ。つまりこの木乃伊が作り物ということかな」

「は、はい」福助は目をぱちくりさせ、言葉をつづけた。「猿と獺《かわうそ》、鼬《いたち》を継ぎあわせ、手にある水搔きはそのうちいずれかの皮でしょう。背中に亀の甲羅を貼り付け、日数をかけて干涸びさせたものと思われます。手間隙かけて見事な仕上がりです」

「要するに河童ではないのだな」島津又三郎は溜息をつく。といって落胆した様子はなく、素直に受け入れていた。胸を撫で下ろしているようにも見える。「じつは曽祖父の筆による河童の絵があって、もしかしたらこの木乃伊が生きている頃の姿を描いたのかと思ったが、さすがにちがったか。はは。曽祖父もおぬしとおなじように、出来映えに感心して手に入れたのかもしれないな。こういうのがいちばん厄介だよ。捨てるに捨てられん」

「その絵をシーボルトに見せて、河童について訊ねたのは、そなたの曽祖父殿でしたかな」

「いやいや」物産会合のひとりが訊ねると、島津又三郎は右手を横に振った。「私もいっしょにシーボルトと会いましたが、曽祖父は河童の話などしませんでしたよ」

「それは福岡藩の当主、黒田《くろだ》殿だ。本人から話を聞いたことがある」そう言ったのは前田利保だった。「長崎警衛の際、阿蘭陀商館にでむいて、シーボルトに河童の絵を見せたものの、これでは判断しかねると言われてしまったそうだ。そこで黒田殿は木乃伊ならば江戸にある、今度持って参ろうと約束したものの、皆も承知のとおり、シーボルトは追放され、その機会にはついぞ恵まれなかったと嘆いておったよ」

シーボルトは長崎出島にある阿蘭陀商館の医師を務めていたオランダ人だ。じつはドイツ人だった、いや、ロシア人にちがいないと言うひともいる。出島の外に診療所を兼ねた私塾を開設し、蘭学を教えてもいた。これだけであれば、我が国に蘭学をもたらした優秀な医師と言っていい。事実、そうなのだ。

ところが文政十一年（一八二八）に帰国するために船で長崎をでた直後、嵐に見舞われ、引き返さざるを得なかった。その際に積荷から我が国の地図をはじめ、国外持ちだしを禁じられた品物が多数、見つかった。この一件で、シーボルトは我が国を脅かす密偵として知られるようになってしまった。シーボルトに関与した役人や門人が大勢、取り調べを受け、書物奉行にして天文方《てんもんかた》筆頭の高橋景保《たかはしかげやす》は地図を受け渡した罪で捕えられたうえに獄死、その他にも厳罰に処せられた者は数知れない。事件当時、シーボルトについてよその藩士から聞き集め、留守居役に逐一報せねばならなかったので、幸之進はよく覚えている。

「島津様はシーボルトとお会いになったのですか」

福助が訊ねた。驚きに大きく目を見開いている。

「かれこれ八年前、阿蘭陀商館長の江戸参府に同行してシーボルトが訪れたことがあって、曽祖父に連れられていったのだ。あのときは江戸中の医者や学者がこぞって、シーボルト詣《もうで》をしたものさ。設楽殿も会っておられますよね」

「師匠である谷中の先生とシーボルトが、草木や鉱石の名前についてやりとりするのを見ていただけに過ぎません」設楽市左衛門は苦笑交じりで言う。

「私も曽祖父の隣にいただけでした。曽祖父はシーボルトに鳥の剝製のつくり方を教わっただけでなく、あなたの弟子にしてくれと乞うように頼んでいました。もう八十を過ぎていたというのにですよ。やはり自分が死ぬとは思っていなかったんだな。でもまあ、その歳で目も耳も衰えていなかったし、肌艶もよかったので、シーボルトに二十歳は若く見えると言われていたほどでしたからね」

「シーボルトは密偵だったのではありませんか」

鋭い声で言ったのは小桜だった。石樽藩十二代目当主、幼名喜平丸こと綾部智親の正室ではあるが、垂れ髪をうしろで結び、喜平丸が着ていたものを身にまとっているので、元服前の若侍にしか見えない。一昨日のこと、下屋敷で羊の世話をしている最中、私も一度、物産会合に参加したいと言いだし、こうして連れてきたのだ。今回は護衛役がいない。あんなのがぞろぞろついてきたら却って目立つ、自分の身は自分で守れると小桜が上臈や江戸家老に訴えて断ったのである。小桜はつづけてこう言った。

「天竺徳兵衛のごとく我が国を転覆させようと謀っていたとも聞いております」

なにを言いだすのだ、このひとは。

「天竺徳兵衛とはだれです」と訊ねたのは福助だ。

「鶴屋南北《つるやなんぼく》の芝居にでてくるであろう。天竺帰りの船頭にして異国の遺臣の子、父の遺志を受け継ぎ、我が国の転覆を目論む妖術使いだ」

「奥方様はシーボルトが妖術使いだとお思いなのですか」

「莫迦を言え。シーボルトが巨大な蝦蟇を操るなど思っておらん」

「どうしてそこに、巨大な蝦蟇がでてくるのです」

「天竺徳兵衛が妖術で、巨大な蝦蟇をだして屋敷を潰すのだ」

「屋敷を潰すほど巨大な蝦蟇なんているのですか」

「だから妖術だと言っておる」

「奥方様は妖術を信じていらっしゃるので」

「ちがう。これは芝居の話だ。というか問題は妖術ではない。我が国を転覆させようとしたことだ」

　ふたりのやりとりに、だれしもが呆気に取られていた。中には笑いを堪えている者もいる。傍目《はため》から見ると、仲がいい兄弟が口喧嘩をしているみたいだった。

　けっして福助は小桜をからかっているのではない。真面目な彼にそんな真似ができるはずがなかった。あくまでも本気で、訊ねている。だとしてもこれ以上つづけていたら、小桜が怒りだしかねない。すでに鼻息はだいぶ荒い。止めに入らねばと幸之進が思っていたところだ。

「巨大な蝦蟇こそだささなかったものの、シーボルトの為《な》すことすべてが我々には驚きだった」島津又三郎が感慨深げに言った。「そういった意味でシーボルトは妖術使いだったと言えなくもない」

「私はシーボルトが妖術使いだとは言っていません」小桜は小鼻を膨らませている。「密偵だったかどうかです」

「それもちがうとは言い切れない。我が国の地図を国外へ持ちだそうとしたのは事実」

「ならばやはり」いきり立つ小桜を島津又三郎は手で制した。

「でもあの方は骨身を削って蘭学を教え、自らの医術を駆使して、人々の命を救っていたのもまた事実だ。ただ単に信頼を得るだけにしては、その功績はあまりに大き過ぎる。我々を騙し、我が国について探っていただけかと言われれば、とてもそうは思えんのだよ。世の中、芝居や草双紙のように善悪がはっきり分かれてはおらぬものなのだ。己にとって善行であったとしても、難を呼ぶことも珍しくはない」

言わんとすることはわかる。でもだとしたら、ひとはなにを信じて生きていけばいいのだと幸之進は考えてしまう。

小桜は黙ったままだ。だからといって島津又三郎の話に納得したとは思えない。横目で見ると膨れっ面だったからだ。なにか言い返そうにも言葉が浮かんでこないのかもしれない。

「羊はどうだ」部屋に漂う澱《よど》んだ空気を変えるためだろう。前田利保がやけに明るい声で言い、話題を変えた。「元気に育っておるかな」

「はい」福助がひと際、大きな声で返事をする。「もう少し暖かくなったら毛を刈って、前田様にお貸しいただいた教本を参考に羅紗づくりに取りかかる所存です」

「曽祖父が命じて国許で羅紗をつくらせていたが、なかなか大変らしいぞ」

島津又三郎が言う。心配そうな口ぶりだが、正気を疑う目つきでもあった。

「大変なのは百も承知、でもやらねばならないのです」福助は目をまん丸に見開き、勢いこんで言った。「よその国もひと、我々もひと、おなじひとでできないはずがありません」

言い返されるとは思っていなかったのだろう。島津又三郎は少したじろいでいた。

「つまり奥方様の頭の中では、芝居で見て正本写でも読んだ『天竺徳兵衛韓噺』の天竺徳兵衛とシーボルトが、ごっちゃ混ぜになっていたわけですな」

口から煙を吐きだし、三津木屋の升吉が言った。いつもどおり奥向の帰り、幸之進の住まいに立ち寄ってくれた。そして上がり框に座って煙草を吹かす彼にむかって、幸之進は本を選びながら、十日前に富山藩の上屋敷でおこなわれた物産会合の模様を、洗いざらいすべて話してしまっていた。

「でも奥方様のみならず、他にもそういう方は、けっこういますよ。六年経ってもシーボルトの一件がまだまだ尾を引いている証拠です。異国に対しての不信感は高まっていき、蘭学者が弾圧されるようなことが起きても不思議ではありません」升吉はおぞましいことを平然と言う。「しかし異国を知らずに恐れてばかりいるのはいかがなものでしょう。いくら異国船打払令をだしたところで、聞いた話だとこの国のまわりの海に、異国の船がちょくちょく出没しているそうですからね。いつか阿蘭陀以外との国ともお付きあいしなければならない日がくるかもしれない。備えあれば憂いなし。いまから異国のことを知っておくべきだと私などは思うのですが」

「聞いた話というのはどこからだい」

幸之進に言われ、升吉は目を細めた。その表情からは読み取れないが、内心では余計なことを口走ってしまったと思ったのかもしれない。

「あちこち出入りしておりますので、どこかまではは っきり覚えておりません」と言って升吉は煙管の灰を煙草盆の灰吹きに落とす。「本は選んでいただけましたか」

「ああ」

升吉が惚けているのはわかった。だがたとえ問い詰めても正直に話すとは思えないし、幸之進もどうしても知りたいわけではないので、それ以上訊ねないことにした。

「河童と言えば」幸之進が借りることにした草双紙と読本の数冊以外の本を箱に戻しながら、升吉が言った。「玉川上水に河童がでたという話はご存じですか」

「いや。四谷や新宿のあたりか」

「もっと西です。高井戸《たかいど》や吉祥寺《きちじょうじ》で見かけた者がいると。小金井《こがねい》のほうでは水を飲んでいた馬に襲いかかったと聞きました」

玉川上水は、三代将軍家光《いえみつ》の頃、江戸に飲み水を供給するため、ひとの手でつくられた川である。多摩川の羽村堰《はむらせき》から四谷大木戸《おおきど》までの東西に貫き、十一里（約四十三キロメートル）にも及ぶ長さだ。さらに八代将軍吉宗《よしむね》の命により、小金井村の小金井橋を中心に両岸二里（約八キロメートル）ほどに、奈良の吉野《よしの》や常陸《ひたち》の桜川《さくらがわ》などから取り寄せた山桜の苗を約二千本植えた。

「小金井の桜は江戸の桜よりも花が綻びだすのが遅めで、これから見頃でございましょう。花見ついでに、河童を生け捕りにしようなんていう輩もいるそうで」

「世の中には酔狂な者が多いからな」そう言ってから幸之進はもしやと思い、「その話、奥方様にもしたのか」と訊ねた。

「ええ。とても興味深そうにお聞きになっていました」

幸之進は不安にかられた。河童を生け捕りにしないまでも、この目で見てみたいと小桜ならば言いだしかねないからだ。巣鴨の緬羊屋敷からの帰り道、狼と思しき獣に襲われた話は他言無用と小桜に口止めされている。しかし時が経つにつれ、自然と知れ渡っていくものだ。上﨟をはじめとした奥女中達のみならず、江戸家老や留守居役といったお偉方の耳に入っていてもおかしくはない。ならばぜひとも小桜を止めてもらいたいものだと、幸之進は心から願った。

「では私はこれで」気づけば升吉は帰り支度を済ませ、草鞋《わらじ》まで履き、本が詰まった箱を背負っていた。

「煙草入れ、お忘れではありませんか」

「いえ」升吉は懐に手を入れて取りだす。「持っておりますよ」

「でもいつもは腰に」

「根付が取れたうえに、どこかに落としてしまって」

その言葉どおり、煙草入れには鼠の根付がなかった。

「それは残念なことを」

「まったくです」升吉は小さく溜息をついた。「長年、大事にしていたものをなくすことくらい、哀しいことはございません」

「ブゥブゥブッブ、ブッブ、ブブッブブブゥブッブ」

八戒が唄《うた》うように啼いている。気持ちはわからないでもない。抜けるような青空の下、生い茂る草花から漂う青々しい香りが心地いいのはたしかだ。

幸之進の不安は的中してしまった。貸本屋の升吉が訪れた翌朝、留守居役に呼びだされ、奥方様が小金井村へ桜を見にいくことになったので、同行するようにと命じられたのだ。ただし思っていたのとはだいぶちがっていた。

留守居役の話によれば、小金井桜を見にいきたいと小桜が言うと最高位である上臈をはじめ奥女中達が江戸家老のところへ押し寄せ、私どももぜひお供したいと訴えたらしい。かくして挟箱奴《はさみばこやっこ》を先頭に長刀《なぎなた》や腰物筒、履物持などを従えた仰々しい行列を成して、小金井村へむかうことになったのである。奥女中達はお揃いの日傘にお揃いの桜模様の着物、上臈は一目で上質とわかる裲襠《うちかけ》を羽織って目一杯めかしこみ、えらく華やかで八戒とおなじように上機嫌で足取りも軽かった。

そんな彼女達に囲まれるようにして、前後ふたりずつ四人の陸尺が駕籠を担いでいる。今朝方、上屋敷をでる直前、そこへ小桜が乗るのを幸之進は見ていた。きれいに髪を結って化粧を施し、目にも鮮やかな着物を身にまとい、石樽藩当主の正室として本来あるべき姿にもかかわらず、遠目でもわかるほど、小桜は仏頂面だった。

駕籠は花嫁道具のひとつで、黒漆塗りで金具に精緻な細工が施され、中には花鳥図が描かれていると聞く。だがそんなものを見て小桜がよろこぶはずがないし、駕籠に乗ること自体、嫌だったはずだ。いつもの恰好で玉川上水沿いを歩いていき、河童を見つけるつもりが、とんだ計算ちがいに小桜は駕籠の中で歯ぎしりしているにちがいない。かわいそうだとは思う。だが幸之進としては、こちらのほうが助かる。獣絡みで酷《ひど》い目にあうのは懲り懲りだ。

小桜が押しこめられた駕籠のうしろを二十人近くの菅笠《すげがさ》を被った藩士がつづいており、幸之進と福助も含まれている。福助は今朝、だれよりも早く目黒の上屋敷をでて、渋谷の下屋敷へむかい、八戒を連れだしてきた。そして甲州街道の下高井戸宿の手前で、この行列と合流した。どんな護衛よりも役立つので、八戒を連れていきたいと言ったのは小桜だった。

下高井戸宿を過ぎると、甲州街道を外れて、なるべく玉川上水に近い道を進んでいった。上高井戸村、久我山《くがやま》村と抜け、吉祥寺村へと差しかかる。晴れ渡った空の下、全身汗だくになってきた。今日、腰に差しているのは本差脇差どちらも竹光ではない。本物の刀だ。重さはあわせて二斤半（約一・五キログラム）はあるだろう。重たくてたまらない。

「そう言えば木暮殿」福助が小声で話しかけてきた。いつもどおり、首から数本提げた竹筒がからから鳴っている。「玉川上水に鮫《さめ》がでるという噂があるのをご存じですか」

「私は河童だと聞いた」

「木暮殿が河童を信じているとは思いませんでした」

冷やかしや冗談まじりではない。福助はいつもどおり真剣そのものだ。それは大変けっこうなのだが、面倒なときもある。いまがそうだ。

「私が信じているとは言っておらん。そういう噂があると、貸本屋の升吉に聞いたのだ」幸之進は他のひとに聞こえぬよう福助の耳に囁《ささや》く。「奥方様もおなじ話を聞いて、小金井桜を見にいきたいと言いだしたらしい」

「おかしいと思っていたんですよ。あの方が桜を見たいだなんて言うはずないので」

「鮫の話はだれから聞いた」

「篤三郎殿です」

設楽市左衛門の子息、設楽篤三郎のことだ。ほぼ同い年のふたりは相性がよく仲がいい。そして勝麟太郎とおなじように、篤三郎も渋谷の下屋敷を訪れ、福助と畑の作物について意見を交わしたり、百姓に混じって豚と羊の世話を焼いたりする姿を幾度も見かけた。

「篤三郎殿の話だと豆鹿を見つけだしたせいで、獣のことならば叔父上殿に任せようと、玉川上水の鮫退治を命じられたそうで」

「ではまた遠山金四郎という方に命じられたのかな」

「それがもっと上の位の方らしいと篤三郎殿はおっしゃっていました」

「もっと上とはどれくらい上だ」

「本丸老中の水野忠邦《みずのただくに》とおっしゃる方です」

本丸老中と言えば将軍様の補佐役だ。幸之進からすれば雲の上の存在である。

「なんにせよ篤三郎は叔父上の手伝いに駆りだされ、数日前からふたりで小金井村に滞在しているとのこと。もしかしたら、むこうで会えるかもしれません」

篤三郎はいい。しかし鳥居忠耀とはできれば会いたくないのが本音だ。昨年の十月、豆鹿を捜す彼と知りあったのだが、あまりいい印象はない。十一歳の麟太郎の手首を折らんばかりに摑んだだけでなく、平手打ちまで食らわしたからだ。そのときの妖怪のごとき鳥居忠耀の形相が、いまだ瞼に焼き付いていた。


小桜が乗った駕籠を中心に成す行列は、吉祥寺村をでて、大通りをまっすぐに保谷村《ほうや》へ、さらに西南へ進めば玉川上水にいき当たった。そして川沿いを西にいくと、前方に淡い紅色の霞《かすみ》が見えてくる。いや、そんな色の霞があるはずがない。近づくうちに桜の花だとわかる。七里（約二十八キロメートル）余りを二刻（四時間）もかけて歩いてきただけの甲斐がある光景で、疲れが一気に取れるほどだった。やがて桜並木の下へ入ると、ひらひらと舞い散る花びらに包まれていく。まるで夢を見ているようだ。そう思ったのは幸之進ばかりではない。行列を成す者のだれしもが桜を見上げている。奥女中達からは感嘆の声があがった途端だ。

「なんだ、どうした」駕籠の引戸が開き、小桜が顔をだした。「なにかでたのか」

奥女中達の声を悲鳴と勘違いし、玉川上水から河童がでてきたとでも思ったのだろう。

「奥方様、ご覧下さい。見事な桜でございます」

駕籠のすぐ脇に控えていた上臈が言う。

「つまらん」吐き捨てるように言い、小桜は引戸を閉めてしまった。

花より団子ならぬ河童というわけだ。

「木暮殿。あれって島津様ではありませんか」

小声で話す福助とおなじ方角に幸之進は顔をむけた。玉川上水を挟んだむこうに立派な花見茶屋があり、その脇に馬を繋ぐ侍が幾人か見える。貫禄十分な身体つきからして、島津又三郎に見えなくもない。目を細めて顔を見ようとしたものの、立ち止まることはできない。結局よくわからず通り過ぎてしまった。

「島津様も河童か鮫の話を聞きつけ、きたのかもしれませんね」

福助の言葉にはいつもどおり、洒落《しゃれ》や冗談めいたところは微塵《みじん》もない。幸之進も大いにあり得るように思えた。

小金井桜は賑わっていた。しかし上野や御殿山《ごてんやま》、飛鳥山《あすかやま》などと比べると混みあっていないし、騒々しくもなかった。あたりが田畑でだだっ広いからかもしれない。

　昨日のうちに藩士が数人訪れており、花見の場所を確保してあるだけでなく、すでに幔幕《まんまく》を張りめぐらせてもいた。そこに赤い毛氈《もうせん》や花茣蓙を敷き、小桜を中心に奥女中達が座る。ちょうど午時《ごじ》なので、まずは腹拵《はらごしら》えと重箱が広げられ、昼飯がはじまった。藩士達銘々にも折り箱の弁当が配られた。ごぼう煮に干し大根、菜の花のおひたしなど、大半が渋谷の下屋敷で穫《と》れた野菜を素材にしたものだ。七里余りも歩いてきたあとなので、どんなものでもうまく感じる。弁当の中に桜の花びらが落ち、おかずといっしょに食べてしまいそうになるのも一興と言っていい。八戒は幔幕の外で、番犬ならぬ番豚を務めている。

「奥方様もあんな顔をなさることもないのに」

　福助がぼそりと呟く。昼飯が済んでしばらく経つと、目黒の上屋敷から運んできた三味線や琴、鼓に笛といった楽器がだされ、奥女中達が奏ではじめた。まさに優雅な春のひとときの中、福助が言うように小桜ひとり、仏頂面だった。よほど嫌なのだろう。せっかく綺麗に着飾っていながら、その顔がすべてを台無しにしているほどだった。上臈が機嫌を取るために話しかけても、ろくすっぽ返事をしない。時折、人目を憚るどころか、見せつけるように大きなあくびをする始末だ。

　すると突然、小桜が立った。音曲が止まり、だれしもがそちらへ目をむける。だが小桜はおかまいなしに、くるりと踵を返すと、真後ろにあった幔幕を捲《まく》りあげ、腰を屈めてその下をくぐり、外へ駆けだしていった。

「どうなさったのです、奥方様っ」「どちらへいかれるのです」「お待ちをっ」「お、奥方様っ」「ブゥブブゥッブブゥブゥ」

慌ててみんなが追いかける。幸之進と福助、八戒もだ。小桜は半町（約五十五メートル）も離れていない桜の木まで辿り着くと、着物を枝にひっかけることもなく、するすると登っていく。いつものように喜平丸のお古ならばいざ知らず、幾重にも着物を重ね着した恰好だというのに敏捷《びんしょう》な身のこなしだった。

「奥方様っ」

「私のことは気にしなくてもいい」木の上から小桜が叫んだ。「みんなで楽しく花見をしておれ」

はい、そうですかとは引き下がれない。でもせっかくの花見、上臈や奥女中は遊びたいし、藩士達もこれから振る舞われる酒が楽しみだった。ここで奥方様のわがままに振り回されたくないというのが本音だろう。それがわかったのか、小桜はつづけてこうも言った。

「木の下に二、三人、見張りを置いておけばよかろう」

「ブゥブウブゥブウブゥブゥ」

「おお、八戒。なんならそなた一匹でもじゅうぶんだ」

さすがにそうはいくまい。

するとと奥女中も藩士も、自分を見ていることに幸之進は気づく。その目でなにを訴えているかもだ。

やれやれ、まったく。


かくして幸之進は桜の木の下にいた。幹に凭《もた》れかからず、突っ立っている。かれこれ半刻（一時間）は経つだろう。八戒もいっしょだ。この前を通るときだけ、花見客の目は桜から八戒にむけられた。

四方に幔幕を張ったところからは終始、音曲が鳴りつづけている。酒が入ったせいか、藩士が代わりばんこで詩吟や長唄、常磐津《ときわず》などを競うようにして唄いだした。総じてうまくはない。だが楽しそうなのはたしかだ。奥女中からは嬌声に近い歓声があがることもしばしばあった。仏頂面の奥方様がいないぶん、羽目を外して盛りあがっているのだろう。羨ましい限りである。

見張りについたのは幸之進と八戒だけではない。もうひとりいる。福助だ。自ら買ってでたのだが、理由がわかった。いまは土手のほうにいて、中腰で草花をじっと見つめ、ときどき摘んでは首に提げた竹筒に入れている。目黒の上屋敷に持って帰って、押し花や押し葉にするのだろう。彼にすれば花見の宴会などよりもずっと楽しいらしく、大きな眼をきらきらと輝かせていた。

陽はまだまだ高い。穏やかで心地いい風が吹き、桜吹雪が止むことはない。玉川上水の流れる音は、せせらぎと呼ぶにはいささか力強かった。この川がひとの手によってつくられたとは信じ難い。しかも四代将軍家綱の時代だというのだから、二百年近くも昔の話である。まったくもって恐れ入る。

「幸之進っ」不意に小桜が話しかけてきた。

「なんでございましょう」

「そなた、木の上から下りられなくなった殿の母君の飼い猫を助けようとして、落ちてしまったことがあるそうだな」

「殿からお聞きになったのですか」

「そうだ。木登りがヘタクソで、殿が引き止めるのも聞かなかったと」

ちがう。喜平丸が柿の木にいる猫を見つけ、どうにかならぬかとせがまれ、やむなく登ったのだ。でもその話をしたところで、言い訳にしか聞こえないだろう。

「あの方はそなたの話を繰り返しするのだ。猫の話だけでも六回は聞いておる。両国の見世物小屋で駱駝を見た話は何遍聞かされたことか。薩摩芋を四文で買って、殿の手ずから駱駝に食べさせたらしいな」

「はい」

「駱駝についてだけではない。両国広小路までの行き帰りのことも事細かにお話しになる。行きの途中で、殿が団子を食べたいとねだったら、ならば浅草に寄りましょう、御《お》蔵前《くらまえ》の瓦町《かわらまち》に、安いのに他とは比べものにならぬほど大きな団子を売る店がありますと、そなたは申したのだろ」

まるきり忘れていたことだった。しかし小桜から聞いて、喜平丸が大きな団子を口いっぱいに頬張る姿を、幸之進はまざまざと思いだした。

「殿の母君の前で、ふたりして駱駝の真似を披露した話もよくなさる。気をよくしたそなたは、二匹の駱駝の絵を描いてみせた」

それもちがう。喜平丸に命じられたからだ。

「母君はそなたの絵をたいそう気に入って、肌身離さず持っていたと」

「本当ですか」幸之進は初耳だった。

「殿がおっしゃっていたのだ。嘘ではあるまい。病床でもそなたの絵を脇に置き、ことあるごとに見ては微笑《ほほえ》んでいたそうだ」

幸之進は目頭が熱くなるのを感じた。これはまずい。涙が溢れでないようにと下唇を噛んで堪え忍ぶ。

「殿はどんな子どもだったか、教えてくれぬか」

しばらくして小桜が言った。涙は我慢できたが、少し洟がでていたので、それを啜ってから幸之進は答えた。

「おっとりとしていますが、こうと決めたら譲らないまっすぐな気質をお持ちで、細かいことにも目が行き届き、お優しいけれど芯のあるお子様でした」

裏を返せば、ふだんはおとなしいのに癇癪持ちで、一度ヘソを曲げると扱いにくい、細かいことにうるさくて、気弱な癖に強情っぱりだった。おかげでつぎつぎとお伽役がやめていき、ひとり残った私は気苦労が絶えませんでしたとは、さすがに言えない。たとえそれが嫌でなかったにしてもだ。喜平丸が笑えば、幸之進も笑った。喜平丸の喜びは、幸之進の喜びでもあった。

「そなたは殿のお伽役を何年務めたのだ」

「足掛け十年にはなるかと」

「狡いな」小桜が不服そうに言う。「私は嫁いで三年足らず、殿と暮らしたのは一年に過ぎん」

そう言われても困る。

「でも奥方様は昨年の夏、殿と尾上菊五郎の『天竺徳兵衛韓噺』も見にいったのでしょう」

「あれは面白かった。つい先日、正本写を読んでな。芝居を見たときのことを思いだしたよ。舞台の上でのことばかりではなく、芝居の合間に食べた弁当の味や、秋なのに客がいっぱいで熱気に溢れ、じっとりと汗をかいたこと、そしてなによりも役者の一挙手一投足を見逃すまいと、舞台を一心に見ておられた殿の横顔が昨日のごとく、まざまざと甦ってきた」

聞きようによってはノロケかもしれない。だが小桜の声はどこか寂しげだった。

「殿が江戸に戻ってこられたら、また芝居に連れていってもらったらいかがです。十年どころか二十年三十年、もっとずっと先まで殿といっしょではありませんか。芝居にかぎらず、おふたりで楽しめるものはいくらでもあるはずです」

小桜からの返事がない。代わりに微かな笑い声が聞こえてきた。

「そなたは殿が話していたとおりだな。武術はからきし駄目だし、木登りも満足にできない。真面目に仕事をするが、愚直なだけで知恵が回るわけでもない。絵が得意な他にはこれといって面白味がない」

いくらなんでも酷過ぎやしないか、喜平丸。

「なのに幸之進の話は、汚れた魂を綺麗に磨いてもらっているようで不思議と心が安らぐと。私もいま、おなじ気持ちだ」

今度は持ち上げ過ぎだ。そんなつもりで話したことは一度もない。

「ブウブブブゥブブッブブブゥウ」

八戒が吠えだす。すぐそばにひとが立っていたのだ。鳥居忠耀である。怪訝《けげん》な顔つきで幸之進を見つめていた。槍《やり》を持っているのは、玉川上水の鮫だか河童だかを退治するためにちがいない。

「こ、これは鳥居殿。おひさしぶりです。こんなところでお会いするとは」

「だいじょうぶか、おぬし」

「ご心配ありがとうございます。あのとき殴られた頬も、すっかりよくなりまして、痣《あざ》も残っておりません」

「そうではない。桜の木に話しかけていただろう」

「いいえ、あの、桜の木に話しかけていたのではなく」

「言い訳はせずともよい。気持ちはわかる」

「ど、どうおわかりになるので」

「私も時折、屋敷に生えた木に、愚痴を聞いてもらう。木はいい。私の話を黙って聞いてくれるからな」

あなたこそだいじょうぶですかと、幸之進は言いそうになるがやめておいた。くくくと小桜が小さく笑ったが、鳥居忠耀は聞こえなかったらしい。うしろで福助の声が聞こえてきたので、振り返ってみると、設楽篤三郎とふたりで楽しげに話をしていた。

「おぬし」鳥居忠耀に呼ばれ、幸之進は顔をもとに戻す。「玉川上水で馬が河童に襲われたという噂を聞いたそうだな」

「あ、はい。でもあの、福助の話だと鳥居殿は鮫だとお考えだそうで」

「其奴を見た者達に話を聞いてまわり、姿かたちからして鮫であろうと判断したのだ」

身の丈は五尺（約一・五メートル）から六尺はあったらしい。

「馬を襲ったところを見た者もいたそうですが」

「この村の百姓で、その者が言うには、川岸で水を飲んでいた馬に噛みつこうとして、大きな口を開いて川から飛びだしてきたらしい」

「だとしたら河童とは言い難い。でもどうして鮫なのです。大蛇とは考えられませんか」

「蛇はこうしてクネクネと身体をよじらせて泳ぐものだ」鳥居忠耀は右腕でその動きをやってみせた。「ところが泳ぐ姿を見た者が言うには、まっすぐ泳いでいたそうだ。だが気になることがある」

「なんでございましょう」

「足があったのです」幸之進の問いに、背後から答えたのは篤三郎だ。福助とともに近づいてきた彼もまた、槍を手にしている。「前に二本うしろに二本、足があって、鮫や蛇ではなく、蜥蜴《とかげ》のようだったという者が何人かいるのですよ」

「でも鳥居殿がおっしゃるに、身の丈が五尺から六尺はあるのですよね」幸之進は首を傾げる。「蜥蜴にしては大き過ぎやしませんか」

「兎《うさぎ》ほど小さい鹿だっておった」と鳥居忠耀。「鮫みたいに大きな蜥蜴がいてもおかしくはなかろう」

「豆鹿は鹿ではありません」福助が真顔で訂正する。

「じつは叔父上」篤三郎が神妙な面持ちで言った。「福助殿が、ここらで薩摩藩の者を見かけたそうで」

「なんだと。どこにいた」

鳥居忠耀に訊かれ、福助はたじろいでいる。それだけの勢いだったのだ。

「た、玉川上水のむこうにある茶屋で、島津又三郎殿が馬を繋いでいたのです。何人か家臣を従えていました」

「あの男がきおったとなるとやはり」

「やはりなんですか」

幸之進が訊ねると、鳥居忠耀がぎろりと睨みつけてきた。まさに蜥蜴のような嫌な目つきだ。

「このおふたりならばだいじょうぶですよ、叔父上」篤三郎が言った。「豆鹿のときのように、力を貸してくれるかもしれません」

「よかろう」少し間をあけてから鳥居忠耀は答えた。「おまえから話してやってくれ」

「かしこまりました」と言ってから篤三郎は幸之進と福助のほうに顔をむけた。「おふたりは先日の物産会合に訪れた又三郎殿とお会いになって、高輪の下屋敷が、栄翁殿が国内外から取り寄せた蒐集品で溢れているので、いくらか処分せざるを得ないという話をお聞きになったのでしょう」

「はい」福助が頷く。

「それがなにか」と幸之進は訊ねる。

「蒐集品には物品だけではなく、鳥や獣まで含まれていましてね。その数は相当なもので、面倒を見るのに人手がかかり、餌代も莫迦にならない。そこで財政緊縮を理由に、国許から一匹残らず処分せよと命じられたらしいと噂がたっておりまして」

「ひどい」

桜の木の上で小桜が呟いた。篤三郎には聞こえたらしいが、どこからかまではわからなかったようだ。あたりをきょろきょろ見回している。

「どうした、篤三郎」鳥居忠耀が言った。

「あ、いえ。それであの、玉川上水にあらわれた鮫に足が生えた獣は、もしかしたら薩摩藩が飼っていたものではないかと」

「でも玉川上水は四谷大木戸から先、地面の下に埋められた石樋《いしどい》を通っているのだし」幸之進は首を傾げる。「高輪から四谷まで、その獣はどうやって移動したというんだい」

「処分されるのを不憫に思っただれかが運びだし、玉川上水に逃がしたのか、あるいは逃げられたとは考えられませんか」これは福助だ。

なんの裏付けもない、河童とおなじくらい突飛な話ではある。しかし島津又三郎が家臣を引き連れ、ここまで訪れているのだから、ちがうとは言い切れない。

するとどこからか悲鳴が聞こえてきた。さらに何人もの助けを求める声もする。二町ほど先で慌てふためく人々の姿が見えた。

「でたぞっ」小桜だ。登ったときと変わらぬ速さで下りてきたのはいいのだが、その右足が鳥居忠耀の頭のてっぺんを踏んだ。

「うわっ」

「失礼仕《つかまつ》った」小桜は詫びてから地上に降り立つ。「だがいまや一刻を争う一大事。お許しくだされ」

「奥方様、でたとはいったい」と福助。

「玉川上水から這いでてきたのだ。河童でもなければ鮫でもない。これまで見たことがない獣だ」

小桜は早口で捲し立てながら走りだす。

「ブゥブブゥブゥブゥ」

八戒が小桜のあとを追い、幸之進に福助、鳥居忠耀と篤三郎もついていく。むかう先には幸之進達とおなじように駆け寄る者も多く、瞬く間に人集りができていた。

「福助っ。みなのところへいき、挟箱を持って参れ」

「わかりました」福助は小桜に従い、走るむきを変える。

「挟箱にはなにが」幸之進は訊かずにはいられなかった。

「こういうこともあろうかと、持ってこさせたものがあるのだ」

小桜は嬉々として言う。なにを持ってきたのか、聞き返そうとしたところ、人集りに辿り着いていた。けっこうな混みようで、前に進もうにも進めない。するとだ。

「ブゥブゥブゥブゥブゥ」

どけどけ、奥方様のお通りだと八戒が人々をかき分けていった。小桜のみならず、みんなでそのあとをついていく。

「山鮫だ」

前にでてその獣を見るなり、小桜が呟いた。幸之進も山鮫を知っていた。もちろん見たことはない。『絵本《えほん》二《に》島英勇記《とうえいゆうき》』という読本に、宮本武蔵《みやもとむさし》が美濃《みの》と飛驒《ひだ》の境の山中に棲む山鮫を退治する話があって、三津木屋の升吉に借りて読んでいた。つい先頃、宮本武蔵が槍で山鮫を叩き伏せる場面の浮世絵が売りだされてもいる。描いたのは歌川国芳だ。いま目の前にいる獣は、まさに山鮫以外何者でもなかった。

そんな山鮫に五間（約九メートル）から先、だれしも近づけないでいた。玉川上水から這いでて、桜並木を横切ってきたようだが、幸之進達が訪れてからは野っ原で微動だにしなかった。自分のせいとは知らず、なんの騒ぎですかと、惚けた顔をしているように見えなくもない。

姿かたちは蜥蜴に似ているが、口先から尾っぽの端まで、六尺を上回る噂以上の大きさだ。それに蜥蜴のごとくつやつやした肌ではなく、鎧《よろい》みたいにゴツゴツしていて厳《いか》めしい。黒みを帯びた紺色であるものの、ぎらぎらと輝いて見えるのは、水に濡れた全身が陽の光を浴びているからだろう。ところどころに点々の模様があるのだが、しばらく見ているうちに、それは桜の花びらだと幸之進は気づいた。

八戒は敵意剝きだしで唸《うな》っている。しかし山鮫のほうはまるで相手にしていない。瞼をぱちくりさせ、八戒を物珍しそうに見つめているだけだった。

「木暮殿、申し訳ありませんが」と篤三郎が槍をさしだしてきた。「ちょっと持っていてもらえませんか。支度をしなければなりませんので」

「私のも頼む」鳥居忠耀からも槍を預かる。ふたりとも襷掛《たすきが》けするためだった。

すると野次馬の中から、前に進みでてきた者が数人いた。勇ましげでなおかつ荒くれた風情のごろつきどもで、それぞれの手には丸太ん棒や木刀、刺股《さすまた》に突棒《つくぼう》などを持ち、山鮫に尻尾のほうから忍び寄っている。江戸から訪れ、河童ではなかったにせよ、いままでお目にかかったことがない獣を引っ捕まえてやろうという魂胆らしい。

「おぬしら、なにをするっ」鳥居忠耀の鋭い声があたりに轟《とどろ》き渡る。「たとえ相手が獣であろうとも、背後から狙うとは何事だっ。さっさと立ち去れっ」

あまりの剣幕にごろつき共は恐れをなし、すごすごと引き下がっていく。山鮫は泰然と構えているだけだった。

「よいか、篤三郎」鳥居忠耀が言った。ふたりは襷掛けを済ませ、幸之進から受け取った槍を構え、穂先を山鮫にむけている。「狙いは脳天だ。どんな獣であれ、脳天を一撃すればお陀仏《だぶつ》だ。なまじ余計なところを怪我させたら、暴れまくって厄介なことになりかねん」

「お、お待ちください」野次馬の中から福助があらわれた。小桜に言われたとおり、挟箱を持ってきただけでなく、花見の最中だった藩士達を引き連れてもいた。酒が入っているからだろう、ほとんどが赤ら顔だ。「あの獣を殺そうというのですか」

「ひとの命を危険に晒すようなものであれば、見つけ次第、始末せよと命を受けておるのだ」

「馬を襲っただけですし、それも失敗におわっています」冷淡に言い放つ鳥居忠耀に屈せず、福助は大きな眼を見開き、訴えかけた。「あの獣は薩摩藩の下屋敷から逃げだしてきたのかもしれないのでしょう。それをここで殺してしまうなんてあんまりです。かわいそうだとは思わないのですか」

「この先、なにをしでかすかわからんのだぞ」鳥居忠耀がぴしゃりと言う。「それだけでじゅうぶん殺す理由になる」

「ならばせめて生け捕りにしたらいかがです」

「福助が正しい」小桜が賛同した。「どんな獣であろうとも、ひとの都合で殺生するような真似は罷り成らん」

「どうやって生け捕りにするというのだ。策があるのならば申してみろ」

鳥居忠耀は山鮫を見据え、瞬《まばた》きひとつしない。冷静を装っているが、こめかみに青筋が立っていた。

「ある」小桜がきっぱり言い切った。それから福助に挟箱を下に置かせると、蓋を開き、中から取りだしたのは投網《とあみ》だった。「花見の余興に使うと言って、上臈に用意させたのだ」

どんな余興かと上臈は思っただろうが、相手はなにをしでかすかわからない奥方様である。黙って言うことを聞いたにちがいない。

「なるほど。これならば生け捕りもできましょう」

「叔父上、やってみる価値はございますよ」

篤三郎がいち早く福助に同意する。

「生け捕りにしたあとはどうする」と鳥居忠耀。こめかみの青筋はさらに増えていた。

「わが藩で引き取る。渋谷の下屋敷にある池で飼うとしよう」

とんでもないことを平然と言い、小桜も襷掛けをする。そして投網を持ち、そろりそろりと山鮫に近づいていった。隣には八戒がぴたりとついている。そのさまは滑稽なのに、あたりには張り詰めた空気が流れていた。野次馬達は固唾を飲んで見守っており、草木が風に揺れるざわめきと玉川上水の流れだけしか聞こえなくなる。

三津木屋の升吉から借りる草双紙でだって、こんな場面にはお目にかかったことがないぞ。

とうの山鮫はと言えば近寄る小桜と八戒を眠たげな目で追うだけだった。なにをされるかわかっていないのか、あるいは捕まえられるものなら捕まえてみろと余裕を見せているのかは、皆目見当がつかない。

すると突然、雷鳴に似た音が鳴り響いた。つづけてぶすっと鈍い音が間近で聞こえる。その途端、山鮫が暴れだした。身体をくねらせ、尻尾を振り回す有様に恐れを成し、野次馬達は我先にと逃げだしていく。幸之進もできればそうしたいところだ。しかし小桜を置いていくわけにはいかない。福助と藩士達もどうにか踏《ふ》み留《とど》まっていた。鳥居忠耀と篤三郎も槍を構えたままでいる。

「お、奥方様」幸之進は叫んだものの、恐怖のあまりに声が掠れていた。「生け捕りはお諦めに」

「莫迦を申すな」

驚くべきことに小桜はまるで動じていない。暴れる山鮫を前にして凛然としている。八戒もだ。

「叔父上っ。かくなる上は我らが出番」

「で、出番ってなにを」

「あの獣を退治するのですよ。どんな獣も脳天を一撃すればお陀仏なのでしょう」

「も、もちろん」と鳥居忠耀は一歩前にでて槍を突きだすが、穂先は山鮫まで二間（約三・六メートル）は離れている。しかもひどいへっぴり腰だ。

「叔父上、もっと前へいかないと」

「慌てるな、ものには順序が」

山鮫はまだ暴れている。七転八倒してのたうち回っていると言ったほうが近いかもしれない。そして振り回す尻尾が、槍の穂先を掠めた。

「ひぃ」鳥居忠耀が小さな悲鳴を洩らすと、槍を落とし、尻餅をついた。

「だいじょうぶですか、叔父上」

篤三郎が肩を貸して立たせようとしたところ、鳥居忠耀は首を横に振り、「こ、腰が抜けた」と情けない声で言った。

山鮫のほうは次第に落ち着きを取り戻し、動きが小さくなっていく。目をぎょろつかせ、あたりを窺っているのは、敵を捜しているようだ。

「血がでているっ」福助が叫ぶ。山鮫の右前足の付け根が血まみれなのだ。「さっきの音は銃声だったんだ」

「飛び道具を使うとはなんと卑怯な」

立てずにいる叔父の隣で、篤三郎が憤りを露にした。

「幸之進、これを」小桜が差しだす投網を受け取る。逃げることにしたのかと思ったが、そうではなかった。つぎに小桜は「お借りします」と言い、鳥居忠耀の槍を手にしたのだ。

「奥方様、どうなさるおつもりで」

「傷を手当するためにも生け捕りにするべきだろう。しかしまた暴れかねない。かわいそうだが、少し懲らしめるしかなさそうだ。頃合いを見て投網を放って彼奴を捕まえろ。頼むぞ」

小桜は槍の中央を持ち、ぐるぐると回すと、穂先ではなく、柄の末端を山鮫にむけた。本人はそのつもりがなくとも、見得を切っているようだ。逃げだして遠巻きで見ていた野次馬達もそう思ったのだろう、感嘆の声があがり、手を叩くものまでいた。

山鮫が小桜のほうを見た。おぬしがその気ならば、相手になってやらないこともないぞ、とでも言っているような不敵な面構えだ。

「ブウブブゥブゥブゥブゥゥウウゥ」

まずは私めがと、八戒が山鮫目がけて走りだす。頭を深くさげているのは、狼を退治したときと同様、相手を鼻先でしゃくりあげるつもりらしい。しかし山鮫の腹は地面にぺったり、くっついている。どうするのかと思っていると、山鮫が身をくねらせた。そしてしゅっと音が鳴り、尻尾を鞭《むち》のごとくしならせ、その先で八戒の脇腹を叩く。強烈な一撃で八戒は小桜のところまで弾き飛ばされてしまった。さすがの小桜も避け切れず、うしろに倒れてしまう。

「奥方様っ」と小桜の許へ駆け寄ろうとする福助と藩士達に、山鮫が顔をむけ、大きく口を開き、咆哮をあげた。

「ヴゥオガァアァアァアァアァア」

まるで地響きだ。なにしろ足元から震動が伝わるほどだった。そればかりか、口の中にあった無数の鋭い牙に、だれもが竦然《しょうぜん》となる。

「木暮殿っ。先に投網で動きを封じたらいかがですか」

福助の言うとおりだ。うまくできるか迷う暇はなかった。身体を少し左にねじって投網を構える。その動きになにか感じ取ったのか、山鮫は鼻先を幸之進にむけた。

おぬしが相手か。

上目遣いで、そう訴えかけてきただけでなく、山鮫は這い寄ってきた。案外、足早なのに驚く。だがここで怯んではいられない。思い切りよく投網を投げると、上手《うま》い具合に網は広がっていき、山鮫を覆った。だからといって成功したとは言い難い。投網に絡まって前進はできなくなったものの、動きを封じるまでには至らなかったのだ。それどころか山鮫はこれまで以上に暴れまくっている。いっそのこと疲れるまで暴れさせてはどうかとも思うが、投網を破ってでてきてしまうかもしれない。

などと幸之進が考えあぐねていると、小桜が山鮫に近寄ろうとした。恐れ知らずにもほどがある。

「奥方様、今度はなにを」

「獣の背中に乗るのだ」

「無茶が過ぎます」

「安心いたせ。嫁入り前には、だれにも乗れない暴れ馬を乗りこなしたことが何度かある」

全然、安心できない。

「馬とはちがいます」

「こちらのほうが多少、乗り心地が悪いかもしれんが、おなじ獣だ」

力ずくでも止めねばとは思うものの、小桜に触れるのは気が引ける。どうしたものかと思っていると、信じ難いことが起きた。

山鮫が後ろ足二本で立ちあがっていたのだ。投網の中でもがいているうちに、そうなってしまったらしい。しかも幸之進を真正面から見据えていた。

私はどうしてここにいるのだろう。

思ったよりつぶらな瞳で、いつだかの豆鹿とおなじことを訴えかけているようだった。

呆気に取られていると、山鮫のむこうに桜並木が見えた。木に登る輩が幾人かいる。こちらの様子を見るためだろう。まさに高みの見物だ。そのうちのひとりに幸之進の目がいく。羽織袴のいでたちからして侍で、細長いものを両手で持ち、水平に構えている。

火縄銃だ。

そう気づいたとき、ふたたび破裂音が鳴り響く。銃声だ。考えている暇はなかった。幸之進は二本足で立つ山鮫に飛びつく。

「なにをする、幸之進っ」

小桜が叫ぶのが聞こえる。気づけば仰向けに倒れた山鮫の上に覆い被さっていた。慌てて退こうとしたものの、左の脇腹が痛くて思うように身体が言うことをきかない。山鮫もまたぴくりとも動かなかったが、口から低い唸り声がでているので、気を失っただけらしい。

「だいじょうぶですか、木暮殿」

だれよりも先に福助が駆け寄ってきた。心の底から心配しているのは、その形相でわかる。

「すまん、肩を貸してくれ。ここが痛くて立てんのだ」

幸之進は左の脇腹に手を当てた。するとぬるっとした生暖かい感触があった。血だ。福助も気づいたらしい。

「た、大変だ。すぐに手当をしないと」

火縄銃の玉が掠めていったにちがいない。的中しなかっただけましだったとしよう。

「たいしたことはない。私よりも先に山鮫の手当をしてやってくれ」

遠巻きに見ていた野次馬達がふたたび戻ってきて、瞬く間にあたりを取り囲んでいく。その中で小桜が叫んだ。

「皆の者、いまのうちだ。獣が気を失っているあいだに紐で縛って、身動きが取れないようにするのだ。それとだれか戸板を借りて参れ。簀《す》の子《こ》もだ」

「奥方様、戸板や簀の子をなににお使いになるので」

藩士のひとりが訊ねる。彼のみならず、だれもが不安そうに小桜を見ていた。

「この獣を渋谷の下屋敷へ運ぶのだ」

「運んでどうなさるおつもりです」べつの藩士が訊く。

「なすび池で飼うと、私が言ったことをそなた達は聞いていなかったのか」

「池の魚が食われてしまいます」さらにべつの藩士が言った。

「魚が入れぬように池の片隅を囲って、そこに棲まわせればよかろう」

「羊や豚もおりますし、もしも百姓のだれかを襲うようなことがあれば、畑仕事を手伝いにきてもらえなくなります」

「獣の首に鉄輪を嵌《は》めて鎖で繋ぐ。それに羊小屋があるのは西の端、池は東の端だ。この獣にはつねに見張りをつける。万が一、人様に危害を加えるようなことがあれば、私の手でただちに始末する」

奥方様のわがままと言えばそうかもしれない。しかし従うべきだと思わせる説得力があった。実際、藩士達は小桜が命じたとおりに動きだす。

福助はすでに山鮫の治療をおえ、幸之進に諸肌を脱がせ、傷の具合を診ていた。

「いつもすまんな」幸之進は詫びた。福助に手当をしてもらうのはこれが三度目だ。

「気になさることはありません」

「つかぬことを訊ねるが」福助のむかいに鳥居忠耀があらわれた。抜けた腰は元に戻ったらしい。彼のうしろには篤三郎もいた。「桜の木の上に銃を持つ者の姿を見つけ、獣に飛びついたのであろう」

「おっしゃるとおりです」幸之進は驚きに目を見張る。「でもどうしておわかりに」

「二本足で立つ獣を前にしながらもおぬしが一瞬、遠くを見たのに気づいたのだ。その先にあったのが桜並木だから、そうではないかと思っただけに過ぎぬ」

「たとえ腰を抜かしていても、肝腎なところは見逃さないとはご立派です」

福助は本気で褒めたにちがいない。しかし鳥居忠耀にはそう聞こえなかったのだろう、険しい顔つきになりながらも、幸之進に問いを重ねた。

「獣を撃った其奴は、例の薩摩藩の者ではなかったか」

名をださないが、島津又三郎のことにちがいない。

「どうでしょう」幸之進は首を傾げた。「いでたちが羽織袴だとはわかったのですが、顔まではちょっと」

「引き連れていた家臣のひとりかもしれんな。どの桜だった」

「あそこにある橋から左に五本目です」

いや、六本目だったか。

いずれにせよ火縄銃の侍はもういない。桜吹雪にまぎれて、どこかへ消えてしまったようだった。


むかう先に男が立っていた。身なりからして渋谷村の百姓にちがいない。なぜだかなすび池に手をあわせ拝んでいる。

「なにをしているんだい」幸之進が話しかけると、百姓はびくりと身体を震わせて振りむいた。「すまん、驚かせてしまったな。でも池には山鮫がいるから、あまり近づかないほうがいいぞ」

小金井村から山鮫を連れてきて今日で五日目だ。

山鮫を飼うに当たっては藩士だけでなく、下屋敷に出入りする百姓からも反対の声があった。小桜がこれを説き伏せた。もしも他人に危害を加えることがあれば、私の手でただちに始末すると約束し、昼夜通して藩士を三人、交替で見張りに付けることにもしたのだ。幸之進は今日、正午から暮れ六つ（午後六時）までの見張り番を務めるため、なすび池を訪れた。

渋谷の下屋敷の東側にあるなすび池、なすびで言えばへたの先端の水中に竹垣をたてて生け簀のごとく仕切り、そのほとりに山鮫の小屋を半日で拵えた。朝方にはそこからだして、池で昼日中遊ばせ、陽が沈む頃には戻す。山鮫は至っておとなしく、逃げたり暴れたりすることはまだない。いまもなすび池の中の山鮫は泳ぎもしないで、湯船にでも浸かっているみたいに、じっとしていた。小桜の提案どおり、首には鉄輪を嵌めてあり、繋いだ鎖は池のほとりの杭《くい》に縛り付けてある。えらく不自由で不便そうだが、山鮫自身がどう思っているかはわからない。

「も、申し訳ありません」百姓が詫びる。

「おぬしか。一昨日はありがとう」

下屋敷を訪れる道の途中、野犬に襲われたと思しき狸の亡骸《なきがら》を見つけ、山鮫の餌にどうでしょうかと持ってきてくれたのだ。

「あの狸、よほどうまかったらしい。瞬く間に食べて、満足そうにしていたよ」

「こちらこそありがとうございます」百姓はぺこぺこと頭を下げた。「おかげさまで、長年寝たきりだった母の病が突然治りまして」

「そいつはよかった。でもなぜ礼を言うのだ」

「山鮫様にお供えをしたからにちがいありません」

だから手をあわせて拝んでいたのか。

ただの偶然だろう。しかし幸之進は冗談まじりにこう言った。

「ならばもっとお供えをすれば、もっと幸運に恵まれるかもしれんな」

「なるほど」百姓は神妙な面持ちで頷いた。「でも私ばかりではもったいない。みなに言っておきます」

みなに言わずともと思ったが、百姓は踵を返し、走っていってしまった。


山鮫が池からあがってきた。小屋には戻らず、途中で立ち止まると、大きく口を開いていた。あくびかと思ったが、いっこうに閉める気配はなく、それどころか動かなくなった。春の柔らかい陽射しの下でひなたぼっこか。でもどうして口を開けっ放しなのかはわからない。

幸之進は持参した帳面を開き、矢立から筆をだして、山鮫の絵を描きだした。山鮫から目を離さないので、見張りの役目を果たせるし、時の流れを忘れることもできるので、とても都合がいい。おまけに絵の鍛錬にもなる。山鮫の傷はだいぶよくなっていた。幸之進のも多少痛みが残り、湿布を貼ってはいるものの、日々暮らすぶんには支障はない。

山鮫がどこからあらわれたのかは、結局わからずじまいだ。先日、この下屋敷を訪れた篤三郎によれば、山鮫は薩摩のものか、鳥居忠耀が検《あらた》めようとしたところ、そこまでする必要はないと水野忠邦に止められたのだという。亡くなったとは言え、島津重豪は将軍様の岳父、その内幕を探るのは控えたほうがいいと判断したのでしょうと篤三郎はしたり顔で話し、つづけてこうも言った。

なんであれ叔父上は豆鹿と山鮫の件で成功を収めたことには間違いありません。近いうちに復職できるでしょう。これも幸之進殿と福助殿、おふたりのおかげです。叔父上に代わって、礼を申しあげます。

じつは昨日、江戸留守居役手添仮取次御徒士頭見習の仕事で、よその藩の江戸屋敷にでむいた帰り道、柳原の土手に足を運んでみた。和泉橋の袂にある大弓の的場で、島津又三郎が弓を射ってやしないかと思ったからだ。たとえいたとしても、うちで預かっている山鮫、おたくのですよねなどと言えるはずがなかった。

あれはなんだ。

幸之進は筆を止めた。山鮫の口の中、自分から見て左側の奥、鋭い歯と歯の隙間に、なにかが引っかかっている。気になってならず、中腰で恐る恐る近づいていく。その形がはっきり見えると、幸之進は我が目を疑った。

嘘だろ。どうしてこれがこんなところに。

こうなれば手に取ってたしかめたい。あとふたりの見張り番は、なにやら話しこんでいて、こちらを見ていなかった。さらに近づいて腰を落とす。そして息を整えてから、山鮫の口に左腕を突っこむ。

取れた。

ぎゅっと握りしめ、腰を落とした恰好で後ろむきに走っていくうちに、背中から転んでしまった。

「どうなさった、木暮殿」さすがに見張り番のふたりが気づき、不思議そうにこちらを見ている。

「お、落とした筆を取ろうとしたら、転んでしまいまして。はは。お恥ずかしい」

苦しい言い訳をして立った。とうの山鮫はぴくりとも動かず、口も開いたままだ。自分がひどく滑稽に思えたものの、成果はあったのだからよしとしよう。

そして幸之進は、左手を開いた。

其《そ》之《の》伍《ご》

猩《しょう》々《じょう》

「都鳥《みやこどり》だ」福助が空を見上げ、子どものようにはしゃいだ。「木暮殿、都鳥が飛んでいます」

「そんなに大きな声で言わなくてもいい」

幸之進は注意するように言う。なにせ船頭を含め、舟の上にいる十人前後がみんな、自分達を見ているのだ。恥ずかしくてたまらない。

「都鳥は鶫《つぐみ》や真鴨《まがも》、白鳥、鶴《つる》などとおなじ冬鳥なのに、三月もおわろうといういま時分、まだこのへんを飛んでいるとは。見てください。毛が生え変わって、白い頭が黒くなっています」

幸之進のみならず、同舟する者達みんなが都鳥に目をむけた。福助の言うとおり、都鳥の頭は黒い。

「都鳥は江戸を去ってどこへいくのだ」

「蝦夷地《えぞち》よりもさらに北の遠い国です」幸之進の問いに、福助は嬉々として答える。

「入れ替わるように燕《つばめ》や郭公《かっこう》、不如帰《ほととぎす》などの夏鳥が南の国から飛んできます」

「名にし負はばいざ言問はむ都鳥　わが思ふ人はありやなしやと」

福助と反対側に座る小桜が言った。ふと口からでたようだが、独り言にしては大きな声だった。

「伊勢《いせ》物語ですね」すぐさま幸之進は指摘する。

「そなたはそういう本も読むのか」

小桜が意外そうに言う。あなたこそと思いつつも幸之進は正直に答えた。

「浮世絵師が描いた伊勢物語の絵を、隠居した父が集めていました。私はそれを見るのが好きだったものですから。本で読んだことはありません」

「私も似たようなものだ」小桜は小さく笑う。「こう見えても私は歌あわせ歌留多が得意でな。百人一首に万葉集、古今集《こきんしゅう》、三十六歌仙、そして伊勢物語のも散々やったものだ。いまでも奥女中を相手にすることがある」

「いまの歌はどういう意味です」と福助。

「都鳥という名前であれば都に詳しいだろう、都に住む私の思いびとは達者か教えてくれといったところだな」小桜は空飛ぶ都鳥を仰ぎ見て答える。「在原業平《ありわらのなりひら》がこの隅田川を渡っていたとき、詠んだそうだ」

幸之進達三人は夜明けとともに目黒の上屋敷をでてきた。隅田川を舟で渡りたいと言いだしたのは小桜だ。護衛もいないし、八戒も連れてこなかった。いまや三十貫（約百十キログラム）近くまで育ち、人通りの多い町中に連れだすのが難しくなってきたのである。最近ではその巨体を活かし、子ども達を乗せては、下屋敷の中を駆け巡っていた。

初夏と言っていい陽気のうえに、目黒から一刻（二時間）は歩いてきたため、全身から汗が滲みでていた。川の上は涼しいし、舟で寛《くつろ》げるので幸之進と福助は素直に従った。

むかう先は向島《むこうじま》にある白鬚《しらひげ》神社のそばで、ちょうどいい具合に、白鬚の渡りという渡し舟があり、浅草の橋場町《はしばちょう》からこれに乗った。いまは真ん中あたりまで進み、寄洲《よりす》のあいだを通っているところだ。浅草のほうから辰《たつ》の刻（午前八時）を報せる鐘の音が聞こえてきた。

「あそこの松、すごくありませんか」

福助は右斜めを指差す。松ごときでそんなに鼻息を荒くしなくてもと思いながら、福助が指し示すほうに目をむける。なるほど、すごい。枝ぜんたいが強い風に煽《あお》られたかのような形で、だいぶ川のほうに突きだしていた。

「あれは碩翁《せきおう》様のお庭にある松でございますよ」

船頭が教えてくれた。

幸之進達三人のむかう先は、まさにその碩翁の屋敷だった。

昨日の午後、幸之進は渋谷の下屋敷にある藪の中にいた。四匹の羊は小屋からでて、柵で囲まれた原っぱで草を貪っているのが、草木の隙間から見えた。毛で覆い尽くされたその身体は、三月のおわりのいまだと、暑苦しいくらいである。だからというわけではないが、近々、毛刈りをおこなう予定だ。

いよいよ羅紗づくりだ。前田利保から借りた羅紗の製造手順覚書には、必要な道具が絵入りで寸法まで記して紹介されていた。鋏《はさみ》や秤《はかり》、篩《ふるい》、簀巻、包丁、籠、剃刀《かみそり》、毛抜、脚立、窯、大小さまざまな桶《おけ》や台など、その数は五十以上にも及び、できるだけふだん使っているものを代用し、どうしてもない場合は自分達の手でつくらざるを得ない。

幸之進は藪の中で、篠竹《しのだけ》を斧《おの》で切っていた。覚書によれば三尺半（約百五センチ）の篠竹で、羊の毛を繰り返し叩くことにより、毛がほぐせるのだという。

「幸之進っ」

藪の隙間に小桜が見えた。昨年の末頃から、ちょくちょく下屋敷を訪れていた。最初は羊の様子を見るためだったが、次第に野菜や穀物、あるいは薬草や観賞用の草花などの畑で働く藩士や百姓に、なにをどう育てているのかを訊ねて回るようになり、やがては自ら種を蒔《ま》いたり、実を穫ったり、鍬で土を耕したりもした。しかもだれに対しても分け隔てなく接するので、百姓達には滅法、評判がいい。子ども達と豚や羊を追い回したりすることもあった。

「なにをしておる」

幸之進は切った篠竹を小脇に抱え藪をでてから、羅紗づくりの道具であることを話した。

「それはご苦労であったな。私も手伝おうか」

「いえ、そんな。もうだいたいおわりましたので。それより私になにか用で」

「手伝普請の見直しを願う上申書が、提出して半年以上経つのに、まだ返事がないそうだな。ならば催促したらよかろうと留守居役に申すと、そんなことをしようものならば、うるさがられて、さらに先延ばしされかねない、ここはひたすら待つより他に手はないのだと」

留守居役の言い分は正しい。焦りは禁物だ。余計なことをして幕府の機嫌を損ねたら元も子もなくなる。

「そこで私はとびきりの案を思いついた」

去年の十二月、まるきりおなじ台詞を小桜が言ったのを思いだす。そして巣鴨へ羊をもらいにいき、羅紗をつくることになったのだ。

「なんでございましょう」今回も相槌を打つように幸之進は訊ねた。

「碩翁様に会って頼むのだ」

幸之進は我が耳を疑った。小桜が言ったことがあまりに突飛だったからだ。

碩翁とは中野播磨守清茂《なかのはりまのかみきよしげ》のことである。将軍の身の回りの用を総管する御小納戸頭取、新番頭格式と要職を勤めあげただけでなく、養女であるお美代《みよ》が十一代将軍家斉《いえなり》の側室で、三人の子どもを産んだことにより、権勢を振るっていた。その実力はいまも衰えていない。隠居をして碩翁と号してからも、自由に江戸城に出入りをし、将軍様の相談役になっている。つまり表向きは隠居の身でも陰の権力者なのだ。碩翁に取り入りさえすれば、何事も自由自在に叶うとまことしやかに噂が流れている。小桜の案は突飛ではあるものの、的外れではない。それにしてもだ。

「しかし会いたくても、そうはたやすく会える相手ではございません」

「三津木屋の升吉が会う段取りをつけてくれた」

巣鴨の羊をもらえる手配をしたのも升吉だった。しかし今回の相手は碩翁である。

「どうして升吉にそんな真似ができたのです」

「升吉は碩翁様の屋敷に出入りしておるのだ。そなた、知らなかったのか」

「初耳です」

「じつは私も知ったのは小金井村へいく直前だった」

小桜が本を借りるときは奥女中の何人かといっしょだという。その席で花見の話になり、升吉殿はどこの桜がいちばんきれいだとお思いですかと上臈が訊ねたらしい。

「向島の桜ですと答えてな。私の御得意様が庭に数百本の桜を植え、いまの時期はだれでも入れるようになるとまで言った。そんな豪奢《ごうしや》な屋敷となれば碩翁様の隠宅の他にはない。私がそう指摘したところ、升吉は困った顔をしながらも、ばれましたかと笑って認めたのだ。碩翁様は女よりも男のほうがお好みで、升吉の二枚目ぶりを噂に聞いて呼びだし気に入ったにちがいないと、あとで奥女中が話しておった」

碩翁のその噂は幸之進も知っていた。幼少の頃、碩翁は大奥住まいだったせいで、自分も女だと思うようになったらしいのだ。遊び道具はどれも女のもので、雛《ひな》人形を片時も手放さないという話も耳にしたことがある。それはともかくだ。

「碩翁様に会わせてほしいと、奥女中達が見ている前で升吉に頼んだのですか」

「そんなことをしたら上臈に止められてしまうだろう。予《あらかじ》めその旨を書いた書状を、奥女中達に気づかれぬよう、返す本に挟んだのだ。これが十日前のこと」

よくもまあ、そんな大胆極まりないことを。

その日、幸之進は江戸留守居役手添仮取次御徒士頭見習の仕事で一日、外回りだったため、升吉と会っていない。長屋の隣人に頼んで、返却する本は渡してもらった。

「すると昨日、不意に升吉が訪れた。本日は行商ではなく、碩翁様に頼まれた手紙を持って参りましたと言う。朝方に向島の隠宅へ伺い、本の貸し借りのあいだ、石樽藩におかしなふたりがいる話をしたところ」

「おかしなふたりとは、だれとだれですか」

「そなたと福助の他にだれがいる」

「福助は変わっています。でも私はおかしくもなんともない。ごく当たり前の男です」

「数々の珍しい獣と渡りあい、その度に斬られたり殴られたり川に落ちたり銃に撃たれたりしているのはそなたではないか。それのどこが当たり前だ」

幸之進はぐうの音もでない。でもそれは巡りあわせに過ぎず、私のせいではないと合点はいかなかった。

なんにせよ碩翁は思った以上に関心を持ち、本人達から直接、話が聞きたいと目の前で手紙を書き、石樽藩に持っていってくれと、升吉に渡したのだという。

「そなたと福助の話を気に入れば、碩翁様はどんな願いも聞き入れてくれるはずだと升吉は申しておった。つまり石樽藩の命運はふたりにかかっている」

「如何《いかん》せん、大役過ぎます」

「安心致せ。いっしょにいって、上申書のことは私から切りだす。明日、夜明けとともに上屋敷をでるぞ。福助にも伝えておけ」

えらいことになった。しかしあの上申書が通れば、石樽藩は安泰にはほど遠いものの多少は潤う。借金が増えるよりもいい。喜平丸の気持ちも休まるにちがいない。

「わかりました。なんとかやってみせましょう」

他になんと言えばいい。

鐘が鳴った。

鐘撞堂の鐘とはちがう。幸之進達がいる八畳の部屋の時計が鳴ったのだ。よく見ればてっぺんにある大きさも形もお椀《わん》にそっくりな鐘を、内側から小さな金槌が叩いて鳴らしているのだ。丸い盤面には干支《えと》と数字が書かれており、真ん中にある針の先が巳の刻（午前十時）を指していた。

白鬚の渡りの舟場からさほど歩くことなく碩翁の隠宅に辿り着いた。玄関口で出迎えたのは小桜とおなじく十七、八歳の若侍なのだが、小桜よりも女っぽい優美な顔立ちの美少年だった。彼の案内で進んでいく屋敷の中は、よく言えば贅の限りを尽くした、悪く言えば金にモノを言わせた、隅々まで数寄《すき》を凝らした造りだった。廊下に面した庭には玉石を並べた州浜、ひとの背よりも高い雪見灯籠、渓谷を模した石組、唐風の東屋《あずまや》、隅田川から引き入れた水でつくったのであろう池から、廊下のすぐ下にまで流れてきている小川には、金色の金具を打ち付けた橋が架かっている。渡り舟から見えた松の木もあった。

「いったいどうなっておる」

小桜は憤懣《ふんまん》やるかたない口ぶりだ。

「あれは二挺天符《にちようてんぷ》式の櫓《やぐら》時計です」と福助。「櫓を模した箱の中に錘《おもり》が付いた長い棒があって、その重さで動く仕組みでして」

「時計がどうなっておるのか、知りたいわけではない。一刻も待たされておるのはどういうことだと申しておる。いつになったら、碩翁様に会えるのだ」

「大川を舟で渡っているとき、辰の刻を報せる鐘の音が聞こえました。そして舟場からここまで歩いてきたので、まだ一刻は経っていないはず」

小桜は福助のこめかみに左右とも拳を当てて、ぐりぐり回した。

「痛い痛い、痛いです」

「痛いようにやっているのだ」

やんちゃな兄が気弱な弟をいじめているようにしか見えないが、幸之進は止めに入ることにした。

「お気持ちはわかります。でも福助に当たっても仕方ないでしょう。ここは待つしかありません。いましばらくご辛抱のほどを」

「そう言えば木暮殿」こめかみを擦《さす》りながら福助が言った。「その後、西遊記の泥面子はどうなさいました。沙悟浄の絵柄は決まりましたか」

「なんの話だ」小桜が興味深げに訊ねてくる。

「三蔵法師はお坊様、孫悟空は猿、猪八戒は豚と、どれも絵にしやすい。でも沙悟浄はただの禿げたおじさんなので、どう描いたらいいものか、木暮殿はお悩みになっているのです。禿げたおじさんの泥面子なんて、子どもは欲しくないですもの。どうでしょう、奥方様、なにかいい知恵はございませんか」

「そうだな」小桜は首を傾げた。「たしか馬琴が西遊記の舞台を我が国に置き換えた話を書いていたな」

「『金毘羅船利生纜《こんぴらぶねりしょうのともづな》』ですね」幸之進は即座に言った。「孫悟空が猿ではなく天狗《てんぐ》で、天竺にいる金毘羅様に会いにいくことになっていました。奥方様もお読みになったのですか」

「殿に勧められて読んだ。孫悟空が天狗に変わっていたように、沙悟浄は天竺の川に棲む烏《からす》の妖怪になっていたであろう。馬琴は海坊主のようと書いていたが、挿絵はそう見えなかった。口は鳥の嘴のごとく尖って、身体は鱗《うろこ》で覆われ、腰には繋ぎあわせたしゃれこうべをぶら下げた姿は、河童そのものだった」

「おっしゃるとおり」孫悟空の仲間なのに、悪者の妖怪にしか見えなかったので幸之進は覚えていた。

「それに倣って泥面子の沙悟浄を河童にしたらどうだ」

「本当の沙悟浄は禿げたおじさんなのにですか」

「だから禿げたおじさんを河童そっくりに描くのだ。禿げたところは頭の皿、嘴は口を尖らせればよかろう」

えらく乱暴な話だ。

「いまここで描いてみたらどうだ」

奥方様には逆らえない。幸之進は帳面と矢立を取りだし、河童みたいなおじさんを描いてみた。

「さすがは木暮殿」真っ先に褒めてくれたのは福助だ。「沙悟浄だとわからずとも、これだけ愛嬌たっぷりで可愛らしい河童ならば、子ども達は欲しがるはずです」

「幼い頃の殿は、そなたにたくさんの絵を描いてもらったそうだな」

うまいなぁ、幸之進は。もっと描いておくれ。

喜平丸の声が耳の中で甦る。

「その帳面には他にもなにか絵を描いておるのか」

「はい。泥面子の絵柄が主ですが、他にもいろいろ」

「見せてくれ」

小桜は幸之進から帳面を受け取ると、そこに描かれた絵を一枚ずつ、じっくり見ていった。待ち時間を潰すにはいいが、幸之進は恥ずかしくてたまらない。福助のほうを見ると、なぜか耳の裏に手の平を当て、妙な顔つきになっていた。

「どこからか獣の啼き声がしませんか」

たしかに聞こえる。だがだいぶ遠くからだ。

「猿ではないか」小桜も耳に手を当てて言う。

「似ていますが、猿にしては声が低いのではないかと」

つづけて大人数が廊下を走っている音もする。

「えらく騒々しくなってきたな」小桜が眉間に微かな皺を寄せる。「何事だろう」

すると襖が開き、さきほどの美形の若侍があらわれた。

「相済みませぬ。今日のところはお引き取り願えませんか。後日改めてということでお願い致します」

「なにがあったのです」福助が耳に手を当てたまま訊ねた。

「突然、当主の具合が悪くなりまして。で、でもあの、たいしたことではございませんので、どうぞご心配なく。玄関口までご案内しましょう。お急ぎください」


廊下を右に左に幾度となく曲がって、きたときよりも遠回りをさせられているのは明らかだった。しかも案内役の若侍は次第に足早になっていき、幸之進達もそれにあわせねばならない。

「おいっ」小桜が声高に言った。「この廊下を通るのは二度目だぞっ」

庭に面した廊下で、さきほどは右手に見ていた朱塗りの小さな橋がいまは左手、つまり逆の方向に走っていたのである。それだけではない。そこかしこから、ひとがでてきて右往左往している。

「当主の具合が悪くなったからといって、ここまでの騒ぎになるとは到底思えんっ。なにが起きているっ」

ついに癇癪を起こし、小桜は背後から美形の若侍の右腕を掴み取り、無理矢理立ち止まらせた。無茶もいいところだが、幸之進も騒ぎの理由を知りたいので、なりゆきを見守ることにした。福助も口だしせず、まん丸な目をぎょろつかせている。

「ご、ご当主様が襲われたのです」

観念したらしく、若侍は息を切らしながら答えた。

「だれに」と小桜。

「だれというか」

若侍が話そうとするのを遮るものがあった。ふたたび獣の啼き声がしたのだ。さらに頭上からなにかを踏み鳴らす音が響いてきた。声とともに近づいてくるにつれ、それが足音だとわかった。すると瞬く間にひとが集まりだした。廊下を駆けてきたり、庭先にあらわれたりと、ざっと三十人ほどはいるだろう。そんな彼らを見て、幸之進は我が目を疑った。歳は元服前後から四十代後半までと幅広いが、驚くべきことに案内役の若侍に負けず劣らずの美形揃いだったのである。間違いなく碩翁の趣味であろう。

「ウゥウウオウオゥ」

幸之進の真上から咆哮が聞こえた。そしてどんっと音がした途端だ。屋根から獣が飛んでいくのが見えた。そして三間（約五・四メートル）以上離れた椎《しい》の木に飛び移る。その姿かたちは猿に近いが、両腕が異様に長い。

「猩々だ」福助は驚きに声を震わせていた。猩々と言っても能にでてくる海の生き物とはちがうのは見てわかる。だとしたらだ。

「南の島に棲むオランウータンのことか」

「そのとおりです」福助は大きく頷く。「物産会合で見せていただいた絵とまったくおなじです。でもどうしていまここに」

猩々がふたたび飛び、椎の木から強風に煽られたような形をした松へと移り、曲がりくねった幹をするすると登っていく。やがて太い枝に腰を下ろし、猩々は啼きながら手を叩きだした。鬼さんこちら手の鳴る方へと、からかっているようだ。追手のうちの数人も松の木を登りだす。

「碩翁様を襲ったのはあの獣ですか」

「はい」幸之進の問いに美形の若侍は開き直ったように、すんなり答える。「蔵の中でご当主様の額に傷を負わせ、二階の窓から逃げだしまして」

「どうして蔵の中で」

「ひと月ほど前、ちょうど桜が咲き始めた頃のある晩、ご当主様の手引きで何者かがあの獣を持ちこみ、蔵に入れたのです。面倒もご当主様自らがなさって、三度の食事を運び、暇さえあれば蔵に足を運んでいました。蔵の前には中間や足軽に交替で見張りを立たせ、だれも中には入らせようとしなかったのです。なので獣の姿を見たのもいまがはじめてで」

「ひと月ものあいだ、蔵の中になにがいるのか、だれも訊かなかったのですか」福助が不思議そうに言う。

「ご当主様のすることに口出しするなんて」若侍は身を震わせる。「そんな恐ろしい真似できません」

「啼き声くらい聞こえそうなものでは」と幸之進。

「蔵の塀は分厚くて、中の物音はほとんど聞こえないのです。ただし蔵の出入りの際、ご当主様が相手に話しかけているのを見張りの何人かは耳にしていました。えらく機嫌を取るような猫撫で声だったため、どこからか眉目麗しき男子を攫《さら》って育てているのではないかなどという噂も立っていたほどで。それとそう、ご当主様は名前で呼ぶこともありました」

「なんという名前です」と福助。

「エイオウ殿と」

「危ないっ」

小桜が声を張りあげる。まわりの者達もざわついていた。松の木に登ってきたひと達に追われ、猩々は枝の端まで逃れていったのだが、自らの重みで枝が大きく撓《しな》ったため、危うく落ちかけたのだ。どうにか両手で枝に摑まり、ぶらさがってはいるものの安心はできない。真下は隅田川なのだ。元に戻ろうとすればするほど、枝は上下に揺れるばかりだった。助ける術《すべ》をだれも思いつけず、固唾を飲んで見守っているしかない。限界は思いの外、早かった。ばきっと枝が折れる音があたりに響いたかと思うと、猩々は隅田川へと落ちていく。その途端、小桜が廊下から飛びだし、庭を横切っていった。

まずいぞ。

小桜がなにをするつもりなのかを察して、幸之進は慌ててあとを追った。福助もだ。だがまるで追いつかなかった。小桜が腰の刀を放り投げるのが見えた。

「奥方様、お待ちを」

幸之進が叫んだときにはもう遅かった。小桜は隅田川へ飛びこんでいった。

「ぶあっくしょんっ」

大きなくしゃみに店の者や客ばかりか、道行くひとまでが小桜のほうに顔をむけていた。

「もしや風邪を召されましたか、奥方様」と幸之進が訊ねたのは、小桜の髪がまだ乾き切っていないからだ。

「餅を包む葉を剝いたときに匂い立った香りに、鼻をくすぐられただけだ」

幸之進達三人はまだ向島にいた。碩翁の隠宅からさほど離れていない長命寺《ちょうめいじ》の前にある店の軒先で、床几《しょうぎ》に並んで座り、名物の桜餅を食べているところだ。

「えっ」小桜のむこうで福助が声をあげる。その手にある食べかけの桜餅は葉っぱで包んだままだった。

「そなた、葉っぱごと食べてしまったのか」小桜がからかうように言う。

「これだけ丁寧に包んであればそうします」

「そうむくれるな。殿も子どもの頃、はじめてこの店にきたとき、おなじことをしたと言っておった」

そうだった。幸之進が指摘すると、喜平丸は頰を膨らませ、このほうがうまいと意地を張り、最後まで食べてしまった。福助はそこまで子どもではなく、食べかけの桜餅から葉っぱを取っている。

「猩々は無事かのう」

桜餅を食べながら、小桜は浮かない顔で言う。彼女につづけと幾人かが隅田川に飛びこみ、あたりを泳いで捜したものの、猩々はついぞ見つからなかった。それでも隅田川からあがってくると、美形揃いの男達から褒めそやされた。たぶん彼らはだれひとり、小桜が女だとは気づいていなかっただろう。全身ずぶ濡れのまま、ふたたび時計の部屋に通され、着替えの服を一式貸してもらった。

　碩翁の隠宅ではその後も隅田川に舟をだし、猩々を捜しているにちがいない。その手伝いを小桜は申しでたものの、これ以上お手数をかけるわけには参りませんと丁重に断られてしまった。帰りがけ、襲われた碩翁の容態を美形の若侍に訊ねたところ、傷は浅かったが気を失って、まだ目覚めていないとのことだった。

「そもそも碩翁様の手引きで、あの屋敷に猩々を運びこんだのは何者なのだろう」

「碩翁様は猩々をエイオウ殿と呼んでいたと、あの若侍は言っていましたよね」と幸之進。「もしかしたら栄えるに翁《おきな》の栄翁ではないかと」

「栄翁は昨年亡くなった島津重豪様の号ですよね。とすると碩翁様が猩々をそう呼んでいたのは、島津重豪様が飼っていたからだとは考え」

　福助の言葉が途切れた。どうしたと訊ねるまでもなく、その理由がわかった。彼の視線の先を見ると、島津重豪の曽孫《ひまご》、島津又三郎がいたのだ。腰に刀を差しているが着流し姿で、とても薩摩藩当主の息子には見えない。家臣はひとりも引き連れていないらしい。親しげな笑みを浮かべ、こちらに近寄ってくる。芝居だったらちょうどいま、舞台袖からでてきたところだ。ここまでぴったりだと出来過ぎのように思う。

「これはこれは石樽藩のお三方。相席よろしいですかな」三人の返事を待たずして幸之進の隣に座った。「いい香りだ。向島まできたのであれば、やはりここの桜餅を食べねばな。私もひとつもらうとしよう」

島津又三郎は手を挙げ、店の者に注文をし、代金を支払った。

「島津様はなぜここに」

不審に思いながら幸之進は訊いたものの答えてもらえず、島津又三郎は質問で返してきた。

「おぬし達こそ、碩翁様の隠宅になんの用だったのだ」

「どうしてそれをご存じで」と幸之進は聞き返す。

「わけあって数日前からあの屋敷を家臣数人に見張らせていてな。そのうちのひとりが今朝方、おぬし達が入っていくのを見ておった」

「わけとは猩々のことではござらんのか」

小桜が鋭い声で訊ねると、島津又三郎は僅かであるが、頰を強張《こわば》らせた。それをごまかすためか、にやりと笑ってから、こう言った。

「あの屋敷の中で猩々を見たのだな」

「見ました」真っ先に答えたのは福助だ。「姿かたちは猿に似ていても腕が異様に長く、物産会合で見せてもらった絵とまるきりおなじだったので間違いありません。啼き声も猿に似ているのですが、このように」と両手を頰に当て、「ウォッホォウホウホウ」と啼き真似を披露してみせた。「太くて低い声でした」

何事かと店の者や客ばかりではなく、道ゆくひとまでが福助に目をむけた。それだけではない。本物だと勘違いしたのか、長命寺のほうでは鳥が騒ぎだし、激しい羽音をたてて、木々から飛び去っていくのが見えた。

「見事なものだ」島津又三郎が感心しきりに言う。「おぬしの啼き真似、猩々そのもの」

「そうだとわかるのは」小桜がすかさず指摘した。「あの猩々が高輪の屋敷にいたからではないか。小金井村にあらわれた山鮫もそうにちがいあるまい。白状致せっ」

小桜に問い詰められても、島津又三郎は少しも動じず、運ばれてきた桜餅を受け取ると、ちがう話をしだした。

「大川を挟んだ向こう岸で見張っていた者が、碩翁様の庭に生えた松から、猩々が大川に落ちていくのを筒眼鏡で見ていた。それを助けようと飛びこんだ者がいたというのだが」

「私だ」と小桜。

「やはりそうか。髪が濡れているのでまさかとは思ったがな。女にしておくにはもったいない」

「だからといって男になれるわけではない」

「それはそうだが」小桜に言い返され、島津又三郎は面食らっている。「家臣が見張っているあいだ、私は知り合いの植木屋に控えておった。変化朝顔の種を選んでいたところに、家臣のひとりがいまの話を伝えにきてな。すぐさま碩翁様の隠宅に駆けつけたものの、おぬし達がでた直後だった。べつの家臣が吾妻橋《あずまばし》のほうへ歩いていったというので、長命寺の桜餅でも食べてやしないかと寄ってみたら、どんぴしゃりだった」

「事情はあいわかった」と言いつつ、小桜は苛立《いらだ》ちを隠し切れていない。「だがまだ私の問いには答えておらぬではないか」

「どちらも曽祖父が亡くなる五年前、高輪に運ばれてきた。猩々はまだ子どもで、山鮫に至っては卵だった」

島津又三郎はそう答えてから、桜餅の葉っぱを丁寧に剝がし、一口で食べてしまった。あまりにあっさりと認められ、小桜は拍子抜けした顔になっていた。

「山鮫は卵から生まれるのか」

「蜥蜴や蛇の仲間だからですよ」

福助が莫迦にしたわけではないのは口調でわかる。それでも小桜は面白くなかったようで、膨れっ面になった。

「ではなにゆえ山鮫は小金井村にあらわれ、猩々は碩翁様が飼っていたのですか」

当然の疑問を幸之進は口にする。

「なにゆえだろう」島津又三郎は不思議そうに言う。惚けたりふざけたりしているのではない。本当にわかっていないようだった。「私は桜餅をもうひとつもらおうと思うのだが、おぬし達もどうだ。なんなら奢《おご》ってやろう」

三人とも異論はなく、その言葉に甘えた。そして注文をしたあと、島津又三郎は妙なことを訊ねてきた。

「石樽藩は鼠小僧に忍びこまれたことはないのか」

「ございませんが」答えたのは幸之進だ。生まれたときから目黒の上屋敷に暮らしているので間違いない。「薩摩藩ではおありになるので」

「三田《みた》の上屋敷に幸橋《さいわいばし》門内の中屋敷、高輪の下屋敷のいずれも何度かやられておる」島津又三郎は声をひそめて言った。「しかし賊に入られたとなるとお家の恥なので公表はしておらん」

鼠小僧次郎吉が十年ものあいだ、忍びこんだ武家屋敷は、わかっているだけで百前後、さらには島津又三郎が話したように、内密にしている藩や旗本も少なくないので、その数はさらに多いはずだ。そしてまた鼠小僧次郎吉は、ある程度身分や禄高が高い者の屋敷しか狙わなかった。江戸留守居役手添仮取次御徒士頭見習の仕事でよその藩にでむいた際、ここだけの話、届け出はしておりませんが、我が藩にも鼠小僧めが入りましてと自慢げに語られたことも何度かあったくらいだ。禄高が低く、上屋敷さえも江戸から外れたところにある石樽藩は、ついぞ鼠小僧次郎吉の相手にされなかった。ただし手拭いで頰っ被りをした鼠の泥面子が売れに売れたので、鼠小僧次郎吉様様ではあった。

すると島津又三郎は、さらに妙なことを口走った。

「じつはひと月前にも、鼠小僧が高輪の下屋敷に忍びこんできおった」

「なにをおっしゃるのです」幸之進は少なからず島津又三郎の正気を疑う。「鼠小僧は一昨年の八月に処刑されたではないですか」

「鼠小僧はひとりではなく、武家屋敷に出入りを許された職人や行商に化けた盗人の一味だという噂があるのだ。処刑されたのはそのうちのひとりに過ぎず、一味はいまも盗みを働きつづけているとも」

そこへ桜餅が運ばれてきた。各々受け取ったものの、手をつけず、島津又三郎の話に耳を傾ける。

「ひと月前の晩に入った賊は鼠小僧とまるでおなじ手口だった。眠り薬を香に混ぜて焚《た》くのだが、金木犀《きんもくせい》に似た甘い香りが屋敷中に漂い、だれもが翌朝まで起きることがなかった。山鮫と猩々がいないのに気づいたのは、陽もだいぶのぼってからだった」

「獣二匹をどうやって連れだしたというのです」

俄《にわか》には信じられず、幸之進は訊ねた。

「眠り薬を仕込んだ針を吹き矢で打ちこみ、数人がかりで持ち去ったのだろう。それから間もなく、玉川上水に鮫だか河童だかがでたという噂が流れてきて、もしやと思い、小金井村へむかった。猩々のほうもあちこち捜しまわり、ようやく五日前に、碩翁様が隠宅の蔵でなにかを飼っているらしいという話を聞きつけた。それが猩々なのかをたしかめるため、碩翁様の隠宅を家臣数人に、見張らせていた。そこへおぬし達が訪れたと聞いて驚いたよ。我々のことを探っているのではないかとも思ったのだが」

「滅相もない」幸之進は首を左右に振る。「ただの偶然です」

「このふたりが揃うと、必ず海のむこうからきた獣と巡りあうのだ」もっともらしい口ぶりで小桜が言う。「引き寄せていると言ってもいい。今日、あの屋敷を訪ねたのも、ふたりが珍しい獣と渡りあってきた話を直に聞きたいと碩翁様に招かれたのだ」

「他の者であれば、そんな莫迦なと一笑に付するところだが」島津又三郎は幸之進と福助を交互に見た。「おぬし達だとあり得る気がする。それにふたりとも、ひとのよさだけが取り柄で、他人を探るような真似など到底できそうにないしな」

「はい、できません」

福助は真顔で言った。幸之進だって、そんな真似はできないが、小莫迦にされたようで面白くなかった。

「高輪の下屋敷から山鮫と猩々が盗まれたのが、ひと月前だとおっしゃいましたよね」真顔のままの福助がたしかめるように言う。「ちょうどおなじ頃、碩翁様自身の手引きで、隠宅に猩々が運びこまれたと聞いております。となるとですよ。碩翁様が鼠小僧のられませんか」

一味を雇って、高輪の下屋敷から猩々を盗みだし、自分の隠宅に運びこませたとは考え

「でも福助」と小桜。「どうして山鮫まで盗んだ」

「それは私の与《あずか》り知らぬところ。せっかく薩摩のお屋敷に忍びこんだのだから猩々一匹だけではもったいない、ついでに山鮫を盗んで、見世物小屋にでも売りつけて一稼ぎしようと思ったのでは」

「ついでにしては大き過ぎやしないか。もっと運びやすい手頃な大きさの獣や鳥がいただろ」

「それはまあ、そうですが」

「福助の言うとおり、猩々を盗ませたのは碩翁様の仕業にちがいあるまい」言いあうふたりを制するように島津又三郎が言った。「こうなればなんでそんな真似をしたのか、本人に問い質すしかなかろう。これで猩々が見つかればいいのだがな。我が藩からもひとをだして捜すとするか。なんにせよ、おぬし達のおかげで物事が捗《はかど》ったのはたしかだ。礼を言うぞ」

「お待ちを」立ち去ろうとする島津又三郎を小桜が引き止めた。「まだ訊きたいことが残っておる」

「なんだろう」

「蒐集した鳥や獣の数は相当なもので、手間も餌代もかかる。そこで財政緊縮を理由に一匹残らず処分せよと国許から命じられたというのは本当か」

「だれがそのようなことを申しておった」

「設楽篤三郎殿です」と答えたのは福助だ。

「よその国から無理矢理連れてこられたものを、面白がって集めておいて、いらなくなったら処分するとはあまりに惨《むご》過ぎやしないか」

小桜がなおも言い募る。淡々とした口調ではあるが、怒気を帯びた顔つきになっていた。

「面白がってではない。曽祖父は世界の真実を究めようとしていたのだ。しかしそのために湯水のごとく金を使い、江戸詰めの藩士への俸給が一年以上も滞ったことまであった。これはほんの一例に過ぎず、藩内には曽祖父を快く思っていなかった人物が多い。そこでただ処分するのではなく、後世に伝えるため剝製にしようかと」

「形だけ残してどうする。大切なのは魂であろう」

小桜の言葉に島津又三郎は虚を衝《つ》かれた顔になったものの、ほんの一瞬だった。胸中を知られぬよう取り繕っているにちがいない。

「私も心苦しくて、まだ一匹も処分しておらん」

「ならばどうして小金井村で山鮫を撃った。あれはそなたの家臣であろう」

「ひとに危害を加えたらまずいと思ったからだ」

「莫迦を申せ。結局は銃に撃たれた山鮫は暴れまくっていたではないか。我々が押さえこまなかったら、それこそ怪我人がでる騒ぎになっていたぞ。それに我々が山鮫を連れ帰り、渋谷の下屋敷で飼っているのも知らぬはずはなかろう。どうして迎えにこない」

「おぬし達のところにいれば処分せずに済む」

「勝手な言い分だ」小桜は容赦しなかった。「自分で面倒が見られず、ひとに預けておいて善人面するなっ。山鮫の魂を粗末に扱っていることには変わらないっ」

「おぬしは私にどうしろと言うのだ」

「そなたはふたつ頭《びんた》と言われるほど、頭がいいと聞いたぞ。そのくらい自分で考えろ。だがよいか。一匹でも処分したらそなたに罰を下す」

「どんな罰だ」

「生涯、軽蔑する。この先、どれだけ出世して偉業を成したとしても、そなたは私に軽蔑されつづけるのだ」

そんな罰を下されたとて痛くも痒《かゆ》くもないだろう。ところが島津又三郎は神妙な面持ちで頷いた。

「わかった。国許を説得して、いま飼っている鳥と獣は天寿を全うさせてみせよう」

「その言葉に嘘はなかろうな」

「ない。約束する」

「山鮫は引きつづき我が藩で飼わせてもらう。なにしろいまや渋谷の守り神なのだ。ここで手放すと運が尽きてしまう気もするのでな」

山鮫が渋谷の下屋敷を訪れたばかりの頃だ。山鮫の餌にと狸の亡骸を持ってきた百姓がいた。なんとそのおかげで長年寝たきりだった母の病が突然治ったという。この話がいつしか広がり、山鮫様へのお供え物ですと鳥や魚が運ばれてくるようになった。しかも願いが叶う者が多く、ひと月経ったいまもまだ途切れるどころか、日に日に増しており、山鮫の餌には事欠かない。見張りの藩士以外は山鮫に近づくことを許されておらず、遠巻きに拝むひとが絶えなかった。

まさに小桜が言うように、山鮫はいまや渋谷の守り神なのだ。それとはべつに来月、参勤交代がある。小桜は江戸に戻ってくる喜平丸に山鮫を見せたいにちがいない。

「それと」立ち去ろうとする島津又三郎を、小桜が引き止めるように言った。

「まだなにか」

「桜餅を奢ってくれてありがとう」

しおらしく礼を言う小桜に、島津又三郎は目をぱちくりさせていた。

「んめぇぇえ、んめぇぇええ」「んめぇぇぇええ」「めぇぇえ」「めぇぇえぇぇ」

身軽になった羊四匹が飛び跳ねているのが、窓の外に見えた。四人一組で一匹ずつ毛を切ったばかりなのだ。これが思った以上に手間がかかった。羊は逃げようとするし、抑えて動きを封じても、鋏をうまいこと使いこなせず、どうにか四匹ぜんぶおわらせることができたときには昼をだいぶ過ぎていた。

羊小屋の隣に建てた羅紗づくりの小屋がある。その中に置いた台に切り取った毛を広げてから、十数人で囲み、手で裂き塊はほぐし、長い毛は鋏で短く切っていった。

「このくらいでいいでしょう」

福助が言った。羅紗づくりは彼が陣頭指揮を取っているのだ。作業には百姓のみならず中間や足軽、藩士、さらには小桜までいたが、年若の福助におとなしく従っていた。

「ではつづけて霧吹きで湿らせたら、本日の作業はおわりです。一晩おいて明日には篠竹で叩いて、さらに毛をほぐしていきます」

「碩翁様のところから知らせはございませんか」

幸之進は声をひそめて、隣の小桜に訊ねた。猩々と出会してすでに三日が経つ。

「音沙汰なしだ」

「島津殿からは」

「そちらもない。升吉に訊けばなにかわかるかもしれないと思ったのだがな。一昨日、行商にくるはずだったのに、とうとう姿を見せなかった」

「私も妙に思いまして」幸之進はさらに小声になる。「昨日、留守居役に頼まれ、よその藩の屋敷をいくつか巡って、その帰り道、日本橋の三津木屋を訪ねたところ」

「升吉に会ったのか」

「いえ、会えませんでした。それどころかつい先日、辞めたとのことで。暮らしていた近所の長屋も引き払い、姿を消してしまったと」

「なぜだ」

「店の者に訊ねても、見当がつかないとのことで」

升吉のお得意さんは二百にものぼり、三津木屋では手分けして詫びに回っているという。升吉はどうしたと店を訪ねてくる客もあとを断たず、幸之進のいるあいだにも三人ばかし駆けつけてきた。おかげで店はてんてこ舞いの様子だったので、幸之進は早々に引き揚げてきた。

「なにも言わずに行方をくらましたとなると、穏やかではないな。今回の件がなにか関わりがあるのだろうか」

「どうでしょう」

そう言いながらも、幸之進の頭の中にはある考えが生じていた。だが小桜に話すべきかどうか、少なくともいまここではまずかろうと、口にはださずにおいた。するとそのときだ。

「ブゥブブゥブゥブゥブゥ」

　窓の外に八戒が駆け寄ってくる姿が見えた。いまや立派な体つきのその背中にいるのは勝麟太郎だ。他の子ども達のようにただ単に乗るだけではなく、馬のごとく走らせることもできるようになっていた。小屋の前で止まると、麟太郎は声を張りあげて言った。

「幸之進殿に福助殿、それに奥方様。いま表玄関に迎駕籠《むかえかご》がきております。すぐにおこしねがえませんか」

「迎駕籠ってだれが」と小桜も大声で聞き返す。

「鳥居殿です。むかう先は上野の寛永寺だと駕籠かきは申しておりました。なんでも境内で逃げ回る大猿を捕まえようと、侍達が追っかけているそうで」

　渋谷から歩けば一刻は優にかかるところを、駕籠ではその半分ちょっとで上野に辿り着いた。広小路で駕籠を下りると、設楽篤三郎が出迎えてくれた。三人がそろそろ訪れるだろうと待っていたのだという。

「逃げ回る大猿というのは猩々のことか」

「間違いありません」挨拶もそこそこに訊ねてきた小桜に、篤三郎は即答する。はじめて会ったとき、小桜は主君の正室に相応《ふさわ》しい華やかな着物姿だったが、その後、篤三郎は渋谷の下屋敷を何度か訪れ、男装の彼女を見慣れていた。「叔父上の許に一昨日、水野様から使いの者がきたので、遂に復職の件かと思いきや、碩翁様が飼っていた猩々を捕まえよと命じられたとのこと」

どうしてまた私が獣を捜さなければならんのだと、鳥居忠耀は屋敷に生えた木に愚痴を聞かせたにちがいない。

「その際にお三方が碩翁様の隠宅で猩々が逃げだすところに居合わせた話も聞いたそうです」

話をしながら篤三郎は歩きだしていた。不忍池から流れでる忍川《おしかわ》には、三本の橋が架かっている。いわゆる三橋《みはし》だ。その真ん中を渡って広場を横切り、黒門をくぐれば寛永寺の境内だ。

「それで今回も、篤三郎殿は叔父上様に駆りだされたのですね」と福助。

「まさしく。早速、浅草界隈に駆けつけると、三日前の夕方から木の上や屋敷の屋根にいる大猿を見たひとが、けっこうおりまして、次第に上野のほうへ移っていくのがわかってきました。福助殿は猩々がむこうの言葉でオランウータンというのはご存じですか」

「はい。森の人という意味だということも」

「私も父に聞きました。人生のほとんどを木の上で過ごしていて、両腕が長いのも枝から枝へ渡るためだという。だとしたら木深い場所を目指すはず、上野であれば寛永寺だと当たりをつけて、今朝早くから叔父上の家臣や屋敷にいる中間や足軽で、腕に自信がある者を二十人ほど率いて乗りこんだところ、我々よりも先に猩々を捜しにきていた者達がいたのです。それも二組」

「碩翁の配下と薩摩の者であろう」と言ったのは小桜だ。

「そのとおりです。どちらも我々とおなじく二十人前後いました。でも碩翁様の配下のほうはともかく、薩摩だとどうしてお気づきに」

「気づくもなにもない」小桜は猩々の騒動があった帰り道、島津又三郎と長命寺前の桜餅の店で会ったことを話した。「その場で山鮫も猩々も、高輪の下屋敷で飼っていたことを打ち明けてきた」

「薩摩の方々を率いているのがまさに又三郎殿でしてね。叔父上としては小金井村の一件で、快く思っていなかったのですが、又三郎殿のほうから我々の許にいらっしゃると、おなじ話をなさって、お手数かけて申し訳ありませんと丁寧に詫びてきました。そのうえで、ここはみんなで力をあわせ猩々を捜しましょうと」

「丸め込まれたわけだ」小桜がすかさず言った。

「これは手厳しい」篤三郎が苦笑いを浮かべる。「でも又三郎殿のほうが叔父上よりも一回り以上年下ですが、一枚上手なのは認めざるを得ません」

清水《きよみず》観音堂を右手に、寛永寺の山門である文殊楼《もんじゅろう》へとむかう。左手には時の鐘、そのむこうの丘の上には大仏様が鎮座する仏殿が見えた。春先ならば桜を見に訪れる人出で賑わい、夏は涼しさを求めて訪れるひとも多い。だがいまはずいぶんと人影がまばらだ。空が厚い雲に覆われ、雨が降りだしそうだというのもあるだろう。猩々を捕まえるために駆りだされたひと達の姿も見当たらない。

「山鮫と猩々が盗まれたという話は」と幸之進。

「それも聞きました。碩翁様が何者かに命じたのかもしれないと。ただし碩翁様の配下の方々とも話をしましたが、三日経ったいまも、傷による高熱のため床に臥せったままだそうで」

文殊楼の先にあるのが常行堂《じょうぎょうどう》と法華堂《ほっけどう》だ。左右に並び建ち、あいだを屋根付きの高廊下で繋いでいる。参詣者はこの下をくぐって、正面に見える本堂へと進む。しかし篤三郎はその手前を左に曲がっていった。東照大権現宮へむかう方向で、真っ先に五重塔が目につく。てっぺんの宝珠まで二十間《じ》（約三十六メートル）もあるのだから当然だ。

「肝腎の猩々はどうした」小桜が焦れったそうに言う。

「もう見えていますよ」と篤三郎が足を止め、顔をあげた。幸之進達も彼とおなじ方向をむく。五重塔のいちばん上の屋根に、猩々が腰かけていた。

東照大権現宮の参道に入り、途中にある五重塔に辿り着くと、その下に群れた人々を篤三郎はかき分けていった。槍や長刀、刺股に突棒、梯子《はしご》、縄などを持つ者が目立つ。背に矢を背負い、弓を手にしている者もいた。一かたまりでいる美形は碩翁のところの者達だろう。おなじいでたちでも、えらく様になっており、ひとりずつ浮世絵にして売りだしてもいいくらいだ。

先日の小金井村と同様、鳥居忠耀は襷掛けで槍を持っていた。山鮫に恐れおののき、腰を抜かした姿を見たので、胸を張ってえらく勇ましそうにしているのが滑稽に思え、危うく笑いそうになる。そんな幸之進の胸中を察したのではなかろうが、鳥居忠耀がじろりと睨みつけてから話しだした。

「日の出とともに捜しはじめると、一刻ほどで大仏の仏殿のある丘で見つけだすことができた。しかし猩々は木から木へと長い腕で器用に渡り、建物の屋根や塀を伝い、一度も地上に下りてこない。おかげで捕まえようがなくてな」

六十人もの大所帯が寛永寺の境内を右往左往していたわけだ。幸之進はざまあみろと思いながら、それが顔にでないよう、注意しなければならなかった。

「やがて猩々は近くの高木から五重塔の真ん中、三層の屋根へと飛び移った。そこで島津殿が家臣を従え、塔の中へ入り四層にあがって、欄干を乗り越え、三層の屋根にでていき、先日の山鮫同様、投網で捕まえようとしたが、四層の屋根に逃げられてしまってな。ならばと五層にあがったら、二層の屋根におりていきおった。そんな具合に猩々は五重塔の屋根を上下に行き来していたのだが、遂にはああやって五層の屋根に居座ってしまった。おぬし達はこれまで豆鹿と山鮫を捕まえてきたであろう。しかも屋敷では羊や豚を飼っていて、獣の扱いには慣れているはずだ。今回もひとつ頼んだぞ」

口ぶりも態度も居丈高で、とてもひとに物事を頼む態度ではない。私達のおかげで復職できるかもしれないのだろ、と言いたいところだが、そうもいかない。すると小桜が口を開いた。

「よかろう。でも勘違いしないでほしい。そなたのためにするのではない。狸々を助けるためだ。大勢のひとに追い回され、疲れ果てて怯えているのかもしれんからな」

鳥居忠耀がこめかみに青筋を立て、なにか言い返そうとするところを、「お三方、どうぞこちらに」と篤三郎が割って入り、幸之進達を五重塔へと導いた。

塔の真ん中には頂上まで貫く心柱《しんばしら》がある。これを大日如来《だいにちにょらい》に見立てて初層（一階）には弥勒《みろく》、薬師《やくし》、釈迦《しやか》、阿弥陀《あみだ》の四仏が安置されていた。二層へは梯子をあがっていき、その先は階段がないので、木組みの隙間を縫うようにして登らねばならなかった。そうやって最上層に着くと、島津又三郎とその家臣数人がいた。為す術もなく欄干に凭れかかり、屋根の一角を、じっと見つめているだけだった。位置からしてその上に狸々が座っているらしい。

「わざわざ呼びだして申し訳ない。まさかこんなに手こずるとは思っていなかったのだ」

鳥居忠耀とは打って変わり、島津又三郎は謙《へりくだ》った態度のうえに、気の毒なくらい弱り切った顔になっていた。同情を引こうと少し大袈裟にしているのかもしれない。だとしても鳥居忠耀のような高飛車な振る舞いよりもずっといい。なんとかしてあげようという気持ちになる。要するに、ひとを使い慣れているのだ。

「てっぺんの屋根には登れないのか」

「天井裏に出入口があるにはある」小桜の問いに、島津又三郎が答えた。「しかし四層から下は瓦葺《かわらぶき》だが、いちばん上は銅板葺で、つるつる滑りやすいそうだ」

「小柄で身軽な私ならばだいじょうぶだ。念のため裸足《はだし》になろう」と言って小桜は草鞋を脱ぎだしていた。「この空模様だと一雨きそうだ。水に濡れたらなおさら滑るだろうし、急がないとまずい。すまぬが島津殿、どこから天井裏にいけるのか教えてくだされ」

「無茶が過ぎます」幸之進は慌てて引き止める。「そもそもどうやって猩々を捕まえるおつもりですか」

「話して説得をするしかなかろう。猩々はひとと変わらぬ動きができて、ひとの言葉を解すると福助が言っていただろ。碩翁様は蔵の中で、あの猩々と話しておったのが、な

により の証拠。話せばわかるはずだ」

なるほど、そうですねと納得できるはずがない。

「奥方様」福助が言った。引き止めるのかと思いきや、首にぶら下げた竹筒の一組を小桜に差しだしていた。「この中に私が集めた木の実が入っています。猩々がお腹《なか》を空《す》かしているようであればあげてもらえませんか」

あぁぁ、もうっ。

幸之進はその竹筒を脇から奪うように取り、自分の首にぶら下げてから言った。

「私がいきます」

「満足に木も登れない奴がなにを言っておる」

「それは子どもの頃の話です。いいですか。奥方様に万が一のことがあったら、お家の一大事、私と福助はもちろん江戸屋敷の重臣も切腹間違いなし、お家も取り潰し、上臈をはじめ奥女中達もただではすまないでしょう」幸之進は噛んで含めるように言い、最後にこう付け加えた。「なによりも殿が哀しみます」

「でも幸之進。前にも申したが、そなたは珍しい獣と出逢う度に、斬られたり殴られたり川に落ちたり銃で撃たれたりしているではないか。屋根の上に登ろうものならぜったい落ちるぞ」

小桜に言われ、幸之進はごくりと唾を飲みこむ。ここで引き下がるわけにはいかない。

「斬られたり殴られたり川に落ちたり銃に撃たれたりしても、命を落としませんでした。今回、五重塔のてっぺんから落ちたとしても生き延びてみせます」

竹光の二本差しを抜き、腰に荒縄を巻いた。命綱だ。余ったぶんは幾重かの輪っかにして左肩にかけ、首には福助の竹筒をぶら下げる。その恰好で木組みをよじ登り、天井裏にある出入口の扉を開く。頭上に見える空は雲が厚さを増していた。出入口は屋根の中ほどよりやや上あたりで、表にでてから相輪があるてっぺんまで這っていかねばならない。それだけで全身から汗が噴きでてきた。

屋根の縁に腰かけた猩々の背中は、えらく哀愁を帯びている。さらにむこうに不忍池が一望できるが、絶景を楽しむ余裕など皆無だ。やっぱり無理でしたと引き返そうものなら、小桜が喜び勇んで登ってくるだろう。なんであんな厄介なひとと夫婦になったのか、少なからず喜平丸を恨んだ。

てっぺんに着くと、幸之進は胡座をかいて肩にかけた命綱を下ろした。そして相輪の付け根、伏鉢《ふくばち》の上の少し凹んだところに括り付けていく。すると視線を感じた。猩々が振りむいていたのだ。

「やあ」と会釈をしても猩々はなにも言わず、縄を縛る幸之進の手許をじっと見つめているだけだった。それでも竹馬の友にでも話しかけるような口調で、かまわず話をつづける。「大勢のひとに追われて、さぞや怖かっただろ。悪かったな。代わりに詫びるよ。申し訳ない。でも安心してくれ。私はおまえになにもしない。話をしにきただけだ」

縄を縛りおえた。解《ほど》けやしないか、何度も引っ張ってみる。だいじょうぶそうだ。

「お腹は減っていないか。よかったらどうだい」

幸之進は竹筒から左手に木の実をだす。猩々から近づいてきてくれれば、ここを動かずに済む。しかし目論見どおりにはいかず、猩々は顔のむきを元に戻してしまった。

相輪から猩々までたったの三歩、しかしその三歩が三里に思えるほど遠い。しかも島津又三郎の言ったとおり、屋根は銅板葺で滑りやすかった。幸之進はしゃがんだまま恐る恐る歩きだす。恰好が悪いこと甚だしい。猩々が怒りだしたり威嚇されたりしたらどうしようと思ったが、至っておとなしかった。

「ほら」隣に座ると、握りしめていた左手を開き、木の実を差しだした。猩々は覗きこみ、くんくんと鼻を鳴らし、匂いも嗅いだ。「安心しろ。毒など入っておらん」

幸之進が言うや否や猩々は手を伸ばし、あるだけの木の実を摑んで口に入れ、ぼりぼりと音を立て、瞬く間に食べてしまった。おいしかったらしい。すぐに右手を差し伸べてきたので、その手の平に竹筒から木の実をだしてあげたら、またすぐに食べ切ってしまう。これを五回つづけていたら、竹筒は二本とも空になった。

「もうおしまいだ。なくなってしまった」

幸之進が竹筒を逆さにして振ってみせると、通じたらしい。肩を落とし、頭を垂れるその仕草は猿よりもひとに近かった。福助の言うとおりだ。だとしたら、ひとの言葉もわかるのかもしれない。

「下に下りてきたら、もっとうまいものが、たくさん食べられるぞ。どうだ」

しかし猩々は返事をしないどころか、幸之進とは反対側に顔をむけ、屋根の縁で羽根を休める数羽の燕を見つめていた。どこに巣をつくろうか相談しているようで愛らしい。都鳥と入れ替わるようにして、燕が南の国から飛んでくるのだと福助が話していたのを思いだす。もしかしたら猩々の生まれ故郷からきたのかもしれない。

「羽根があれば、いつでも好きに里帰りできるのにな」

その言葉を聞き、猩々は幸之進のほうをむく。ひどく寂しげで、哀しそうな表情だった。

私はどうしてここにいるのだろう。

そう訴えかけているみたいだった。

「好きでこの国にきたわけじゃないもんな。南の島から無理矢理連れてこられて、家族も仲間もいないところで、生涯をおえなきゃならないなんてあんまりだ。ひとの勝手で運命を決定づけられて、ひどい話だと思う。考えてみれば喜平丸様も似たようなものさ。江戸で生まれ育ったのに、父と兄をつづけざまに失い、十六歳で家督を継ぎ、ひとりで石樽藩にいかねばならなかった。そう決まったとき、喜平丸様は私を呼びだし、ふたりきりで会った。するとな。我が藩は何代も前からつねに火の車だ、返すあてなどこの先ずっとないのに、借金に頼らざるを得ない。とてもではないが、当主など無理だ、務まるはずがないと切々と訴えてきた。さらにはどうにか断れぬものか、それが無理ならば私をどこかへ連れて逃げてくれとまで言いだす始末さ。男同士で駆け落ちみたいな真似をしたら、どんな評判が立つかわからないし、下手したらお家存続の危機になりかねない。お伽役の頃にどんなわがままも聞いてやっていたのがまずかったのかもしれん。私ならなんでも言うことを聞くと勘違いしていたのだ」

だれにも打ち明けたことがない、墓場まで持っていくつもりだった話を、猩々に聞かせている自分に、幸之進はいまさらながら気づいた。だがもう止めることはできない。猩々が幸之進の顔を覗きこんでくる。それからどうしたと、言っているようにしか見えなかった。

「しまいには、おぬしは私が嫌いなのかと言うので、ああそうだと私は言ってやった。癇癪持ちで一度ヘソを曲げると扱いにくく、細かいことにこだわり、気弱な癖に強情っぱり、面倒このうえないあなたなんか大嫌いだと。こうすれば喜平丸様が怒って諦めると思ったのだ。すると喜平丸様は私だっておぬしが嫌いだ、武術はからきし駄目、木登りもろくにできない、いい歳をして化物や妖術使いがでてくる本ばかりを読みふけり、女が怖くて女郎遊びもできない意気地なしのおぬしが大嫌いだと言って泣きだした。でも私は容赦せず、さっさと殿様にでもなんでもなって国許にいっちまえと言い返したら、涙が溢れでてきて止まらなくなった。それから先もふたりで、私はおぬしが嫌いだと泣きながら言い合った。やがてどちらも涙が涸《か》れ、黙って睨みあっていると喜平丸様はこう言った。立派な殿様になって、おぬしを見返してやると」

幸之進は太い溜息をつく。当時のことがまざまざと甦り、目頭が熱くなっていた。

「あれからずっと喜平丸様は必死だ。今回の上申書が通っても、石樽藩は火の車のままだが、それでも一息つくことはできる。だから碩翁様にお願いをしにいったのにとんだ邪魔が入った。いや、おまえさんが悪いとは言わん。ひと月も蔵の中に押しこめられて、かわいそうだったな。同情する。私だってそんな目に遭ったら逃げだすさ。碩翁様を襲ったのだって仕方なしにだろ。しかしこれからどうする。高輪の下屋敷も安心できんぞ。島津様は国許を説得して、鳥や獣を処分しないと言っていたが、どうなるかわからんからな。いっそ我が藩の下屋敷はどうだ。森とまではいかぬ藪程度だが、木々はけっこう生い茂っている。おぬしひとりで好きにしていい」

「その言葉に嘘はないだろうな、幸之進っ」猩々が言ったのではない。小桜だ。足元から聞こえてきたのである。「島津殿、あの猩々は石樽藩がいただくぞ」

「お、奥方様。いつから私の話を」

「そなたが猩々に木の実をあげたときから、ずっと聞いておった。福助もいっしょだ」

ならば喜平丸とのことも聞かれたことになる。とんだ失態だ。そう思っていると、頬に冷たいものが当たった。その数があっという間に増えていく。雨だ。さらに不忍池のむこうで稲妻が走り、雷鳴が響き渡ってきた。

「ウォォウオウオウオウウォオ」

猩々は慌てふためき、身体を大きく揺さぶりだす。

「落ち着けっ。落ち着くんだっ」

いくら宥《なだ》めても猩々は聞く耳を持とうとしない。じつは幸之進もまるで落ち着いてはいなかった。命綱を巻いていても生きた心地がせず、気ばかり焦って頭が働かなくなっている。雨は大粒で徐々に強くなり、痛くてたまらない。銅板葺の屋根を叩きつける音も激しくなる一方だった。するとまた稲妻が走るのが見えた。おなじく不忍池のむこうだが、さきほどよりもずっと近く、さらに激しい雷鳴が轟く。大きな縦揺れさえ感じた。

「ウォアアァァア」

猩々が悲鳴に近い声をあげ、屋根から転げ落ちそうになる。まずい。幸之進は咄嗟《とっさ》に両手を伸ばし、間一髪で猩々の右腕を摑むことができた。我ながら上出来だと、引っ張り上げようとしたのも束の間、幸之進は猩々ともども滑り落ちていった。

「うぐっ」

お腹がぎゅっと締め付けられ、妙な声がでてしまう。命綱のせいだ。でもそのおかげで屋根から腰まではみでたところで止まった。両手には猩々がぶらさがっている。

「でかしたぞ、幸之進っ」

逆さに見える小桜が褒《ほ》め讃《たた》えてくれた。たしかに一命を取り留めることはできた。しかしお腹を縄で締め付けられたままで苦しくてたまらず、頭に血が上ってというか下っているせいで、気が遠くなりかけている。両手の力も失われていき、猩々の右腕がするりと抜けてしまう。

だが猩々は落ちてはいかなかった。

いつの間にか屋根の裏の木組みを左足で摑んでいたのだ。一旦、逆さにぶらさがってから身体を屈めると、両手で木組みを摑む。そして屋根の裏を這って、小桜がいる欄干の中へと下りていった。まずは一安心だ。でも私だけおいていくのはどうなんだと、少しだけ猩々を恨みもした。

「もうしばらくの辛抱だ。福助がいま屋根に登って、そなたの命綱を引き揚げて」

小桜の言葉が途切れ、世の中が真っ白になった。耳をつんざくばかりの雷鳴が轟く。命綱の締め付けが緩くなり楽になったかと思うと、身体がふわりと浮いた。ちがう。そうではない。

落ちているのだ。

幸之進は絵を描いていた。喜平丸に描くよう命じられたのは駱駝だったが、その他にも豆鹿に伽藍鳥、豚、羊、山鮫、さらに猩々も描く。そしてお夕の方に差しだした。

この絵、わらわにくださらぬか。

もちろんですと答えようとしても声がでず、幸之進は頷くばかりだった。

獣達を救おうとして、あちこち怪我を負ったそうですね。無理をしたらいけないと申したはずですよ。忘れてしまったのですか。

お夕の方に言われ、幸之進はしどろもどろになる。するとどこからか自分の名を呼ぶ声が聞こえてきた。ひとりではない。大勢が呼んでいる。

木暮殿っ。幸之進っ。ブゥブウブゥブブゥ。

うるさい。黙れ。どうせまた私にあれをしろ、これをしてくれと頼むつもりだろう。もうたくさんだ。勘弁してくれ。私はできるだけ長く、お夕の方といっしょにいたいのだ。

いけません。幸之進の胸中を見透かしたように、お夕の方が言った。みんな、あなたが好きで、だから頼りにするのです。早くいっておあげなさい。わらわの許を訪れるのはずっと先です。あなたはまだまだやらねばならぬことが、たくさんあるのですからね。

お夕の方の姿が掻き消えていく。声がでない。どうにか絞りだして呼び止めようとしたときだ。

瞼が開いた。

「木暮殿っ」福助がいた。

「幸之進っ」小桜もいた。

「ブゥブブゥブゥブゥ」八戒もだ。

麟太郎に篤三郎、島津又三郎、鳥居忠耀もいる。

みんながみんな、幸之進の顔を覗きこんでいた。そのむこうには五重塔がそびえ立っている。だれしもがびしょ濡れなのは、大粒で痛いほど激しかった雨のせいだろう。だがそれもすでに止んでおり、切れ切れになった雲が浮かぶ空は夕陽に赤く染まっていた。

「木暮殿。これは何本ですか」と福助が右手の指を三本立て、幸之進の前にかざしてきた。

「三本だ」

「ご名答」

それくらいわかると言いかけると、福助の隣から麟太郎が訊ねてきた。

「私の名前はおわかりですか」

「勝麟太郎だろ」と答えてから幸之進は上半身を起こす。「でもおぬし、渋谷の下屋敷にいたはずでは」

「山鮫を捕まえる現場に立ち会えなかったのが、悔しかったものですからね。今回こそはお力になりたいと、八戒に乗って馳せ参じました」

豚に跨《また》がって走り抜けていく子どもを見て、ひとびとはさぞや驚いたにちがいない。

「木暮殿が助かったのは麟太郎殿のおかげです」篤三郎が言った。「麟太郎殿の提案で、猩々が落ちてきても無事に確保できるよう、投網を五枚重ねあわせ、その端を五重塔と周囲の木々に数カ所くくりつけ、しっかり張っておいたのです。まさか木暮殿が落ちてくるとは思ってもみませんでしたが」

「なぜ落ちた。命綱を相輪の付け根に括り付けていたし、猩々を助けたときには逆さ吊りにはなったものの、落ちはしなかったぞ」

「その相輪を雷が直撃して、一瞬で縄が焼き切れてしまったんですよ」と答えたのは福助だ。「あのまま屋根にでていたら、真っ黒焦げになっているところでした」

「ウオォウウォウォウオゥ」

小桜と福助のあいだから猩々があらわれた。うれしそうにはしゃぎながら、不忍池のほうの空を指差した。幸之進のみならず、みんなが一斉にそちらをむく。

虹だ。

夕焼け空に虹が架かっていた。

それから五日が経った。

幸之進は日の出とともに上屋敷の書庫にでむき、文書の整理をしていた。どこにどんな文書があるか、頭の中に入れておくためでもある。明日はもう四月、だいぶ暖かくなってきているものの、書庫は北の端にあり、陽が当たらず、朝方は板張りの床がひんやりしているくらいだ。

おや。

幸之進は棚と棚の隙間で立ち止まった。自分の足音以外にも、なにやら軋《きし》む音が聞こえてきたのだ。ひとが入ってきた気配はない。息をひそめて耳を澄ます。

「何奴っ」念のため声にだして言ってみる。するとだ。

「よくぞお気づきになりました」

返事があった。幸之進はぎょっとしてあたりを見回すが目に入るのは棚に積まれた書状の山ばかりだ。天井裏か床下か、はたまた壁のむこうか、声のでどころはまるで見当がつかなかった。びくつきながら逃げださなかったのは声の主がわかったからだ。

「升吉だよな」

「左様でございます。上野の五重塔から落ちた話を噂で耳に致しましたが、どこもお怪我はなかったのですか」

「少し筋を痛めただけだ。それもすっかりよくなった」

「救った狸々を引き取って、渋谷の下屋敷に住まわせているのでしょう」

「ああ。そんなことよりおぬし、どこにおる」

「姿をお見せすることはできません。このままでご勘弁願います」

妙なことを言う。しかし無理強いしたところででてきそうもないので、幸之進はこう訊ねた。

「先日、三津木屋へいったら、店を辞めて長屋も引き払ったと聞いたぞ」

「訳あってしばらく江戸を離れることになったのです。もしかしたらこの先戻ってこないかもしれません」

「その訳とは鼠の根付にまつわることか」

少し間があってから、升吉が話しだした。

「三津木屋にいらしたとき、私からの預かりものがある、できれば会って手渡したいとおっしゃっていたそうですが、その根付のことだったのですね」

「そうだ」

「どこで見つけたのです」

「山鮫は大きく口を開いたままで、ひなたぼっこをするのだ。そのとき奥歯に挟まっているのを見つけた」

「そんなところに」姿が見えずとも、升吉が息を呑んだのが幸之進にはわかった。

「高輪にある薩摩藩の下屋敷では、昨年亡くなった栄翁こと島津重豪公が国内外から珍しい鳥や獣を取り寄せ、飼っていた。しかし二月のある晩、二匹の獣が盗まれてしまった。山鮫と猩々だ。どうやら猩々は碩翁様がひとに命じて盗ませ、自分の隠宅へと運ばせたらしい。では碩翁様に頼まれた賊は猩々だけでなく、どうして山鮫まで盗んでいったのか。見世物小屋にでも売り飛ばすつもりだったのではと福助が言うと、ならばもっと手頃な大きさの獣か鳥のはずだと奥方様が反論していた。だれにも話していないが、私の考えはこうだ。賊がうっかり落とした大切なものが、山鮫の口の中へ入ってしまったからではないかと」

幸之進は一旦、口を閉ざす。升吉がなにか言うのではと思ったからだ。だが聞こえてくるのは息づかいだけだったので、話を先に進めることにした。

「重豪公の曽孫である又三郎様は、その賊が鼠小僧だとおっしゃった。薩摩藩の江戸屋敷は上中下いずこも鼠小僧に忍びこまれていて、そのときと同様、金木犀に似た甘い香りが漂ってきた。眠り薬を混ぜた香を焚くのが鼠小僧の手口だそうだ。そして一昨年の八月に処刑された者ひとりが鼠小僧ではなく、武家屋敷に出入りを許された職人や行商に化けた盗人の一味だとも」

「うっかり落とした大切なものが鼠の根付で、私がその一味だとお考えなのですか」

「そういうことになる」

「木暮様は絵だけでなくつくり話もお上手だったとは、知りませんでした」

升吉は堪え切れぬとばかりに笑いだす。すると幸之進もつられて笑ってしまった。

「あれだけの草双紙や読本を読んでおるのだ。当然だろう」

「でも、いまの話で気になることがひとつ。碩翁様はどうして猩々を欲しがったのでしょう」

「珍しい獣だからではないか。処分されると聞いて助けることにした」

「ならばわざわざ盗まずとも薩摩藩と交渉して、譲ってもらえばいい」

言われてみればたしかにそうだ。

「木暮様の話を伺っていたら、私も頭の中で、つくり話ができあがって参りました」

「どんな話だ。よければ聞かせてくれ」

「いくつもの屍体《したい》から切り取ってきた身体の一部を繋ぎあわせ、雷を浴びせることによって、ひとひとりの命を新たにつくりだすという話を、木暮様はご存じでしょうか」

「面白そうだな」幸之進は思わず口走る。「死者を甦らせる怪談話はいくらでもあるが、命を新たにつくりだすなんていうのは聞いたこともないし、読んだこともない。だれの本だい。よかったら今度貸してくれ」

「本にはちがいないのですが、英吉利《イギリス》という国の本だそうです。その本がこの国にあるかどうかはわかりません。事実かつくり話かもさだかではない。しかしこの話を信じ、口が堅くて腕のいい医者や学者を集め、自らの手で試みようとするものがおりました」

「そんなおぞましいことをいったいだれが」

「重豪公です。だがさすがに最初から、ひとをつくるのは気が引ける。そこでまず獣で試みることにしたのですが、どういうつもりか、べつべつの獣の部位を繋ぎあわせた。そして嵐の夜に凧《たこ》をあげておびき寄せた雷を、その身体に落とすのですが、何遍繰り返しても、うまくいきません。かろうじて成功したのは、猿と獺《かわうそ》、鼬《いたち》を継ぎあわせ、背中に亀の甲羅を貼り付けた河童を模した一体のみ、ただしこれも三日と保たずに死んでしまいます」

「待ってくれ。それは私が見た、河童の木乃伊のことではないか。まさかあれが」

幸之進がそう言った途端、升吉がくくくと小さく笑い、たしなめるようにこう言った。

「真に受けては困ります。これは木暮様からお聞きしたことを元に、偽物かと思いきや、やはり本物の河童だったという話を私がでっちあげたまでのこと」

「そ、そうだったな。すまぬ。先をつづけてくれ」

「その後もあらゆる獣で試してみたものの、新たな命をつくりだすことはできず、歳月ばかりが過ぎていき、やがて重豪公は寄る年波に勝てず病に倒れてしまいます。病床では、まだ死にたくない、できれば永遠の命をものにしたいとばかり考えるようになり、やがて突飛な結論に辿り着きました。死んだ直後、自分の脳みそをだれかの頭に移し替えれば、生き存《なが》えるかもしれないと」

　そんな莫迦なと言いかけ、幸之進はぐっと堪えた。どうせまた升吉には、ただのつくり話だといいなされるにちがいないからだ。

「しかし何年にも渡る試みは失敗つづき、うまくいくかどうかわからず、そのためにひとを犠牲にするのはあまりに忍びない。そこで重豪公はもっともひとに近い獣、猩々を選び、学者達にその旨を遺言代わりに頼み、他言無用を約束させた。にもかかわらず重豪公自身が、見舞いに訪れた碩翁様につい気を許して話してしまいました。碩翁様も七十歳、権力を手に入れて世の中は思うがまま、しかしどれだけ贅沢な暮らしをしようとも、刻々と死は近づいてきます。このまま死なずにすむならば、それに越したことはありません。そこで重豪公が亡きあと、本当に猩々の頭に脳みそを移し替えたのか、碩翁様は知りたくてたまらなくなった。もし成功していたとすれば、自分もおなじ手段で生き存えたい、しかも猩々のような獣ではなく、家臣の中から若くていちばんの美少年にしようとまで決めておりました」

　聞けば聞くほど荒唐無稽で莫迦莫迦しい。なのに升吉の話っぷりが真に迫っていて、どうしてもつくり話には思えない。島津重豪の脳みそが、猩々の頭の中に詰めこまれていく情景がまざまざと思い描かれ、幸之進は恐怖に身を竦めていた。

「しかし高輪にでむいて、猩々から聞きだすわけにはいきません。すると碩翁は鼠小僧がひとりではなく、職人や行商に化けた盗人の一味だという噂を思いだします。そして碩翁は一年以上の歳月をかけ、ついに一味のひとりを見つけだしました。それがこの私、三津木屋の升吉だった」

「それはもちろん又三郎様が話していたことを元につくった、つくり話なのだな」

幸之進は念を押すように言った。

「当然です」

「ではそのうえで訊ねるが、碩翁様はどうやっておぬしを突き止めたのだ」

「貸本屋の行商として、武家屋敷の奥向に出入りし、中の様子を頭に叩きこんでおりました。そのあと自ら忍びこむこともあれば、見取り図を書いて仲間に渡してもいたのです。当然ながら私の得意先で被害が多発していたわけで、碩翁様に見つからなくても遠からず、お縄になっていたでしょう。貸本屋としての人気が高まり、調子づいたのがいけませんでした」

「この屋敷には一度も忍びこんでこなかったな。食指を動かす品物がなかったからか」

「そんなことはございませんが」升吉は口ごもり、それにははっきり答えずに話をつづけた。「ともかく私は碩翁様に呼びだされ、高輪の屋敷から猩々を盗みだすよう命じられました。礼は弾む、いまここで支度金を払ってやってもいいとまで言うので、遠慮なくいただき、その金で腕の立つ仲間を数人集めました」

「又三郎様が言うには、眠り薬を仕込んだ針を吹き矢で、猩々と山鮫に打ちこんだのだろうと」

「いい案です。そういうことに致しましょう。さて盗んだあと、二手に分かれ、猩々は向島の碩翁様の許へ、山鮫は世田谷のほうの村にある仲間の隠れ家へ運びました。山鮫が寝ているあいだにその腹をかっ捌いて、根付を取りだせなどと乱暴なことを言う奴もいましたが、口から入ったものは尻からでるはずだ、私が面倒を見るので根付がでてくるまで待ってくれ、そのあとは見世物小屋に売り払えば金になると、説得してその場は収まりました。ところが夜半過ぎに薬が切れて、山鮫が目覚めてしまった。縄で縛り付けていたのだが、もがいているうちにすり抜けてしまったらしい。さらにまずかったのは、隠れ家の裏手を玉川上水が流れていたことでした」

　升吉が話しおえると、書庫は静まり返った。鳥のさえずりや葉擦れがやけに耳につく。遠くでひとの声もする。家臣達が屋敷を訪れ、働きはじめる時刻になっていたのだ。

「碩翁様が猩々を栄翁殿と呼んでいたということは、脳みその移し替えはうまくいったのか」

「さてどうでしょう。改めて申しておきますが、すべては私のつくり話です」

「そうだったな」幸之進は小さく溜息をつく。

「それにしても奥方様から碩翁様に会いたいという手紙をいただいたときは、ぎょっとしましたよ。私が山鮫と猩々を盗んだのを知っているのではと思いましたからね。ところがそうではなかった。なのにお三方が碩翁様の隠宅を訪ねた日に猩々が逃げだし、上野の五重塔で捕え、いまでは渋谷の下屋敷に暮らしている。山鮫だってそうです。まるであなた方が導いたかのようで、とても偶然とは思えません」

「偶然でなければなんだ」

「運命《さだめ》でしょう」

「それもつくり話みたいではないか」幸之進は笑った。「鼠の根付なんていくらでもある。山鮫の口の中にあったのが、おぬしのものとも限らない。なんなら私の住まいに置いてあるので、たしかめるかい」

「間違いなく私のです。いつも一服するときにお借りしている煙草盆の引きだしにございました」

升吉の答えに、幸之進は言葉を失う。いつの間に忍びこんだというのだ。

「我らが一味は中にいるものさえ、どれだけの数がいるのか把握できておりません。総大将や親分、元締めといった者もおらず、どこぞに本拠地があって寄り集まるなんていうこともない。そこで顔見知りでなくとも、仕事で仲間を集めたり、加わったりする際、あの鼠の根付が仲間の証になるので、どうしても必要なのです。山鮫の身体からとうにでて、玉川上水に消えてしまったと思っていたので、大いに助かりました。しかし猩々のことが薩摩どころかお上にまでばれたとなると、江戸にはもういられません」

「それもつくり話だろ。そうだよな」

「ということにしておきますか。じつを言えば黙って去るつもりでしたが、あなたとはどうしてもお話がしたかった。木暮様や奥方様と本について、あれこれ話すときこそが、本当の私に思え、なによりの楽しみでございました。おふたりだけではない。石樽藩に忍びこまなかったのは、ここでなによりも価値があるのは品物ではなく、ひとなので盗みようがない。こちらの方々は藩士だけでなく、奉公人や中間、足軽に至るまで、みなさん呑気でひとがいい。私もこんな生業《なりわい》でなければずっといっしょにしたかった」話しているうちに升吉の声が上擦り、洟を啜る音もした。「ではお達者で」

「待て、升吉」そう言った途端だ。金木犀の甘い香りが鼻をくすぐり、一気に眠気に襲われる。そして幸之進は膝から落ちていき、床に倒れた。


「と、止めてくれぇっ、頼むっ」

だれかが助けを求めている。だがそれといっしょに、豚の啼き声と子ども達のはしゃぐ声も聞こえてきた。幸之進は足を止めて振り返った。

なにやってんだ、あのひと。

鳥居忠耀が八戒に跨がって野原を駆け巡り、そのあとを子ども達が追いかけていた。

書庫では四半刻（三十分）ほど眠っていたらしい。目覚めてすぐ、駆け足で長屋に戻った。薄暗い六畳一間にはどこも変わった様子はなかった。しかし煙草盆を引き寄せ、引きだしを開いてみると、鼠の根付は消えていた。書庫で升吉が話しかけてきたのは事実だった、なによりの証拠だ。こうなれば猩々の頭をたしかめてみようと思った。島津重豪の脳みそが入っていれば、手術の跡があるかもしれない。幸之進は未の刻（午後二時）から山鮫の見張り当番だったが、それをたしかめるため、昼過ぎに訪れたのだ。

「麟太郎殿にけしかけられたんですよ」

幸之進の疑問に答えたのは篤三郎だった。いつの間にか隣に立っていたのである。その右手には鳥籠らしきものを提げているのだが、中が見えぬように布を被せていた。

「八戒に乗った麟太郎殿に出会すなり、馬よりも豚がお似合いだと、叔父上が言ったのです。そしたら麟太郎殿が馬より豚に乗るほうが難しい、なんなら乗ってみてはいかがですかと言い返しましてね。よせばいいのに叔父上が乗ると、その途端、八戒がすごい勢いで走りだして」

「いいのかい、あのままで」

「仕方ありません」篤三郎はにやにや笑っている。「止めようがありませんもの。それよりこちらをご覧いただけますか」

篤三郎は鳥籠を顔の高さまで掲げ、布を少しだけ捲る。そこにいたのは豆鹿だった。

つぶらな瞳で幸之進をじっと見つめている。

「飼い主の指を噛んでしまい、お城を追いだされることになりましてね。ひとまず西丸小納戸の遠山金四郎殿が自分の屋敷に連れて帰り、叔父上を呼びだし、どこか引き取り先がないものかと相談なさいまして」

「我が藩で引き取れというのか」

「ぜひお願い致します」

「私ひとりでは判断つきかねる。奥方様が羅紗づくりをしているはずだ。会ってお許しを得よう」

「奥方様が自らですか」

「あと半月もすれば参勤交代で殿が江戸に参られるのでな」話をしながら幸之進が歩きだす。「奥方様は自分でつくった羅紗をさしあげるおつもりなのだ」

「男勝りなのに、女らしい一面もお持ちなのですね」

「そういうことはあの方の前で言わんでくれ。私はひととして生きている、男も女も関係ないと叱られるぞ」

「わかりました。それともうひとつ」

「まだなにかあるのか」

「手伝普請の見直しを願う上申書が承認されます。そのことも叔父上は伝えにきたわけでして」

「本当か」幸之進は思わず足を止め、篤三郎の顔をまじまじと見た。

「豆鹿の引き取り先に石樽藩の名をだしたとき、遠山金四郎殿にどうしてだと叔父上は問い詰められましてね。そこで豆鹿に山鮫、そして猩々すべて石樽藩の尽力により、捕えることができたと話したんです。これがすぐ本丸老中の水野忠邦殿に伝わると、石樽藩の上申書が半年以上、棚上げだったことが判明し、ならばこれを褒美の代わりに承認しようという動きになったそうです」

「つまり我々が獣を捕まえたことで上申書が通ったと」

「そのとおりです。まったく叔父上にも困ったものです。自分だけの手柄にせず、はじめからみなさんのことを話していれば、もっと早く上申書は承認されたはずなのに」

なんであれ喜平丸に役立つことができた。うれしさのあまり踊りだしたいくらいだが、人前ではそうもいかず、幸之進はぐっと堪えた。ふたたび歩きだし、草を食《は》む羊四匹の横を通り過ぎて、羅紗づくりの小屋へむかっていくと、小桜が見えてきた。小屋の前にいたのだ。

「奥方様はなにをなさっているのですか」

篤三郎が訊ねてきた。羅紗づくりというから機を織る姿でも思い浮かべていたのかもしれない。しかし小桜はいつもどおり喜平丸のお古を着て、袴を膝までたくしあげ、たらいの中で足を上下に動かしていた。他にも数人がおなじことをしながらおしゃべりをしており、小桜は楽しそうに笑っている。

「羊の毛はすでに一枚の布になっていてな。畳んで湯に浸けてああやって足踏みで揉《も》んでいるのだ」

「ではできあがるのも間近」

「まだまだ道半ばだよ。あれが済んだら乾かして毛先を剃《そ》り削って、火に炙《あぶ》ったり煮沸したりしたあと、色を染めねばならないんだ」

そう話しているうちに、どこからか子どもがあらわれ、幸之進のまわりを取り囲んだ。

「あたらしいドロメンコ、つくったのだろ」「フクスケどのがいっておったぞ」「みせておくれよ」「みせてみせて」

「わかった、わかった。だがいまは持っておらん。陶房にいけばあるのだが」

「だったらトーボーいこう」「いこういこう」

子ども達は幸之進の袖や袴だけでなく、手首まで摑んで引っ張っていく。

「木暮殿」篤三郎は苦笑しながら言った。「私ひとりで奥方様のところへ参ります」

「すまぬな。よろしく頼む」

「サンゾーはおぼうさま、ソンゴクーはおサルさん、チョハッカイはブタさん。そしてサゴジョーはカッパさんだね」

「サゴジョーってカッパだったんだなぁ」

「あたりまえだろ。おまえ、しらなかったのか」

当たり前のはずがない。本物の沙悟浄は禿げたおじさんだ。小桜の発案どおり、河童に似せてつくってみたのである。陶房の前で車座になり、西遊記の泥面子をだすと大はしゃぎだった。試作のものを、こうして子ども達に見てもらうのは珍しいことではないが、ここまでよろこんでもらったのははじめてだ。もしかしたら売れるかもしれないぞと、幸之進は胸の内でほくそ笑んだ。

「ショージョーはおサルさんだからゴクーだね」

「そうだ、ゴクーだ。きょうからショージョーのなまえがゴクーにきまりな」

「それじゃあ、ヤマザメはサゴジョーにしようよ」

「ヤマザメはカッパじゃないぜ」

「でもいつも、なすびいけにいるだろ。カッパとおなじようなものさ」

いくらなんでも強引ではないかと思っていると、どこからか猩々の啼き声がしてきた。

「私は用事があるので、いかねばならん。その泥面子はおぬし達にあげよう。もし足りなかったり、他の友達が欲しがったりしたら、いつでも私に言いにきなさい」

「ありがとう、コーノシンさま」「コーノシンさまはいいひとだなぁ」「そんなにいいひとなのにどうしてヨメがいないんだ」「あたしがおヨメさんになってあげてもいいよ」

好き勝手なことを言う子ども達に背をむけ、幸之進は猩々の啼き声がするほうへ歩きだした。


「ウゥウウオウオゥ」

啼いていたのは福助だった。藪の前で、上を見ながらである。そんな彼の隣に立つと、頭上で猩々が啼いた。それに応えるように、福助がふたたび啼く。

「会話しているのか」

「まさか」福助は笑う。「この五日間、私の言葉がきちんと通じたことはありませんでした。なので啼き声の調子で、猩々がなにをしたいのかがわかるよう、稽古をしているところです」

幸之進が見上げると、太い枝に座る猩々と目があう。

「ウォウオウォウォウゥ」

「木暮殿がきたので、えらくよろこんでいます」福助が鼻を膨らませている。「返事をしてやってください」

「どうすればいいのだ」

「いまの啼き声を真似ればいいだけです」

そう言われてもと思いつつ、幸之進はやってみた。

「ウォウオウォウォウゥ」

「オウゥオウゥオウウオ」

「間違いなくよろこびの声です」

するとどこからか、子ども達の声が聞こえてきた。

「まだまだやれるっ、まだやれるっ」

「まだまだやれるっ、まだやれるっ」

よく聞けば子どもだけでなく、おとなの声も含まれている。だれかが相撲を取っているのかもしれない。

「オウゥオウゥオウウオ」その掛け声に呼応するように、猩々が啼いた。

「めぇめぇめええめぇえ」つづけて羊も啼く。

「ヴォオガァアァアァア」これは山鮫にちがいない。

「ブゥブウブゥブゥブゥ」八戒だけでなく、他の豚達も揃って啼いている。

「まだまだやれるっ、まだやれるっ」

「まだまだやれるっ、まだやれるっ」

あなたはまだまだやらねばならぬことが、たくさんあるのですからね。

五重塔から落ちたとき、夢に見たお夕の方の言葉を思いだす。幸之進は島津重豪の脳みそのことなど、どうでもよくなってきた。所詮、あれは升吉のつくり話だ。

「あっ」福助が空を見上げて叫んだ。「あれは紛れもなく伽藍鳥」

「なんだと。どこにいる」

「あそこに飛んでおります」と言いながら福助は走りだした。「生け捕りにして物産会合のみなさんにお見せしましょう」

「おい、待て」

獣達はなおも啼きつづけている。

「まだまだやれるっ、まだやれるっ」

「まだまだやれるっ、まだやれるっ」


そうだ。私にはまだまだやらねばならぬことが、たくさんある。

其之陸《そのろく》　駱駝《らくだ》ふたたび

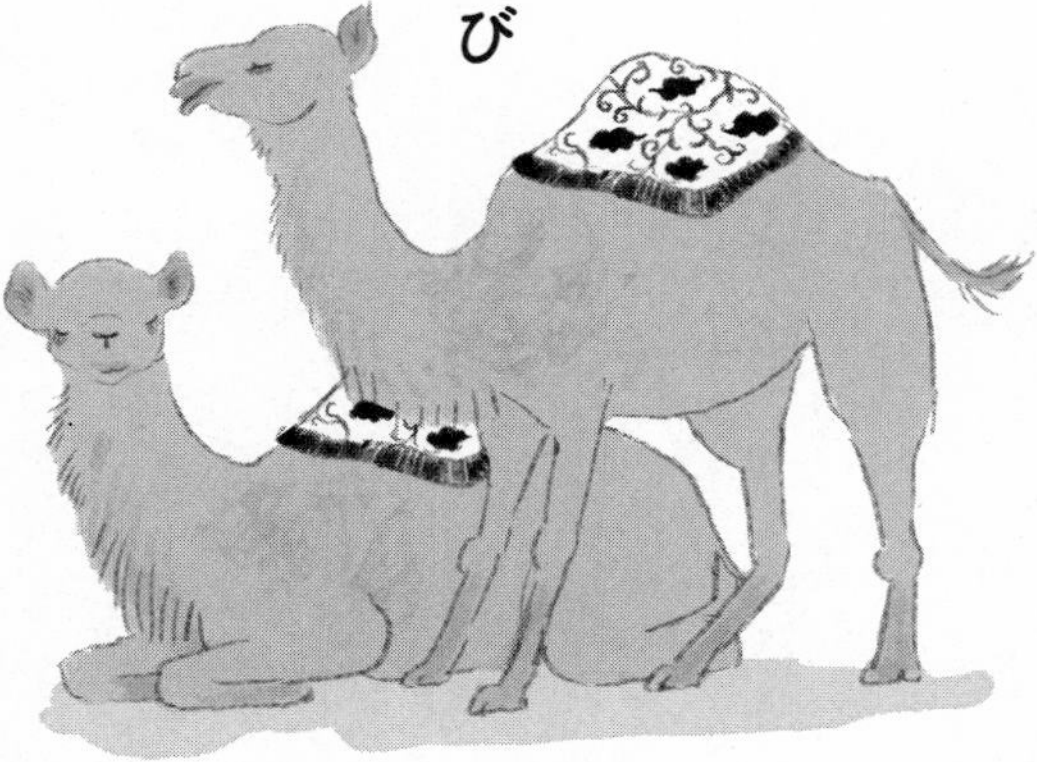

俺はどうしてここにいるのだろう。

平手造酒は下総国を流れる大利根川《おおとねがわ》の河原にいた。息も絶え絶えだ。どれだけひとを斬ったのか、見当もつかない。自分もそこかしこに傷を負い、血だらけだ。手当をしたところで無駄だろう。

ときは天保《てんぽう》十五年（一八四四）八月六日、地元の博徒、笹川《ささがわ》一家と飯岡《いいおか》一家の決闘が繰り広げられていた。平手造酒は笹川一家の助っ人《すけっと》である。

玄武館の四天王のなれの果てだ。酒のせいで破門されこの始末。いや、酒のせいではない、己のせいだとこの期に及んで思う。するとどういうわけか、駱駝が脳裏にあらわれた。二十六夜待ちの月の下で見たその姿は、神々しく菩薩《ぼさつ》のようだった。

あれはいつのことだったか。そうだ。玄武館の玄関に小便をかけた奴を斬りにいったときだ。いま思えば、彼奴こそが国定忠治《ちゆうじ》だった。しかし邪魔だてしたべつの男を斬ってしまった。その男のおかげで玄武館を破門になったと思いこみ、わざわざ雪の日に渋谷まででむいたこともある。あの男の名はなんだったか。

垂れ髪の侍に命じられ、襲いかかる狼を峰打ちで追い払ったのは、そのときだった。いや、彼ではなかった。女で当主の奥方様、しかもまだ十八歳だと聞き、さらに驚いたのだ。世の中にはまだまだ強い奴がいる、諸国を巡り武者修行をしようと誓った。

あれをきっかけに立ち直ることもできたはずなのに。

結局、江戸を離れてからは武者修行どころか俠客、博徒、あるいは渡世人と呼ばれる者達の世界を渡り歩いていた。さすがに自分が情けなくなる。でもそんな人生も今日でおさらばだ。血まみれになった刀を一振りし、最後の力を振り絞り、平手造酒は敵陣にむかって駆けだした。


俺はどうしてここにいるのだろう。

ほんのいましがたまで、大勢の子ども達を相手に相撲を取っていたはずだのにと思うが、もちろんそれは夢だった。目覚めてから自分がどこにいるのか、国定忠治はしばらくわからなかった。真っ暗闇なのだ。まわりにひとの気配はする。鼾《いびき》や歯ぎしり、呻き声まで聞こえてきた。そしてようやくここが小伝馬町《こでんまちょう》の牢屋敷《ろうやしき》だと気づいた。

嘉永《かえい》三年（一八五〇）八月、国定忠治は子分達とともに関東取締出役によって捕縛された。その後、江戸に移送、勘定奉行の役宅にて取り調べを受け、入牢《じゆろう》と相成ったのだ。

十数年前、玄武館の玄関に小便をかけたせいで、門下生に痛めつけられたところを、侍ふたりに助けてもらった。そして渋谷の下屋敷で相撲取りに化け、完治したあともしばらく世話になった。侍のひとりが花和尚と名前を決め、上州の山奥で熊を相手に稽古をしていたのだとみんなに紹介したときには、どうかと思ったものの、だれひとり疑わず受け入れていた。

ここ数日、その頃の夢ばかりを見る。下屋敷の居心地がよかったからだろうか。侍と百姓がいっしょくたになって働いていながら、だれも威張らず文句も言わず、なによりも毎日がとても楽しそうだった。博徒の世界から足を洗い、本当に相撲取りになって、このままずっと暮らそうかと思ったくらいだ。

あの駱駝はどうしただろう。見世物の一行とは江戸をでてからはなればなれになった。さすがにもう生きてはいまいが、どんな最期を遂げたかは気にかかる。そしてまた駱駝のおかげで勝負ができなかった相手がいたのも思いだす。平手造酒だ。何年か前、大利根河原の決闘で笹川一家の助っ人にでて死んだ話は聞いていた。

じきに磔《はりつけ》だ。さんざっぱら悪事を働いてきたのだから当然の報いだ。覚悟はできている。あの世にいけば駱駝に会えるだろうし、平手造酒とも決着がつけられる。

待ってろよ。

おいらは強ぇぞ。

私はどうしてここにいるのでしょう。

島津又三郎こと島津斉 彬《なりあきら》を真正面から見据える瞳は、そう訴えているように思えてならなかった。対峙しているのは三十歳近く年下の従妹《いとこ》である篤姫《あつひめ》だ。ふたりがいるのは芝田町《しばたちょう》にある薩摩藩の上屋敷だった。ついさきほど、お話がありますと、篤姫のほうから島津斉彬のいる書斎を訪ねてきたところだ。

嘉永三年、当時の将軍家慶《いえよし》の世継ぎ、家定《いえさだ》の正室にふさわしい娘がおらぬかと幕府から薩摩藩に打診があった。白羽の矢が立ったのが今和泉《いまいずみ》家の一子だった。三年後には名を篤姫と改め斉彬の養女になったあと、将軍の正室にふさわしい身分を得るため、摂関家の近衛《このえ》家の養女となり、江戸を訪れ、芝にある上屋敷で暮らしていた。ところがその後、ペリー来航、家慶死去、家定の将軍就任、安政《あんせい》の江戸大地震と相次ぎ、ようやく今年、安政三年（一八五六）十二月に婚儀がおこなわれる。それに先んじて明後日、篤姫は江戸城に迎え入れられることになった。

「話とはなにかな」

私はどうしてここにいるのでしょう。

そう訊かれるのではと思ったが、篤姫はまるでちがう質問を投げかけてきた。

「曽祖父が高輪の下屋敷で、山鮫や猩々などを飼っていたというのは本当ですか」

いとこ同士のふたりの曽祖父と言えば、栄翁こと島津重豪のことだった。

「そんな話、だれから聞いたのだ」

「高輪の話になると、必ずだれかしらが話します」

二十歳を過ぎているが、童顔なのでまだ十代なかばのようだった。気質は穏やかで、従妹が怒るところをだれも見たことがないという。だが時折、相手の本心を見抜くつもりかと思えるほど、眼光が鋭くなる。いまがそうだった。

似ている。

島津斉彬は二十年以上も昔に出逢った、垂れ髪で男装の女性を思いだしていた。篤姫はそのひとによく似ているのだ。

「曽祖父は国外の珍しい獣や鳥を飼っていたからな。曽祖父がお亡くなりになってからは、私が面倒を見て、いずれも天寿を全うし、どれも剝製として残したのだ」

一匹でも処分したら生涯、軽蔑すると男装の彼女に脅されたからだ。島津斉彬自身、国許からのお達しとはいえ、獣や鳥を処分するのが忍びなく、彼女の一言が後押しになったのである。

「でも山鮫と猩々の剝製はないと聞きました」

「とある藩に譲ったのさ」男装の彼女はそこの奥方様だった。「渋谷にある下屋敷で、どちらも暮らしていたはずだが、そなたが生まれる前の話だからな。いまも生きているかどうか」

「高輪では河童も飼っていたという者もいますが」

「木乃伊があるからだろう。でもあれはいろんな獣を繋ぎあわせた偽物に過ぎん」

「そうやって獣を繋ぎあわせ、雷を浴びせることで、曽祖父は河童をつくろうとしたのだと」

「曽祖父は妖術使いではないぞ。だれが言ったか知らぬが、世間知らずのおぬしをからかったのだ」

島津斉彬は殊更大きな声で笑った。わざとらしくないように心がけたが、はたして篤姫に見抜かれなかっただろうか。

じつを言うと島津斉彬は河童の木乃伊が動くところを見た記憶があるのだ。いや、動くというよりも蠢いていたと言ったほうが正しい。稲光の下で、奇声を発してもいた。いつどこでかはさだかではない。あまりの不気味さに気になってならず、前田利保が主宰する物産会合に、河童の木乃伊を持ちこんだことがあった。偽物だと言われたときには、胸を撫で下ろした。ならば蠢く姿は夢か幻にちがいないからだ。

しかし曽祖父ならば河童くらいつくろうとしたかもしれぬと、いまも心の片隅で思っていた。その現場に子どもの頃の自分が居合わせても不思議ではない。

いや、これ以上、考えるのはやめておこう。今日の夢見が悪くなる。

私はどうしてここにいるのだろう。

設楽篤三郎こと岩瀬《いわせ》忠震《ただなり》はアメリカ合衆国の蒸気軍艦、いわゆる黒船のうちの一隻、ポーハタン号に乗りこんでいた。

天保十一年（一八四〇）に家禄八百石の岩瀬家の婿養子になった。その後、昌平坂《しょうへいざか》学問所の教授となるが、嘉永七年（一八五四）、目付に任じられてから、外国奉行にまで出世、安政二年（一八五五）、日露和親条約締結に力を注いだ。さらに安政四年（一八五八）十二月から下田《しもだ》奉行の井上清直《いのうえきよなお》とともに全権として、アメリカ合衆国の初代日本総領事タウンゼント・ハリスを相手に通商条約の交渉をはじめた。

一筋縄ではいかないことは百も承知で挑んでいる。だがその想像を上回る困難さに、岩瀬忠震の神経はすり減る一方だった。ハリスとの交渉だけでなく、国内の足並みが揃わないことも悩みの種だった。年が明けて二月、老中の堀田正睦《ほったまさよし》に伴い、京都まで足を運び、勅許《ちょっきょ》を得ようとしたものの、拒まれてしまったのだ。天皇の許しがないまま、条約に調印しなければならない。あとあと面倒になることは目に見えているのにもかかわらずだ。

ハリスと交渉をつづけていくうちに、岩瀬忠震はあるひとのことを思いだすようになった。木暮幸之進だ。ハリスはたしかに手強《てごわ》い。しかし木暮幸之進は言葉が通じない猩々を相手に説得を試みたのだ。それも上野の五重塔のてっぺんに登ってである。ふだんは頼りなさげなのに、いざとなると人一倍頑張って困難に立ちむかい、物事を解決に導いていく。そうした話を自ら吹聴《ふいちょう》せず、訊かれても恥ずかしそうにするだけだった。

幸之進といつもいっしょで、岩瀬忠震と年が変わらぬ、疱瘡除けの赤いみみずくに似た乾福助も懐かしい。首から竹筒をぶらさげ、からんからんと音を立てていたので、どこにいてもすぐにわかった。真実を知ることこそ最高のよろこびと、日々勉強に励んでいた。

そしてふたりの主君の奥方様も忘れられない。小金井村で桜から舞い降りてきた彼女の姿は、いまでも目に焼き付いている。あのときは主君の正室に相応しい艶《あで》やかな着物姿だったが、ふだんは垂れ髪に羽織袴で、なまじの侍よりも着こなしがよく様になっていた。しかも剣術に優れており、篤三郎も何度か御手合わせ願ったものの、とてもではないが歯が立たなかった。

渋谷にある石樽藩の下屋敷に、何度も足を運んだ日々のことが殊の外、懐かしくてたまらない。いまだっていこうと思えばいけるし、三人に会うこともできる。しかしあの頃には戻れるわけではない。

いかん、いかん。

二十数年も前のことを思いだし、感傷に浸っている場合ではなかった。気を引き締めて調印に挑まねば。私がここにいるのは、そのためなのだから。

私はどうしてここにいるのだろう。

どうしてもこうしてもない。ぜんぶ徳川慶喜《よしのぶ》のせいだ。薩長《さつちよう》両藩に長州《ちようしゆう》戦争と鳥《と》羽伏見《ばふしみ》の戦いで破れ、尻尾を巻いて江戸に戻ってきてしまったのである。かくして慶喜を追討せんと官軍が江戸を目指してむかってきた。すでに品川、板橋、新宿に前哨《ぜんしよう》地点が設けられ、このままでは江戸は戦火に包まれてしまう。

そこで勝海舟《かいしゆう》の出番と相成った。官軍の大将、西郷隆盛《さいごうたかもり》と交渉するためだ。慶応《けいおう》四年（一八六八）三月十三日に高輪にある薩摩藩の下屋敷で面談したが、本談判は明けてつぎの日、芝田町の上屋敷でおこなわれた。

勝海舟は講和条件として慶喜の隠居、江戸城明け渡し、軍艦及び武器の引き渡しなど七か条の講和条件をさしだしたうえで、西郷隆盛にひとつずつ丁寧に説明を加えた。たったいまそれが済み、「失敬」と断ってから足を崩して胡座をかいた。いささかくたびれたのだ。

「斉彬公が亡くなって何年になりますかね」

「十年は経ちます」

勝海舟の不意の質問に、西郷隆盛は顔色ひとつ変えずに答えた。

「まだ五十だったんでしょう。やりたいことはいくらでもあったろうに、コレラで死んじまうとはついてねぇ。じつは私が元服前のガキだった頃、斉彬公に会っているんだが、西郷さんは聞いたことないですか」

「生憎《あいにく》と」

「だったら斉彬公のひいじいさんの重豪公が、高輪の下屋敷に珍しい獣や鳥を飼っていたのはご存じで」

「いいえ」

西郷隆盛は無愛想に答える。なぜいまその話をするのだと訝しがっているようだ。彼だけではない。おなじ部屋にいるだれもがおなじ顔になっていた。勝海舟自身もよくわからない。だが無性に話したくなったのだ。

「重豪公が亡くなったあと、下屋敷から山鮫と猩々《ようぞう》が盗みだされちまいましてね。こいつを見つけだすため奔走したのが、あの鳥居耀蔵だったんです。耀蔵のヨウと官位である甲斐守《かいのかみ》のカイで妖怪と呼ばれていた男が、獣を追っかけ回してたってわけで。はは。ただし天保のはじめだったその頃は南町《みなみまち》奉行になる前でしたが」

南町奉行の任に就いてから鳥居耀蔵は蘭学者の一掃を図ることになる。世に言う蛮社の獄だ。だがその後、水野忠邦の失脚とともに、鳥居耀蔵の立場も次第に危うくなっていき、遂には職を奪われ、讃岐国丸亀藩《さぬきのくにまるがめ》に預けられた。二十年以上経ったいまも幽閉の身であるという。

「なにゆえ鳥居耀蔵が左様なことをしておったのです」

西郷隆盛が訊ねてきた。無愛想なままだが、興味を持ったらしい。他の者達も耳を傾けているのがわかる。

「大奥で飼っていた豆鹿なる獣が江戸の町に逃げだしたことがあったんです。これを妖怪殿は見つけだした。その実績を買われたからでしょう。妖怪殿ご自身にすれば、どうして私がこんな真似をと思っていたにちがいありませんがね。豆鹿という名のとおり、子猫ほどの大きさにしか育たない鹿に似たその獣を、ガキだった私がたまたま拾って、家の近所にある神社でしばらく飼っていた。そこに妖怪殿が取り戻しにおいでなすって、私の横っ面を引っ叩きやがった」

「本当でごわすか」西郷隆盛が目を大きく見開く。

「ええ。でも妖怪殿はあんときのガキが私だとは、いまもご存じないでしょう。でね。豆鹿の居場所を突き止めたのはたしかに妖怪殿でしたが、山鮫と猩々を捕まえたのは、石樽藩の奥方様とふたりの侍だったんです」

「石樽藩の奥方様については、斉彬公から少しばかり聞いたことがごわす」西郷隆盛の口ぶりは厳かではあるが、ほんの少し柔らかになっていた。「垂れ髪でいつも若侍の恰好をしていたそうですな。顔かたちはまるでちがうのに、その佇《たたず》まいは天璋院《てんしょういん》様に似ているとも」

天璋院とは篤姫のことだ。輿入《こしい》れしてから二年もせずに家定が死去したのちに落髪し、天璋院と名乗っている。

「なるほど」勝海舟はぽんと膝を叩いた。「今回のことで天璋院様を薩摩に帰らせせようとする動きが江戸城の中でありましてね。ならば私は自害をすると天璋院様がおっしゃるので、私が宥めるために大奥へ足を運び、数日前にはじめてお会いしたのですよ。だれかに似ているなあと思ったんだが、石樽藩の奥方様だったとは。はは。まったくそのとおり。石樽藩では羅紗をつくるため、巣鴨の緬羊屋敷にいた羊をもらいにいったことがありましてね。ガキだった私も面白がってついてったら、その帰り道、隠田村のあたりで狼の群れが襲ってきましたて」

「江戸にも狼がいるのですか」西郷隆盛が怪訝そうに言う。

「ただの野犬だったのかもしれない。いまとなっちゃあ、さだかではありません。そのとき石樽藩の奥方様が、こうおっしゃったんです。彼奴らも必死に生きておるのだ。一匹も殺してはならぬぞ。どんな獣であろうとも、ひとの都合で殺生するような真似は罷り成らんと。奥方様は舞うがごとき剣捌きでありながら、すべて峰打ちで狼を一匹たりとも殺さず、追い払っちまった」

そのすべてを見届けたわけではない。勝海舟は途中で気を失っていたからだ。

「山鮫と猩々も生け捕りにしたうえで、渋谷にある下屋敷で引き取っていました。そこにはさきほど話した巣鴨の羊もいたし、伊予松山藩から譲ってもらった豚もいて、そうそう、大奥に返したはずの豆鹿も、飼い主に噛みついたせいでお払い箱になったので引き取ってほしいと、妖怪殿が持ってきたんだよなぁ」

勝海舟は溜息をついた。八戒という豚に乗って、渋谷から上野まで走った話もしようかと思ったが、やめておいた。自分でもそんな真似を本当にしたのか、いまいち自信がないのだ。

「勝先生」西郷隆盛は徐に言った。「その話をいまここでなさったのは、なにか意味があるのでは御座らんか」

「ないよ、ない。この歳んなるとガキの頃のことがやたらと甦ってきて、話さずにはいられなくなっちまうだけです。長々と申し訳ない。でもまあ、強いて言うならば」勝海舟は崩していた脚を直し、正座をしてから西郷隆盛を真正面に見据え、にやりと笑った。「ひとも獣もつまらん殺生は避けたほうがいいってことですかね」

私はどうしてここにいるのだろう。

鳥居耀蔵は江戸にいた。いや、ちがう。東京だ。

慶応四年（一八六八）九月に明治と改元、流罪を命じた幕府そのものが瓦解し、讃岐国丸亀藩で幽閉の身でいることに意味がなくなった。かくして二十三年ぶりに江戸、いや東京に戻ってきたのである。

このあたりだったように思うのだが。

渋谷川を渡り、道玄坂をのぼっていく。禁固された家で二十三年間暮らしていたが、七十歳過ぎても足腰は丈夫で、けっこうきつめの傾斜でも、その歩調に危なげなところは微塵もなかった。ただし困ったことがあった。目指す場所が見つからないのだ。やがて立派な松の木が見えてきた。物見の松だ。となるとここから先は上目黒になってしまう。

さてどうしたものか。

さすがに息があがってきている。ちょうどいい具合に座り心地のよさそうな岩があったので、そこに腰かけることにした。

石欅藩の下屋敷が渋谷にあったはずだと思いだしたのは、今朝方のこと、するといてもたってもいられず、身支度を手早く済ませ、そそくさとおなじく渋谷の宮益坂にある息子の家をでてきてしまった。

よくよく考えてみれば、下屋敷を訪ねたのはただの一度だけ、三十年以上も昔のこと、しかも甥の設楽篤三郎に道案内をしてもらったので、覚えているのは渋谷川の宮益橋を渡ったところまでだった。

叔父上っ。かくなる上は我らが出番。

篤三郎がへっぴり腰の鳥居耀蔵にむかって、励ますように言ったのは、小金井村で山鮫を捕えようとしたときだった。甥の篤三郎は実直で真面目なだけでなく、面白味のある男だった。外国奉行として役目を果たしながらも、向島に蟄居《ちつきょ》を命じられ、その二年後、文久《ぶんきゅう》元年（一八六一）に四十代なかばで亡くなった。病死ではあるものの、幕府の莫迦どもに殺されたようなものである。

宮益坂の邸宅には思いの外、旧友が多く訪れた。すっかり変わり果ててしまった江戸を嘆き、異国の言いなりになったこの国を憂うと、だれもがおっしゃるとおりだと頷いてくれる。かといっていまさらどうすることもできず、鳥居耀蔵の心は満たされぬどころか、虚《むな》しさが増すばかりだった。

そんな毎日がつづくうちに、頭の片隅に石樽藩のおかしな三人がちらつくようになった。木暮幸之進、乾福助、石樽藩主君の奥方、小桜だ。同時に豆鹿に山鮫、猩々を捕まえるために奔走した日々のことがまざまざと甦ってきた。なぜこの私が獣など捜さねばならんのだと、庭の木に愚痴っていたにもかかわらず、懐かしくてたまらない。人生の中で、あの頃がもっとも楽しかったようにも思えた。

鳥居耀蔵は腰をあげ、道玄坂を下っていった。家に戻ることにしたのだ。村人に訊けば、石樽藩の下屋敷に辿り着くことはできるだろう。しかしあの三人がいるかどうか、いたとしてもなにを話せばいいものか、わからなかった。楽しかった思い出はそのまま大事に取っておけばいい。

だがもしもだ。石樽藩の三人のうちひとりでも、宮益坂の邸宅を訪ねてきたら、大いに歓迎するつもりだ。至れり尽くせりのもてなしをして、昔話に花を咲かせたい。山鮫を前にして、へっぴり腰だったことを言われても、いっしょに笑うとしよう。いまの世を嘆いたり、憂いたりするよりもずっと楽しいひとときになるだろう。

あぁあ。きてくれんものかなぁ。

私はどうしてここにいるのだろう。

喜平丸こと綾部智親は、目の前にいる駱駝が自分にむかって、そう訴えているように思えてならなかった。あるいは智親自身の考えを、駱駝に投影しているのかもしれない。駱駝の背後には五重塔がそびえ立っている。

ここは上野公園の中にある動物園だ。いきたいと言いだしたのは曽孫の小桜だった。ひいおじいさまもごいっしょにいかがと誘われて、そうだなと答えたせいで、屋敷の中はざわついた。八十歳を越えてからここ二年ほどは、滅多に外出していなかったからだ。孫夫婦と小桜とでかけるために、智親にはかかりつけの医師を含む五人もの付き添いが伴うことになってしまった。これでも半分に減らしたくらいである。鬱陶しいことこのうえない。

「ねぇ、ひいおじいさま」

そう言いながら小桜が智親の右手をぎゅっと握りしめてきた。生前の妻に可愛がられて育った孫息子が、ぜひお祖母《ばあ》様の名前をいただきたいと言ったのである。そのせいかはわからないが、曽孫の小桜も女の子なのに武術を好み、なにより得意なのは木登りだった。

「ひいおじいさまが子どものころに、らくだをごらんになったというのは、ほんとうのことですの」

「お祖父《じい》様が嘘をつくはずないでしょう」

孫息子の妻が窘《たしな》めるように言った。

「だってしんじられないわ。ひいおじいさまが子どもだったのは、おさむらいの世の中で、よその国とコーリューはなかったのにどうやって、らくだはやってきたの」

「オランダという国の船だけは、長崎の港に出入りしていてな。子どもだった私が見た駱駝はオランダ人によって、アラビアだかハルシヤだかから長崎に運びこまれてきたんだ。そして各地で見世物になりながら、三年かけてようやく江戸にやってきたのさ。それはもう大変な人気で、私が見にいったときも両国の見世物小屋はぎゅうぎゅう詰めだったが、どうにかいちばん前までいってな。駱駝の餌になる薩摩芋を買って、駱駝にあげたんだぞ」

「いいなぁ。こざくらもできればいいのにぃ」

あのときの駱駝は背中の瘤はひとつだった。いま目の前にいる駱駝は瘤がふたつあった。新聞の記事によれば、日清《にっしん》戦争の戦利品だ。旅順《りよじゆん》を陥落させた陸軍の師団長がそこで飼われていた駱駝を持ち帰り、皇太子殿下に献上したのである。戦争はまだつづいているのだが、ここ上野では昨年、明治二十七年（一八九四）十二月に祝捷《しゆくしよう》大会が開かれた。上野公園の博物館の庭では、川上音二郎《かわかみおとじろう》一座が戦場における我が軍が勇壮に戦う様を演じ、皇太子殿下がご台覧になったという。自国が勝ち進むのは智親だってうれしいことではある。しかし如何せん、浮かれ過ぎのように思えた。

「ひいおじいさま。こざくらはもうひとつ、しんじられないことがあるの。うかがってもよろしくて」

小桜が握りしめた智親の右手を左右に振って、おねだりをするように言った。

「なんだい」

「ひいおじいさまがオトノサマだったころ、シブヤのおヤシキに、ドーブツがたくさんいたってほんとうなの」

「本当だ」

「おじいさまはヒツジやブタだけじゃなくて、ネコみたいなちっちゃいシカ、それにワニやオランウータンもいたっていうのよ」

「いたさ」小桜が言うおじいさまは、もちろん智親の息子だ。幼い頃にはまだ渋谷の下屋敷に鰐《わに》もオランウータンも生きていたので、かすかに覚えているのだろう。

「羊や豚は野原を駆け巡り、小さな鹿はお座敷で飼われて、鰐は池に、オランウータンは藪の中で暮らしていたんだ」

「たのしそう。わたし、そのころにうまれたかったぁ」

巣鴨の緬羊屋敷から譲り受けた四匹の羊で、渋谷の下屋敷では数年のあいだ羅紗づくりをおこなっていた。羊の数を増やし、石樽藩に持ちこんできたのは二十代なかばの乾福助だ。彼は藩内を駆け巡り、羊の飼育と羅紗づくりを広めていった。ところがそうしているうちに幕府が瓦解し、明治を迎えてしまった。だが福助は少しも慌てず、ならば会社をつくりましょうと智親に持ちかけてきた。そして〈石樽綿羊〉を設立すると智親を社長に、江戸から引き揚げてきた小桜を重役に据えた。さらには職を失った藩士達を雇い入れたのである。

羅紗織の外套《がいとう》は想像以上の売行きで、〈石樽綿羊〉は会社として発展することができた。やがて石樽に構えていた本社を東京に移転し、綾部家も赤坂に居を構えた。

我が国は外地に赴き、戦うことがあるかもしれず、氷点下の土地でも耐えられるような軍服が必要になる。それには木綿や麻ではなく、保温に優れ、水も染みこみにくい羊毛が適しているとして、これを国産化しようという明治政府の動きがあった。しかし、日清戦争の最中《さなか》であるいまも、〈石樽綿羊〉は軍服をつくっていない。

私達がつくった生地が血で染まるなんて、考えるだけでおぞましいではありませんか。

そう言ったのは福助だ。小桜も智親も異論はなかった。

「父に聞いたのですが」孫息子が口を挟んできた。「オランウータンは孫悟空、豚は猪八戒、鰐は沙悟浄と呼ばれていたそうですね」

「それってサイユーキね。でもサゴジョーはワニじゃなくてカッパだわ」

「ただの禿げたおじさんだよ」

智親は思わず声にだして言ってしまう。すると小桜だけでなく、孫夫婦にも妙な顔をされてしまった。幸之進が泥面子を売るために禿げたおじさんを河童にしたのである。目論見どおり、泥面子は飛ぶように売れた。だからなのかどうかはわからないが、世間ではいつしか沙悟浄は河童が当たり前になったのだ。

「いや、なんでもない。気にせんでくれ」

そう答えてから智親は噎てしまう。少し痰《たん》が絡んだのだ。すると小桜が〈らくだ飴《あめ》〉の箱を差しだしてきた。

「ひいおじいさま。これをどうぞ」

「すまんな」箱から飴をひとつだして口に含んだ。

福助は東京と石樽を行き来して、〈石樽綿羊〉のために心血を注いでいたが、五十歳手前で身体を壊し、退職してしまった。だがその後、若い頃に江戸で学んだ本草学の知識を活かし、薬草の栽培にも力を入れた末に、咳や痰、喉の痛みや腫れなどに効く飴をつくりだした。〈らくだ飴〉と名付けられたその商品は最初、石樽近辺でしか売っていなかったが、よく効くと評判になり、数年後には日本中どこでも手に入るようになった。〈楽だ、楽だ、この飴なめれば喉がとつても楽になる〉という広告も、新聞や雑誌でちょくちょく目にする。飴が入った箱には夫婦と思しき駱駝二匹の絵が印刷されており、どちらも背中の瘤はひとつだった。

七十年近くも昔、幸之進が智親の母、お夕の方のために描いた絵だ。江戸を引き払う際、上屋敷の奥向にあったのを妻の小桜が見つけ、大切に取っておいたのだ。福助が飴を売りだす際、名前を決めていただきたいと、智親に手紙を送ってきた。これを妻の小桜も読み、〈らくだ飴〉と名付け、返事の手紙とともに幸之進の絵も送った。飴が売りだされてから返ってきたその絵はいま、額に入って智親の寝室に飾ってある。

よその藩と同様、石樽藩も明治政府に江戸屋敷を没収され、定府の藩士達は職と行き場を失った。縁者を頼って石樽を訪れる者と江戸に残った者に分かれ、幸之進は後者だった。すでに五十歳を越していた彼は嫁と息子夫婦四人で暮らしていたが、その後の消息はいまに至るまでわからぬままである。

「そう言えばお祖父様」孫の嫁が駱駝の背後にある五重塔を指差す。「あのいちばん上の屋根で、お祖父様の家来、木暮幸之進という方がオランウータンを相手取り、雷雨の中、激しい争いを繰り広げたと聞いたのですが」

「そうそう」と孫息子。「最後には木暮殿とオランウータンが抱き合うようにして、屋根からコロコロと転げ落ち、それを下にいた追手達が投網を広げて捕えたのでしょう」

それではまるで『南総里見八犬伝《なんそうさとみはっけんでん》』の芳流閣《ほうりゅうかく》の決闘ではないか。ひとからひとへと話が伝わっていくうちに、変わっていったのだろう。実際に起きた出来事を幸之進本人は語ろうとしなかったが、福助と妻の小桜に散々聞かされた話なので、智親はよく知っていた。だがいちいち訂正するのもくたびれる。

「ああ、そうだ」

「木暮殿が国定忠治と平手造酒の果たし合いの仲裁に入ったそうですが」

「私が聞いた話は勝海舟の父親の小吉と妖怪こと鳥居耀蔵の喧嘩の仲裁だったわ」

「どちらも事実だよ」

智親は孫夫婦にむかって言う。仲裁というより、いずれも対峙するふたりのあいだに、うっかりというかひょっこり入ってしまったというのが真相だ。

「撃ち殺されそうになった鰐を、身を挺して守り、自ら撃たれて三日三晩生死をさまよったとお聞きしましたが」

背後にいたかかりつけの医師が訊ねてきた。我慢しきれず、いまが絶好の機会だと思ったのだろう。他の付き添い達も興味深そうな顔をしている。

「そのとおり」

智親は少し自棄気味に言った。それでもみんなは「やっぱり」「本当だったんだ」「凄いなぁ」と頷きあっている。

「ひいおじいさま。わたし、わかったわ」

小桜が目をきらきらと輝かせて言う。

「なにがわかったんだい」

「シブヤのおヤシキに、どうしてそんなにたくさん、よその国のどうぶつがあつまったか」

なるほど、あれは集めたのではなく、集まったと言ったほうが正しいかもしれない。

「シブヤのおヤシキはテンジクだったのよ」

天竺か。

言われてみればそうだ。

渋谷の下屋敷では、殿も奥方様も藩士も中間も足軽も百姓も大人も子どもも女も男も羊も豚も豆鹿も鰐もオランウータンもみんな等しくいっしょで幸せだった。

天竺以外、何物でもない。

「だから孫悟空に猪八戒、沙悟浄もいたわけだ。よく気づいたな、小桜」

孫息子に言われて小桜は笑う。その笑顔には妻の小桜の面影があった。

ならば三蔵法師はさしずめ。

「ひいおじいさま、いきましょう」

小桜は繋いでいた智親の右手をぐいと引っ張った。


「では」幸之進が手をぐいと引っ張った。綾部智親こと喜平丸は、はっとして我に返る。

「いちばん前まで参りましょう」

ぎゅうぎゅう詰めの人混みを、喜平丸を引っ張りながら幸之進がかきわけていく。いまいるのは両国広小路の見世物小屋にちがいない。

私はどうしてここにいるのだろう。

駱駝を見たいとわがままを言い、連れてきてもらったのだ。幸之進とはずいぶんひさしぶりのように思うが、そんなはずはない。朝方に目黒の上屋敷をでてから、ずっといっしょだった。途中、御蔵前の瓦町で食べた団子の味がまだ口の中に残っている。

客席のいちばん前に辿り着くと、唐人に扮した香具師達が飛びでてきたところだった。

「いよいよでてきますよっ」

幸之進は興奮で声が上擦っている。おぬしも見たかったのではないかと胸の内で喜平丸が思っていると、二頭の駱駝がつづけざまに切り幕をくぐってあらわれた。

謝辞

「其之伍　猩々」を書くにあたり、東叡山輪王寺門跡門主・寛永寺貫首の浦井正明師が、ある調査のために旧寛永寺五重塔の中に入り、最上層の屋根に登ったときのお話を伺いました。

コロナ禍にもかかわらずご協力いただき、本当に感謝しております。

ありがとうございました。

山本幸久

参考文献

『大江戸カルチャーブックス　動物奇想天外　江戸の動物百態』内山淳一著、青幻舎
『国立科学博物館叢書──①　日本の博物図譜　十九世紀から現代まで』国立科学博物館編、東海大学出版会
『ブックレット〈書物をひらく〉6　江戸の博物学──島津重豪と南西諸島の本草学』高津孝著、平凡社
『舶来鳥獣図誌─唐蘭船持渡鳥獣之図と外国産鳥之図─』磯野直秀・内田康夫解説、八坂書房
『名古屋市博物館資料叢書3　猿猴庵の本　絵本駱駝具誌』（第十四回配本）名古屋市博物館編、名古屋市博物館
『江戸御留守居役　近世の外交官』笠谷和比古著、吉川弘文館
『事典　江戸の暮らしの考古学』古泉弘編、吉川弘文館
『隠居大名の江戸暮らし　年中行事と食生活』江後迪子著、吉川弘文館
『江戸藩邸へようこそ　三河吉田藩「江戸日記」』久住祐一郎著、インターナショナル新書
『特別展　お殿さまの博物図鑑─富山藩主前田利保と本草学─』富山市郷土博物館編、富山市教育委員会
『関西大学東西学術研究所資料集刊十五　中国・和蘭羊毛技術導入関係資料』角山幸洋著、関西大学出版部
『上野公園へ行こう──歴史&アート探検』浦井正明著、岩波ジュニア新書
『殿様と鼠小僧　松浦静山『甲子夜話』の世界』氏家幹人著、講談社学術文庫
『江戸の見世物』川添裕著、岩波新書

解説

北大路公子

まるでパレードみたいな物語だ。

次から次へと人が現れ、次から次へと動物も現れる。目まぐるしく変わる光景から、読者は目を離すことができない。

時代は江戸後期。物語の中心にいる木暮幸之進《こぐれこうのしん》は、こういってはアレだけれども、あまりパッとしない弱小「石樽藩《いしたるはん》」の、これまたあまりパッとしない「江戸留守居役手添《てぞえ》仮取次御徒士頭見習《かりとりつぎおかちがしらみならい》」十三代目である。何が「仮」で「頭」で「見習」なのかは本人もよくわかっておらず、読者も当然さっぱりわからないが、

「江戸留守居役が国許《くにもと》からの上申書を江戸城へ持っていく際、過去に似た案件がないものか、上屋敷の書庫で捜しだすのが主な仕事である」

らしい。家督を父から譲られる前は、若くして藩主となった綾部智親《あやべともちか》のお伽役《とぎやく》を長く務めていた。いずれにせよ、地味だ。

侍でありながら剣術は苦手。困っている人を見ると助けずにはいられないものの、草

双紙や読本の主人公のようにはうまくいかない。本人もこう自覚している。

泳げもしないのに川に飛びこみ、溺れた犬を救おうとして、自分が溺れかけたことがある。お茶屋の娘に絡む職人を止めれば金的を蹴飛ばされるし、酔っ払い同士の喧嘩《けんか》の仲裁に入ったら、どちらからも殴られたこともあった。反省はする。なのに毎回、今度はできるはずだと思ってしまう。


武士としては確かにいま一つだ。運動神経は悪そうだし、悪人をばっさばっさと斬り倒す豪快さも、財政難の藩を救う起死回生のアイデアも持たない。本人の言うとおり、一人で好きな絵を描いたり、藩の収入にもなる泥面子《どろめんこ》をこつこつ作っている方が、性に合っているのだろうとは思う。

しかし、その地味だが真面目な性格こそが物語の鍵となり、様々な人や動物や奇跡を呼び寄せることになる。まあ、呼び寄せるというか、巻き込まれるというか、ある種の求心力を見せつけるのである。

相棒となるのが、町医の三男坊、乾福助《いぬいふくすけ》である。動植物の知識の豊富さを智親に見込まれ、かつて智親自身も参加した「物産会合」への直々の推薦状を手に、国許から送り込まれてきた。物産会合とは、「獣のみならず鳥に草花、虫などを持ち寄り、いい歳《とし》をした大人が膝を突き合わせて、延々と話しあう」「どうかしている」会合である。出席者の大半は旗本や大名の子息。そこに江戸に出てきたばかりのわずか十五歳の福助が加わり、騒動の種を諸々拾うことになるのだが、注目すべきはこの物産会合の和気藹々《あいあい》とした雰囲気だ。年齢も身分も超え、ただ無邪気に対象物に向き合う。珍しいものを見れば揃《そろ》って虫眼鏡で覗《のぞ》き込み、かわいらしい動物には皆で大はしゃぎをする。新参者の福助に対しても、

「彼の意見にも耳を貸し、正しければ褒めそやし、間違っていれば丁寧に訂正した」

と、実に明るく礼儀正しい。いい大人がきゃっきゃきゃっきゃと楽しそうなのだが、その微笑《ほほえ》ましさの中に、物語に通底する公平な世界観が描かれていることに後々読者は気づくことになる。

福助との出会いを機に、幸之進の求心力はパワーを増す。二人のコンビは、バディというほど強固なものではなく、兄弟分というほど親しくもないが、福助の好奇心と幸之進のお節介が相まって、厄介な事件や面倒を次々と引き寄せるのである。

たとえば、千葉周作《ちばしゅうさく》の道場に小便を引っ掛けて門下生相手に大立ち回りを演じ、血だらけで道に倒れていた「国定村の忠次郎《ちゅうじろう》」。彼を助けて渋谷の下屋敷に匿《かくま》ったかと思えば、ひょんなことから「剣の腕が立ち、頭も切れる恐るべき十一歳」の勝麟太郎《かつりんたろう》少年を、これまた下屋敷に出入りさせることになる。勝少年に至っては、福助の飼う豚の背

に乗って江戸の町を走り回るという破天荒ぶりだ。

藩主智親の正室、小桜《こざくら》もやって来る。男勝りで剣術に秀で、藩士の誰よりも強いという彼女が、髪を下ろして刀を腰に差した男のなりで、しょっちゅう下屋敷を訪れるようになったのだ。

そして、動物たちである。阿蘭陀人《おらんだじん》が持ち込み、見世物として国中を興行して歩く駱《らく》駝《だ》、さる高貴な奥方様の元から逃げ出した子豚ほどの大きさの豆鹿、その豆鹿を嘴《くちばし》の巨大な袋に入れて飛び去った伽藍鳥《がらんちょう》、羅紗《らしゃ》を編んで藩の特産物として売り出すべく飼育に乗り出した綿羊、玉川上水で馬を襲ったという脚の生えた蜥蜴《とかげ》こと鰐《わに》、寛永寺《かんえいじ》の五重塔に登った猩々《しょうじょう》と呼ばれるオランウータン。

とても江戸時代とは思えないラインナップであり、はっきり言ってカオスである。というか、人間も動物もキャラが濃い。濃すぎる。その濃すぎるキャラを幸之進という、真面目で穏やかな男で和らげ、読者に受け止めさせるところに、著者の手腕が垣間見える。

そう、実は幸之進は巻き込まれてからが異様に強い。時代に似つかわしくない動物が江戸にいるには相応のわけがあり、そのわけの陰にはなにやらきな臭い事情もあり、しかしそれとは別に不運もあって、気がつけば斬られたり、殴られたり、狼《おおかみ》と思《おぼ》しき獣の群れに追いかけられたり、凍った川に嵌《はま》ったり、銃で撃たれたり、屋根から落ちたりと、いちいちとんでもない目に遭いながら、でも決して死なない。そうして気がついた時には、人間模様と動物模様が複雑に交錯する真ん中に、常に幸之進が立っているのである。

この小説がキャラ濃い選手権、あるいは巻き込まれ喜劇のドタバタで終わらないのは、カオスに立つ幸之進の中に意外なほど冷静な観察者の目があるからだ。奇妙な動物を前にして、恐れたり面白がったりするだけではなく、まるでスケッチをするように彼らの悲哀を見つめ続ける。抗《あらが》いがたい力によって見知らぬ土地へ連れて来られた動物の、

「私はどうしてここにいるのだろう」

という戸惑いや悲しみに寄り添い、まるで人に対するように胸を痛めるのだ。

その奥にあるのは、藩主、智親への思いにほかならない。ややこしいものは全部ここに運んでいるんじゃないかと疑いたくなるような賑《にぎ》やかな下屋敷は、国定村の忠次郎によってこう評されている。

あの下屋敷もおかしなとこだ。侍と百姓がいっしょくたになって働いている。しかも侍は威張るどころか、百姓の言うことを聞いて、文句のひとつも言わねぇ。世の中みんな、あんなふうになればおもしれえのにな。

物産会合が知識に対する公平さを生み出す場であるとしたら、下屋敷が醸し出すのは生きること自体の公平さだ。俠客《きょうかく》も、異国の獣も、子供も大人も、皆等しく暮らし、許し、笑い合う。女の中で育ち、女の嫌なところばかりを見てきたという小桜が、「子どもはいつかおとなになれるし、侍だってやめようと思えばやめられる。だが女はそうはいかん。女はいつまで経《た》っても女だ」

とぽつりと呟《つぶや》くのも、自身の居場所と心の平安を見つけたからであろう。下屋敷は幸之進と福助のコンビが作り上げた、一種の奇跡の場所といってもいい。

だが、そこに智親だけがいない。

藩主はいつ出てくるか、いつ出てきて皆と一緒に江戸の町で暴れるか。そう思っていたのに、語られるのは幸之進による幼い日の回想ばかりである。智親だけが、下屋敷の自由で公平な空気を一度も味わうことができないのである。

兄の急逝により若くして家督を継いだ藩主の孤独に、幸之進はいつも思いを馳《は》せていた。動物たちの寂しさの向こうに、目に見えない鎖で縛られた智親の寂しさを見ていた。もちろん、その寂しさは我々現代人の心にも等しくあるのだろう。だからこそ、幸之進たちの生み出した夢のような空間がいつまでも胸に残るのだ。

楽しくて賑やかで自由で大らかで、それでいてどこか幻想的で儚《はかな》い。次から次へと人が現れ、動物も現れ、すべてがあっという間に通り過ぎていく。

広がるのは圧倒的な自由と、そして孤独だ。どれだけ楽しくとも、どれだけ寂しくとも、祭が終われば皆それぞれの足でそれぞれの家路につかなければならない。その家路の様子までをも、最終章で著者はきっちり描き切った。

本当にパレードのような物語である。

（きたおおじ・きみこ　エッセイスト／小説家）

本書は、「小説すばる」二〇〇九年十二月号、二〇一〇年三、六、九、十二月号、二〇一一年三、六、十一月号に連載されたものを大幅に改稿したオリジナル文庫です。

本文デザイン／高橋健二（テラエンジン）
本文イラスト／ももろ

集英社文庫

大江戸《おおえど》あにまる

2022年 9 月25日　第 1 刷　　定価はカバーに表示してあります。

著　者　山本幸久《やまもとゆきひさ》

発行者　徳永　真

発行所　株式会社 集英社
東京都千代田区一ツ橋2-5-10　〒101-8050
電話　【編集部】03-3230-6095
【読者係】03-3230-6080
【販売部】03-3230-6393(書店専用)

印　刷　凸版印刷株式会社

製　本　加藤製本株式会社

フォーマットデザイン　アリヤマデザインストア　　マークデザイン　居山浩二

ISBN978-4-08-744436-0 C0193